Kerstin Dirks wurde 1977 in Berlin geboren, hat eine Ausbildung zur Bürokauffrau absolviert und ist passionierte Katzenliebhaberin. Seit 2005 hat sie sich der erotischen Literatur verschrieben. Ihre Liebesromane erschienen unter anderem im Plaisir d'Amour Verlag, im MIRA Taschenbuchverlag sowie bei Ullstein.

Mehr Informationen zur Autorin unter
www.kerstin-dirks.de

Kerstin Dirks

Hamburger Nächte

Sündige Geschichten
aus der schönsten Hafenstadt
der Welt

Rowohlt Taschenbuch Verlag

Originalausgabe
Veröffentlicht im Rowohlt Taschenbuch Verlag,
Reinbek bei Hamburg, Oktober 2013
Copyright © 2013 by Rowohlt Verlag GmbH,
Reinbek bei Hamburg
Umschlaggestaltung any.way, Barbara Hanke / Cordula Schmidt
(Abbildung: neuebildanstalt / Lang;
Christopher Bissell / Getty Images; thinkstockphotos.de)
Satz Keppler PostScript, InDesign,
bei Pinkuin Satz und Datentechnik, Berlin
Druck und Bindung CPI – Clausen & Bosse, Leck
Printed in Germany
ISBN 978 3 499 23633 4

Inhalt

Tango Fatale –
It takes two to tango

Sein Atem strich heiß über Vanis Wange, einer Liebkosung gleich, der ein feuriger Kuss folgen sollte. Doch das Gefühl war nur ein verheißungsvoller Schein. Ihre Blicke trafen sich lediglich für einen kurzen Moment, dann drehten sich ihre Köpfe in entgegengesetzte Richtungen. Er trug eine weiße Halbmaske, die passende Garderobe für die Neue Flora. In fließenden Bewegungen glitten sie über die Bühne des Theaters an der Stresemannstraße. Kein Streicheln, kein Kuss. Nur brennende Sehnsucht.

Vanessa Wagemut tanzte, seit sie denken konnte, und nannte inzwischen mehrere Titel ihr Eigen. Tanzen – das war ihre Leidenschaft. Ein Leben ohne Tanz wäre für sie wie ein Leben ohne zu atmen. Sie brauchte die Musik, die Bewegungen, die Bühne. Zu keinem Zeitpunkt fühlte sie sich lebendiger als in dem Moment, in dem sie in den Armen ihres Tanzpartners versank. Und kein Tanz war erotischer und lustvoller als der Tango.

Vani vollführte eine Drehung, die sie weit von dem Phantom forttrug. Viel zu weit. Doch der Mann mit der Halbmaske zog sie wieder eng an sich, sodass sie jeden harten Muskel seines perfekten Körpers an ihrem spürte. Erneut trafen sich ihre Blicke, und Vani meinte, in seinen dunklen Augen ein fernes Feuer zu erkennen, das plötzlich auflöderte, in die Höhe schoss, als hätte es Sauerstoff geatmet. Kein Zweifel, hinter der Maske versteckte sich Joaquin, ihr Turnierpartner. Doch in diesem Moment verschmolz er mit seiner Rolle und wurde zum Phantom der Oper, das vor einigen Jahren noch als Musical in der Neuen Flora aufgeführt worden war. Heute Nacht studierten sie ihre eigene Interpretation ein. Nervös biss sich Vani auf ihre Unterlippe. War es tatsächlich Begehren, das sie in der unendlichen Tiefe seiner schwarzen Augen sah?

Plötzlich legte er seine Hand auf ihren Hinterkopf, als wollte er als Nächstes ihre Lippen zu den seinen führen. Vani spürte ein wildes Prickeln in ihrem Körper, das zwischen ihren Schenkeln zusammenlief. Ihre Kehle war mit einem Mal ganz trocken. Sie fixierte seine Lippen mit ihrem Blick, hoffte, dass sie sich tatsächlich zu einem Kuss öffnen würden.

Aber die Musik befahl ihnen etwas anderes. In kleinen, zackigen Schritten vollführten sie den Tempowechsel. Dieses Mal blickten sie in dieselbe Richtung, je einen Arm nach vorn ausgestreckt.

Vanis Herz klopfte so heftig, dass ihr schwindelte. Sie war froh, dass Joaquin sie festhielt, denn ihr Körper schmerzte vor Lust. Sie kannten sich noch nicht lange. Ihr vorheriger Partner Paul hatte das Tanzen aufgegeben, nachdem er Vater geworden war, um sich ganz auf seine Familie zu konzentrieren. In Pauls Armen hatte Vani nie diese brennende Sehnsucht verspürt, die sie nun zu verschlingen drohte.

«Jetzt kommt das Finale», sagte Joaquin mit seiner rauchigen Stimme, die bei ihr eine wohlige Gänsehaut hervorrief. «Konzentrier dich.»

Aber Vani patzte. Schon wieder. Sie bekam die letzte Drehung einfach nicht hin. Joaquin ließ sie los und schüttelte den Kopf. Seine dunklen Haare fielen ihm ins Gesicht, verdeckten seine Maske und verliehen seinem Antlitz etwas Dämonisches. Das machte ihn noch anziehender. Die dunkle Aura. Das Phantom, das in ihm lebte. Explosiv. Dynamisch. Kraftvoll.

Vani war völlig durcheinander. Sie wusste nicht, was sie sagen oder tun sollte, und starrte ihren Tanzpartner einfach nur an. Ihr Herz schlug ihr bis zum Hals.

«Nein, nein! Wie oft denn noch?», fluchte Joaquin und riss sie in seine Arme, um ihr die Figur noch einmal zu zeigen. Seine plötzliche Wut erschreckte Vani.

«Tut mir leid», entschuldigte sie sich eilig. Wie sollte sie sich in seiner Gegenwart nur auf den Tanz konzentrieren?

Das Feuer in seinen Augen wurde mit jedem Atemzug intensiver, bis sich seine Pupillen in glühende Kohlestücke verwandelten. Joaquin sah aus, als würde er jeden Moment auf sie losgehen, über sie herfallen. Seltsamerweise fürchtete sich Vani nicht davor. Im Gegenteil. Etwas in ihr ersehnte genau das.

Aber Joaquin atmete nur aus und schüttelte noch einmal den Kopf. «Es muss dir nicht leidtun. Wir haben noch zwei Wochen. Wir schaffen das», versprach er und drehte sie von sich weg, um ihre Arme zu führen.

Seine Worte schenkten Vani Zuversicht. Schließlich wollte sie Tanja nicht enttäuschen. Bis zu deren Hochzeit musste die Kür sitzen. Es war ihre Bewährungsprobe für den späteren Auftritt in der Neuen Flora.

«So stelle ich mir das vor», sagte er und führte ihre Arme wieder nach unten. «Lass sie gleiten, schweben. Das verleiht dir Grazie.»

Vani nickte, dann fiel ihr auf, dass Joaquin sie noch immer festhielt, obwohl dafür gar kein Anlass mehr bestand. Merkte er das nicht, oder war es sogar Absicht? Sie würde jedenfalls den Teufel tun, ihn darauf aufmerksam zu machen, dazu genoss sie seine Nähe viel zu sehr. Das Prickeln in ihrer Mitte verstärkte sich, wurde fast unerträglich.

Etwas Hartes drängte sich an ihren Po. War es das, was sie glaubte? Vani wagte nicht, sich umzublicken, womöglich hörte er sonst damit auf.

Joaquin hauchte einen süßen Kuss auf ihren Nacken. Sofort bildete sich an dem Punkt eine Gänsehaut, und ein heißkalter

Schauer lief über ihren Rücken. Jetzt gab es keinen Zweifel mehr. Sie bildete sich nichts ein. Er wollte sie, genauso wie sie ihn. Endlich.

Vani schloss die Augen und seufzte wohlig, während seine Lippen seitlich über ihren Hals glitten, wo sie kleine Blitze auslösten. Langsam drehte Joaquin sie zu sich um, strich ihr mit einer sanften Handbewegung den linken Träger ihres Tops über die Schulter und küsste ihr Dekolleté, dann legte er die Hände besitzergreifend auf ihre Brüste, wog sie sanft und massierte sie.

Vani wagte kaum zu atmen. Nichts durfte diesen wunderbaren Augenblick, nach dem sie sich so sehr verzehrt hatte, zerstören.

Im nächsten Moment packte Joaquin sie leidenschaftlich und riss sie an sich, um sie wild zu küssen. Seine Zunge stieß tief in ihren Mund und rieb sich an ihrer, während er ihr gleichzeitig auch den zweiten Träger abstreifte, das Top hinunterzog, bis ihr Oberkörper nackt war. Das vergrößerte den Abstand zwischen ihnen, und Vani wollte sich erneut an ihn schmiegen, sich an ihm festhalten, als er die Führung übernahm und sie herumwirbelte. Aus einem Reflex heraus – vielleicht aber auch, weil ihr das Tanzen nach all den Jahren ins Blut übergegangen war –, vollführte Vani eine Drehfigur. Den Tanz hatten sie nie geprobt. Jede andere Frau wäre an ihrer Stelle gestürzt, aber für Vani waren diese Abläufe ganz natürlich.

Erst als sie zum Stehen kam, merkte sie, dass Joaquin ihr aus der Bewegung heraus das Tuch von den Hüften gezogen hatte, das zu einem Rock gebunden gewesen war. Nun stand sie nur noch im Slip vor ihm. Vani spürte, wie seine feurigen Augen sie durch die Halbmaske musterten. So hatte er sie nie zuvor angesehen. Scham befiel sie. Aber auch Erregung. Sehr starke Erregung, die ihre Hemmschwelle senkte.

Ein arrogantes, zugleich selbstbewusstes Lächeln legte sich

auf Joaquins markante Lippen. «So will ich dich tanzen sehen», sagte er und war in zwei schnellen Schritten bei ihr. Von irgendwoher erklang wieder Musik, und er wirbelte sie herum, leitete sie, vollführte einen Tempowechsel nach dem anderen. Vani konnte nichts weiter tun, als sich ihm zu ergeben, ihm zu folgen und zu tun, was er verlangte. Die Choreographie brachte sie hinunter auf ihr linkes Knie. Vani warf den Kopf in den Nacken. Als sie den Blick hob, bemerkte sie die dicke Beule in seiner Hose, die sich nun auf ihrer Augenhöhe befand.

Ich mache ihn scharf, schoss es ihr durch den Kopf, und ihre Wangen begannen zu prickeln. Doch Vani hatte kaum Zeit, einen klaren Gedanken zu fassen. Schon zog Joaquin sie wieder hoch und schoss mit ihr in atemberaubender Geschwindigkeit über die weitläufige Bühne des prachtvollen Theaters. Jede seiner Bewegungen war perfekt. Stark, männlich und doch geschmeidig. Bei einer weiteren Drehung verlor Vani fast das Gleichgewicht. Erschrocken hielt sie sich an seinem Hemd fest, das dabei aufriss, sodass sein muskulöser, wohlgebräunter Oberkörper zum Vorschein kam. Die Schamesröte stieg ihr ins Gesicht. Manchmal trug Joaquin zum Training ein Muskelshirt, unter dem sie sein Sixpack erahnen konnte, aber nun sah sie ihn zum ersten Mal unverhüllt. Nackte, vom Schweiß glänzende Haut.

«Mir ist schwindelig. Bitte lass uns eine Pause machen», flehte sie.

Aber Joaquin dachte gar nicht daran. «Wir probieren eine neue Schlusspose aus. Konzentrier dich», ermahnte er sie.

Aber wie sollte sie das, wenn sie beide nackt tanzten und ihre schweißnassen Körper immer wieder aneinanderstießen? Irgendwie funktionierte es dennoch, denn Joaquin blieb trotz der heißen Situation Profi. Eine letzte Drehung, und er landete vor ihr auf den Knien. Wie ferngesteuert riss sie ihre Arme in die Höhe.

«Perfekt. Das ist es! Diese Pose werden wir nehmen», erklärte Joaquin, aber er stand nicht wieder auf. Sie spürte seinen heißen Atem an ihrem Höschen. Vorsichtig legte er eine Hand auf ihre empfindsamste Stelle und blickte zu ihr hoch, als wollte er herausfinden, wie weit er gehen durfte. Vani stockte der Atem. Unwillkürlich zitterte sie, wusste nicht, was sie sagen oder tun sollte. Joaquin schien dennoch zu verstehen, denn mit einem Mal riss er sie zu sich herunter, bettete sie rücklings auf den Boden, zerriss ihren Slip und spreizte ihre Beine. Statt seines heißen Atems spürte sie nun kühle Luft.

«Du riechst gut», flüsterte er. Eilig legte er die Maske ab. Seine Zunge glitt zwischen ihre Schamlippen. Vani glaubte, vor Lust und Gier den Verstand zu verlieren. Ihre Schenkel schlossen sich um seinen Kopf, hielten ihn in seiner Position gefangen. Joaquin leckte sie weiter, immer tiefer drang seine Zunge in sie vor, während sich seine Hände besitzergreifend in ihr Gesäß krallten.

Nimm mich, wollte sie sagen ... Da erklang aus der Ferne ein schrilles Klingeln, das sie aufschrecken ließ. Ein unangenehmer Ruck ging durch ihren Körper.

«Was ist das?», rief Vani, aber Joaquin antwortete nicht. Das Klingeln wurde lauter. Dröhnte schmerzhaft in ihren Ohren. Sie versuchte, sich an Joaquin festzuhalten, doch ihre Finger griffen ins Leere. Er war fort. Hatte sich aufgelöst. Genauso wie ihre Umgebung. Sie hörte nur dieses penetrante Klingeln. Ein Telefon.

Mit einem leisen Aufschrei riss Vani die Augen auf. Es war acht Uhr morgens. Eigentlich hätte ihr Wecker schon vor einer halben Stunde klingeln sollen. Offenbar hatte er den Geist aufgegeben.

Alles war nur ein Traum gewesen! Ihr Atem ging schnell, wollte sich kaum beruhigen, und ihre Hand tastete nach dem Telefon. Noch bevor sie sich orientiert hatte, meldete sich eine vertraute Stimme am anderen Ende der Leitung.

«Guten Morgen, Liebling, ich hoffe, ich habe dich nicht geweckt?»

«Wer ist denn da?», fragte sie schlaftrunken.

Ein Lachen erklang. «Dein Mann? Erik?»

Erik! Jetzt war sie hellwach. Ein Gefühl von Wärme durchströmte sie, wie immer, wenn sie seine Stimme hörte. «Ist es bei dir nicht Nacht?», fragte sie verwundert. Erik war aus beruflichen Gründen für ein halbes Jahr nach Amerika gezogen. Er arbeitete für ein großes, weltweit agierendes Unternehmen in der Softwareentwicklung. Bits & Bytes. Was er genau dort machte, hatte Vani nie ganz verstanden.

«Allerdings. Ich liege gerade im Bett meines Hotelzimmers und ... vermisse dich.»

«Ich vermisse dich auch.» Vani musste an ihren Traum denken und fühlte sich wie eine Heuchlerin. War das bereits Fremdgehen? Sie schämte sich entsetzlich. Aber ein halbes Jahr ohne Mann, ohne Sex – das hinterließ Spuren. Zum Glück war diese Phase ihres Lebens bald vorüber. Erik wollte Anfang nächster Woche nach Hause kommen.

Sollte sie ihm von ihrem Traum erzählen? In Wirklichkeit würde sie niemals so weit gehen. Auch wenn der echte Joaquin ein ziemlich heißer Typ war – das absolute Gegenteil von Erik, der immer ein wenig blass war und vom Tanzen nicht allzu viel hielt. Trotzdem hatte dieser liebenswerte, manchmal sogar etwas tölpelhafte Kerl ihr Herz erobert.

«Liebling», sagte Erik, und am Klang seiner Stimme erkannte sie, dass etwas nicht stimmte.

«O nein, sag es nicht», fiel sie ihm ins Wort. «Sie haben dich gebeten, länger zu bleiben, oder?» Das wäre ihr schlimmster Albtraum. Sie wusste nicht, was passieren würde, wenn Erik nicht bald zu ihr zurückkam. Der Traum von Joaquin kam nicht von ungefähr: Ihr heißblütiger Tanzpartner hatte tatsächlich ein

Auge auf sie geworfen. Zwar hatte er nichts dergleichen gesagt, aber seine Blicke hatten ihn längst verraten.

«Doch, leider schon», seufzte Erik. «Tut mir leid. Ich werde wohl noch drei Monate dranhängen müssen.»

«Das darf doch nicht wahr sein», fluchte sie. Drei Monate! Die reinste Ewigkeit!

«Es ist nicht meine Schuld. Jameson ist nun mal mein Boss.»

«Dann sag ihm ab!» Er musste das tun, bevor etwas Schlimmes geschah!

«Das kann ich nicht, das weißt du doch.» Jetzt ging wieder die alte Leier los. Erik verdankte Jameson viel, er konnte ihn nicht im Stich lassen, sie waren gute Freunde, fast wie Brüder.

Und was war mit ihr? Welchen Stellenwert hatte sie in Eriks Leben?

«Bitte.» Vani war den Tränen nahe, konnte ihm aber nicht erklären, wie wichtig seine Rückkehr für ihre Beziehung war. Sie fürchtete nur, sie würde einen schrecklichen Fehler begehen, wenn Erik noch drei weitere Monate in den Staaten blieb.

«Ich kann nicht anders. Es tut mir leid.»

Schlagartig schlug Vanis Verzweiflung in Wut um. Sie fühlte sich verraten und auf den zweiten Platz verwiesen, während Jameson die Poleposition belegte. Das allein war schon kränkend genug. Außerdem fragte sie sich, ob Erik sich gar nicht nach ihrer Nähe sehnte, so wie sie es tat? Offensichtlich nicht.

«Mach doch, was du willst», sagte sie impulsiv und legte einfach auf. Anders wusste sie sich nicht zu helfen.

Mittlerweile übte Vani ihre Leidenschaft semi-professionell aus. Das Tanzen war zu einer Obsession für sie geworden, und am liebsten hätte sie nichts anderes in ihrem Leben getan. Tagein, tagaus. Vom Tanzen allein konnte sie jedoch nicht leben, weshalb sie ihrem Brotjob am Hamburg Airport nachging, dem ältesten Flughafen Deutschlands. Vani liebte die Hektik um sie herum. Die vielen Menschen. Die Aufbruchstimmung. Nachdem sie in die Freie und Hansestadt gezogen war, hatte sie zuerst einige Wochen im Terminal 1 gearbeitet, jetzt stand sie am Schalter im Terminal 2, dessen auffällige Dachform der Tragfläche eines Flugzeugs nachgebildet worden war. Sie mochte die moderne Architektur, die riesigen metallenen Gerüste an der Decke und den sanften Widerhall der Schritte unzähliger Menschen, die jeden Tag durch die Hallen gingen.

Zugegeben, der Job war nicht unbedingt gut bezahlt, aber sie traf auf viele interessante Menschen aus aller Herren Länder. Und hin und wieder gab es Fluggäste, die eine Tanzausbildung genossen hatten; Vani erkannte sie an ihrer speziellen Körperhaltung. Das galt vor allem für Männer, da diese nicht nur Stärke und Selbstbewusstsein ausstrahlten, sondern auch eine unterschwellige Erotik, der sich Vani nur schwer entziehen konnte.

Genau so ein Prachtexemplar checkte am Vormittag bei ihr ein. Groß. Attraktiv. Perfekte Körperproportionen. Bei seinem charmanten Lächeln bekam sie weiche Knie. Vergessen waren der Frust vom Morgen und das unschöne Telefonat mit Erik.

«Guten Tag», grüßte sie freundlich, und er zwinkerte ihr zu.

Ohne dass er es ahnte, drückte er sämtliche ihrer Knöpfe, und ein süßes Prickeln breitete sich in den niederen Regionen ihres Körpers aus. Gedanken, die sie sonst niemals in einer vergleichbaren Situation gehabt hätte, bestürmten sie. Wie groß sein Schwanz wohl war. Wie er sich anfühlen würde? Was er damit anstellen könnte ... Sie schüttelte benommen den Kopf. Der unfreiwillige Sexentzug wirkte sich allmählich auch auf ihre Arbeit aus. Zum Glück verschwand der heiße Kerl in den Flieger in Richtung Buenos Aires.

Gegen zwölf Uhr machte Vani ihre Mittagspause, die sie normalerweise in der Airport Plaza verbrachte. Der Geruch von Pasta stieg ihr aus einem der Bistros in die Nase, weckte ihren Appetit. Doch die Restaurants waren um diese Uhrzeit überfüllt, und heute wollte Vani lieber ihre Ruhe haben. Wer wusste schon, auf was für merkwürdige Ideen sie kam, wenn sie zufällig einem attraktiven Mann über den Weg lief, der ihr schöne Augen machte? Also ging sie stattdessen in den Personalraum. Riesige Panoramafenster eröffneten eine ungestörte Sicht auf die Start- und Landebahnen. Es war ein atemberaubender Anblick, wenn sich die riesigen Maschinen in den Himmel erhoben.

«Guten Tag, Frau Kollegin», begrüßte ihre Freundin Tanja sie, die mit einem Becher Diätjoghurt in der Hand den Raum betrat. «Ich habe schon fünf Pfund abgenommen», verkündete sie stolz. «Wenn das so weitergeht, muss mein Hochzeitskleid angepasst werden. Aber die Kosten trage ich gern, wenn ich dafür vor dem Altar wie eine Prinzessin aussehe.»

Vani nickte nur. Es fiel ihr schwer, sich auf das Gespräch zu konzentrieren. Wegen des heißen Traums von letzter Nacht quälte sie noch immer ihr schlechtes Gewissen. Aber was konnte sie dafür, dass ihr Tanzpartner eine Sahneschnitte war und ihr Ehemann sie offenbar nicht begehrte?

«Hörst du mir überhaupt zu?», beschwerte sich Tanja prompt und stemmte eine Hand in die Hüfte.

«Entschuldige bitte. Was hast du gesagt?»

«Ich habe dich gefragt, ob ich mich auf Joaquin und dich verlassen kann?»

Nun stand Vani vollkommen auf der Leitung.

«Wegen meiner Hochzeit», half ihr Tanja auf die Sprünge. «Ihr wolltet doch für mich auftreten mit eurer neuen Kür. Stichwort: Phantom der Oper. Eure eigene Interpretation. Sag nicht, dass das nicht klappt. Ich habe eure Show schon allen Freunden und Bekannten groß angekündigt.»

«Doch, doch. Es klappt. Natürlich.» Deshalb probten sie doch seit Wochen wie die Besessenen.

«Super!», freute sich Tanja, dann steckte sie sich einen extra großen Löffel Joghurt in den Mund. «Bleibt es auch beim Tango? Du weißt, ich liebe Tango. Diese sexuelle Kraft, da werde ich ganz wuschig.»

Nicht nur Tanja reagierte derart auf den berühmten Standardtanz. Auch durch Vanis Körper jagte ein Schauer, wenn sie an den Tango der letzten Nacht dachte.

«Du hörst mir ja schon wieder nicht zu. Was ist denn los mit dir? Nein, sag es nicht. Ich weiß es schon. Es geht um Erik, oder?»

Erik? Mit einem Mal fühlte Vani sich ertappt. Nicht weil sie an Erik gedacht hatte – sondern weil genau das Gegenteil der Fall war. Sie dachte unentwegt an einen anderen.

«Er schafft es nicht zu meiner Hochzeit?»

Vani seufzte. Das war Teil des Problems. Und mit ein Grund, warum sie sich ständig nach Joaquins starken Armen sehnte. Diese erschienen so viel erreichbarer als die von Erik.

«Das ist hart für dich, das kann ich mir vorstellen», sagte Tanja, die wusste, wie lange Vani nun schon auf Erik verzichten musste. Jetzt wurden es noch drei Monate mehr. Nein, sie hielt es nicht länger ohne Sex aus. Sie brauchte endlich wieder einen Orgasmus. Sie wollte den Körper eines Mannes spüren, dessen Stärke und Gewalt.

«Weißt du, Erik und du, ihr seid für mich Vorbilder. Ich hoffe, meine Ehe wird wie eure. Allein, wie ihr euch kennengelernt habt! Das war unbeschreiblich romantisch.»

«Was redest du denn da?» Wieder hatte Vani einen Großteil von Tanjas Rede nicht mitbekommen, aber der letzte Teil war ihr nicht entgangen. Romantisch? Das war vielleicht einmal gewesen. Vorbilder? Von wegen! Zwischen Erik und ihr gab es nichts Körperliches mehr, weil Erik auf der anderen Seite des Erdballs lebte. Sie warf einen Blick auf ihren Ehering. Warum trug sie den eigentlich noch?

«Ja, ich finde es bewundernswert, wie ihr all die Schwierigkeiten meistert und damit umgeht, dass ihr euch so lange nicht sehen könnt. Das sind die Phasen im Leben, die einen zusammenschweißen. Wo man merkt, ob eine Beziehung wirklich Bestand hat.»

Vani wurde übel. Tanja hatte einen völlig falschen Eindruck! Erik und sie versagten gerade auf ganzer Linie. Vani wollte das Gespräch abbrechen – so schnell wie möglich. Bevor Tanja noch unangenehme Fragen stellte. «Meine Pause ist zu Ende. Wir sehen uns später, ja?»

«Aber ...»

Doch Vani war schon aufgesprungen, um zu ihrem Schalter zurückzugehen. Die Fluggäste warteten.

Gegen Abend machte Vani einen Spaziergang durch den Altonaer Volkspark, bevor sie zur Tanzschule aufbrach. Sie musste ihre Gedanken ordnen. Das Gespräch mit Tanja ging ihr nicht mehr aus dem Kopf. Verstand versus Lust. Offenbar schier unmöglich, beides zu vereinen. Sie blickte sich um, sah zu den rauschenden Wipfeln der Bäume, als hoffte sie, von dort eine Antwort zu bekommen. Der Kernbereich der Grünanlage stand unter Denkmalschutz und war eingebettet in ein grünes Tal. Normalerweise gelang es Vani hier immer, sich zu entspannen, aber heute stand sie völlig neben sich.

Als sie endlich die Tanzschule erreichte, bemerkte sie die hell erleuchteten Fenster des Proberaums. Joaquin hatte bereits mit dem Training begonnen und wärmte sich wahrscheinlich gerade auf. Vani brauchte nur an seinen perfekten Körper zu denken, schon fing es wieder zwischen ihren Beinen zu prickeln an. Sie musste ihre Schenkel fest zusammenpressen, um der Sache Herr zu werden. Doch wollte sie das überhaupt? Wollte sie sich nicht vielmehr diesen Gefühlen hingeben? Sie ausleben? Vielleicht war Joaquin ihre einzige Chance dazu.

Ausgerechnet jetzt klingelte ihr Handy. Sie zog es aus ihrer Umhängetasche und warf einen Blick aufs Display. Erik. Seit dem Morgen hatte er sicher schon an die hundertmal angerufen. Aber Vani hatte keine Lust auf ein Gespräch mit ihm. Sie brauchte einen echten Mann. Aus Fleisch und Blut. Das war ihr während ihres Spaziergangs schmerzhaft klar geworden. Mit klopfendem Herzen schaltete sie das Gerät aus, nahm ihren Ehering ab und stopfte ihn zusammen mit dem Mobiltelefon in ihre Tasche. Dann stieg sie die Treppen zum Proberaum empor. Nachdem sie sich umgezogen hatte, ging sie in den Spiegelsaal, der den Tänzern erlaubte, jede ihrer Bewegungen und die ihres Partners genauestens zu beobachten. Joaquin stand in der Mitte des Raums und machte Stretchübungen. Sein Körper erinnerte Vani an den eines Raubtiers, geschmeidig und in jeder Bewegung präzise, perfekt. Wie gewöhnlich hatte er die dunklen Locken zu einem Zopf gebunden, der sich, wie Vani aus Erfahrung wusste, während der wilden Schrittabfolgen ohnehin wieder lösen würde. Ein weißes Muskelshirt betonte seine athletischen Formen. Vanis Hormone spielten bei diesem Anblick verrückt, und ihr Entschluss festigte sich. Heute Nacht würde sie nicht allein nach Hause gehen.

«Sorry, dass ich zu spät bin.»

«Olá!», rief Joaquin ihr zu. «Macht gar nichts.»

Erleichtert registrierte sie, dass er nicht wütend war. «Wollen wir gleich anfangen?» Sie brauchte sich nicht aufzuwärmen, ihr war längst heißer als in den Tropen.

Joaquin nickte. Als sie seinen Blick auffing, erkannte sie darin dasselbe Feuer wie in ihrem Traum der letzten Nacht. War es eine Vorahnung gewesen? Sie glaubte nicht an solche Dinge. Normalerweise.

Plötzlich betrat ein junger Mann mit einem CD-Player den Trainingsraum. Seine Anwesenheit irritierte Vani, sonst waren sie bei den Proben immer allein.

«Ah, gut, du hast den Player gefunden. Sehr schön», sagte Joaquin, der den Neuen offenbar kannte. «Das ist Roderick», klärte er Vani auf. «Wenn du nichts dagegen hast, wird er uns heute zusehen.»

Zwar passte ihr das gar nicht, obwohl sie Publikum sonst sehr schätzte, doch gezwungenermaßen nickte sie.

«Ist er Tänzer?», fragte sie.

«Nein, Medizinstudent und ein guter Freund von mir, der sich sehr für den Tanz interessiert», erklärte Joaquin.

Einen Vorteil hatte Rodericks Anwesenheit jedoch tatsächlich: Sie mussten sich nicht selbst um die Musik kümmern. Der junge Mann drückte die Playtaste, und Joaquin zog Vani in seine Arme.

Ihr Verstand schaltete weniger schnell als ihre Beine, die instinktiv die richtigen Bewegungsabläufe vollzogen. Tangorhythmen waren längst zu einem Teil ihres Körpergefühls geworden.

«Kopf gerade», erinnerte Joaquin sie.

Doch Vani konnte sich nicht auf seine Anweisungen konzentrieren. Ihr Körper gehorchte ihr nicht mehr, Joaquins heiße Ausstrahlung und sein sinnlich männlicher Geruch machten sie schwach. Es war berauschend und betörend zugleich. In diesem Moment existierten nur Joaquin und sie. Kein Roderick. Kein Erik.

Vani ahnte schon länger, dass Joaquin sie verführen wollte. Seine Blicke, seine Worte, die Art, wie er mit ihr tanzte ... Bisher war sie nie auf seine Avancen eingegangen. Heute würde das anders sein.

«Sehr gut», lobte Joaquin ihre Drehung. «Ja! Ich sehe das Feuer in dir!»

Ja, da brannte tatsächlich ein Feuer. Eines, das heißer loderte als jedes andere und das nur er zu löschen vermochte. Sie drifteten auf zwei Armeslängen auseinander, tänzelten dann in zackigen Schritten wieder aufeinander zu, während sich ihre Körper im Takt wiegten.

In europäischen Gefilden galt der Tango als leidenschaftlich und gewaltvoll, wie der Sex zwischen Mann und Frau, ein Machtkampf, ein Sich-Ergeben und Triumphieren. Genau diesen Impuls spürte Vani stärker denn je. Ihre Scham glühte, sie wurde feucht. Alles in ihr sehnte sich nach seinem Körper und dem Moment, in dem sie sich vereinten. Doch statt einer körperlichen Vereinigung musste sie sich mit einer tänzerischen zufrieden geben. Zumindest vorerst.

Erneut riss er sie in seine Arme. Sie spürte jeden harten Muskel, den Schlag seines Herzens, die Hitze seines Körpers. Selbstbewusst erwiderte sie seinen feurigen Blick. Das schien ihn zu überraschen, doch dann stahl sich ein Lächeln auf seine Lippen. Joaquin nickte ihr zu, drehte sie erneut, dann schritten sie wie zwei Raubtiere auf der Jagd durch die Halle. Vani, den Kopf zur Seite gedreht, warf einen Blick in den Spiegel. Sie wirkten perfekt zusammen. Wie zwei Teile eines Puzzles, die ineinanderpassten. Ihr Herz schlug schneller und schneller, ihr Mund wurde trocken. Ihre Nägel krallten sich besitzergreifend in seine Schulter, daraufhin verstärkte er den Druck seiner Hand um ihre, als wollte er Vani zu verstehen geben, dass sie ihm gehörte, dass er sie nicht eher loslassen würde, ehe er bekommen hatte, wonach es ihn verlangte. Ihre Körper schmiegten sich ineinander, sodass kaum mehr ein Blatt Papier zwischen sie gepasst hätte. Schweiß perlte von Vanis Stirn, und sie fixierte seine geschwungenen Lippen. Ein Kuss. Wie sehnte sie sich nach einem Kuss von ihm.

«Und jetzt die Schlusspose», feuerte er sie an. Sie dachte an ihren Traum, überlegte, ob sie spontan die geträumte neue Pose einnehmen sollte, entschied sich dann aber dagegen und warf sich in Joaquins Arme, der sie perfekt auffing und hielt. Dieser Abschluss hatte nie zuvor besser geklappt.

Applaus erklang. Er holte Vani in die Wirklichkeit zurück. Roderick hatte sich von der kleinen Bank erhoben und spendete dem Paar Beifall.

«Phantastisch! Ihr wart großartig.»

Joaquin lachte und verneigte sich. Auch Vani spürte Euphorie in sich aufsteigen. So war es immer nach einer erfolgreichen Darbietung. Ihre Sinne waren geschärft, ihre Empfindungen intensiver als unter normalen Umständen. Und ihr Hunger nach Sex war größer. Viel größer.

«Das hat so gut geklappt, heute müssen wir nicht weiterproben», entschied Joaquin spontan und packte seine Sachen zusammen.

Er würde doch jetzt nicht einfach nach Hause gehen? Erst entfachte er das Feuer in ihr, und jetzt ließ er sie einfach so stehen? Das konnte sie nicht zulassen.

«Kann ich dich nachher noch mal sprechen?», fragte sie rasch. Diesen Abend würde sie nicht allein verbringen, das hatte sie sich in den Kopf gesetzt!

Joaquin sah sie an, gierig, als zöge er sie mit seinen Blicken bereits aus. «Natürlich», sagte er, und Vani verschwand eilig unter der Dusche, um ihn nicht zu lange warten zu lassen.

Heiß prasselte das Wasser auf ihren erhitzten Körper nieder, den sie gründlich mit Duschlotion einrieb, bis sich Schaum auf ihrer Haut bildete. Vani malte sich aus, wie der Abend ablaufen würde. Erst würden sie zu ihr gehen, etwas trinken. Und dann würde sie – natürlich ganz zufällig und ohne jede Absicht – dafür sorgen, dass der Träger ihres Tops leicht über ihre Schulter rutschte. Wenn Joaquin dieses Zeichen nicht verstand und auf der Stelle über sie herfiel, würde sie die Rollen einfach umkehren und sich auf ihn stürzen. Sie lachte, dabei schluckte sie versehentlich etwas Wasser. Ihr Hunger nach Sex war so groß, dass sie zu jeder Schandtat bereit war.

Vor ihrem geistigen Auge sah sie Joaquin auf allen vieren, während sie wie seine Beute vor ihm auf dem Boden lag. Beide waren nackt, ihre Körper heiß und verschwitzt, die Luft um sie herum schwül und stickig. Er legte sich auf sie, packte ihre Handgelenke und führte sie über ihrem Kopf zusammen, sodass sie sich nicht wehren konnte, es in Wahrheit nicht einmal wollte. Sein starker Griff, seine Dominanz zwangen sie zur Aufgabe, und sie öffnete willig ihre Beine, um ihn einzulassen.

Vanis Hand verschwand zwischen ihren Schenkeln, wo sie ihre Scham streichelte. Die überwältigenden Gefühle zwangen sie fast in die Knie, doch sie wollte jetzt nicht kommen. Noch nicht. Den Orgasmus hob sie sich für später auf. Er würde ihr Geschenk an Joaquin sein.

Vani stellte das Wasser ab, rubbelte ihre nassen Haare mit einem Handtuch trocken und schlüpfte eilig in ihre Sachen, um so schnell wie möglich bei Joaquin zu sein. Doch der war weder im Trainingsraum noch unten am Eingang zu finden. Ob er schon nach Hause gegangen war? Nein! Das durfte er ihr nicht antun!

Verzweifelt biss Vani sich auf die Unterlippe. Sie wollte ihn. Heute Nacht. Es durfte nichts dazwischenkommen. Sie wusste, es wäre nur eine einmalige Sache. Und ahnte, dass ihr schlechtes

Gewissen sie später quälen würde. Aber hier und jetzt zählte das alles nicht. Ihr Körper dürstete nach Joaquins starken Händen, seinem Geruch, seinem Schwanz.

Irritiert huschte sie durch das Gebäude. Sie konnte und wollte einfach nicht glauben, dass er schon weg war, obwohl er wusste, dass sie noch etwas mit ihm zu besprechen hatte. Da hörte sie das Rauschen im Flur, auf dem auch ihr Trainingsraum lag.

Natürlich! Dort befand sich auch der Männerduschraum. Vielleicht erwartete Joaquin sie unter der Brause? Sie hatte ja die Gier in seinen Augen gesehen. Rasch verschwand sie in der Herrenumkleide, streifte ihre Sachen ab, um von dort aus in die Dusche zu treten und Joaquin zu überraschen. Wahrscheinlich hatte dieses Schlitzohr es genau so geplant.

Vanis Wangen glühten, während ihre nackten Füße über den feuchten Kachelboden schritten. Heißer Dampf stieg auf. Am anderen Ende des Raums erkannte sie Joaquins Silhouette. Er fuhr sich mit den Händen durch seine Haare, Unmengen an Wasser rauschten auf seinen herrlichen Körper herab. Sie konnte sogar sein beeindruckendes Glied erkennen. Ein Skorpion-Tattoo zierte den Ansatz seines Penis. Es sah geil aus!

So geil, dass dieses Bild sie hätte umwerfen müssen, denn etwas Heißeres hatte sie nie zu Gesicht bekommen. Tatsächlich aber machte es sie nervös, und ihre rechte Hand glitt über die Finger der linken, als suchte sie dort Halt. In Wahrheit aber tastete sie nach dem Ring, den sie heute Abend abgelegt hatte. Das tat Vani immer, wenn sie unruhig war. Dann ging es ihr sofort besser. Aber jetzt war der Ring weg. Irritiert hielt sie inne und betrachtete ihren Ringfinger.

Was mache ich hier eigentlich? Das bin doch nicht ich! Ich liebe nicht Joaquin, sondern Erik, schoss es ihr durch den Kopf. Und Erik war der Mann, den sie immer noch wollte, genau wie am ersten Tag.

«Vani?», erklang die überraschte Stimme ihres Tanzpartners durch das Rauschen des Duschwassers hindurch. Sie erschrak, wollte einen Rückzieher machen, dafür war es jedoch zu spät.

«Ich ... hab mich ... verlaufen», stammelte sie und zog sich rasch zurück. Zum Glück stellte er keine unangenehmen Fragen.

Bevor sie den Duschraum verließ, drehte sie sich noch einmal zu Joaquin um. Es sollte ein Abschied sein – von dieser Phantasie. Doch zu ihrer Überraschung bemerkte sie plötzlich eine zweite Gestalt, die hinter Joaquin hervortrat und sich vor ihn kniete. Roderick! Vani hatte ihn wegen der Dämpfe zuvor nicht bemerkt, aber er musste die ganze Zeit über anwesend gewesen sein.

Vani verstand. Sie war nicht wütend, nicht einmal enttäuscht. Im Gegenteil. Ihr Herz fühlte sich erleichtert an.

Es ist gut, wie es gekommen ist, überlegte Vani auf der Heimfahrt. Sie lehnte ihren Kopf an die Fensterscheibe der S-Bahn und betrachtete nachdenklich das alte Bahn-Brachgelände zwischen den Stationen Altona und Holstenstraße, an dem sie gerade vorbeifuhr. Trotz der Dunkelheit konnte sie sogar den Bahnwasserturm erkennen, der aus dem Schienenfriedhof wie ein einsamer Kämpfer hervorragte. Dann jedoch verschwamm die Sicht vor ihren Augen. Die Lichter, die in der Ferne aufleuchteten, hatten etwas Surreales an sich. Unwirklich. Genau wie dieser Moment.

Joaquin war ein attraktiver Mann, und sie hatte sich eingeredet, sie würde ihn begehren. Aber er war nicht der Mann, für den ihr Herz schlug. Das war immer ein anderer gewesen.

Wie von selbst wanderte ihre Hand in die Umhängetasche, suchte nach dem Ring und steckte ihn wieder an. Jetzt fühlte sie sich viel wohler. Vollständig.

Die Worte ihrer Freundin Tanja hallten in ihren Ohren nach. «Weißt du, Erik und du, ihr seid für mich Vorbilder ... Allein, wie ihr euch kennengelernt habt! Das war unbeschreiblich romantisch.»

Vani lachte leise. Noch heute Mittag hatte sie diese Aussage lächerlich gefunden. Jetzt erkannte sie, dass sie alles andere als lächerlich war. Denn es stimmte. Der Tag, an dem Erik und sie sich kennengelernt hatten, war der romantischste Tag ihres Lebens gewesen. Wie hatte sie das nur vergessen können?

Am siebenundzwanzigsten Februar, vor genau vier Jahren, hatte Vani eine Stadtrundfahrt entlang der Binnen- und Außenalster auf einem Alsterdampfer gemacht. Sie wollte Hamburg besser kennenlernen, nachdem sie aus München in die Hansestadt gezogen war. Leider war sie nicht gerade das gewesen, was man seetauglich nannte. Darum konnte sie den Anblick der phantastischen Villen, Kirchen und Türme sowie der Ruder- und Segelclubs nicht im Mindesten genießen. Ihr Magen rebellierte ohne Unterlass, und ihr war so übel, dass sie den Großteil der Fahrt über die Reling gebeugt verbrachte, was jedoch niemanden zu kümmern schien. Nicht einmal das Personal. Nur ein Fahrgast, der plötzlich neben ihr stand, sorgte sich um sie.

«Vorsicht, fallen Sie nicht runter», sagte er und hielt sie am Arm fest, weil sie im Begriff war, abzurutschen. Vani blickte auf und sah in die strahlend grünen Augen eines jungen Mannes, der sie anlächelte. Ein schöneres Lächeln hatte sie nie gesehen. Vom ersten Moment an war sie verzaubert.

Der Fremde drückte ihr einen Plastikbecher in die Hand. «Trinken Sie, das wird Ihnen helfen», versprach er. Misstrauisch äugte sie in den Becher, in dem eine Flüssigkeit sprudelte. «Es ist nur Mineralwasser mit speziellen Tropfen, die mir mein Arzt verschrieben hat, weil ich auch immer seekrank werde. Sogar, wenn es kaum Wellengang gibt.» Er lachte leise, und Vani stimmte mit ein.

Was für ein amüsanter Zufall und wie nett von ihm, dass er ihr half. Vani probierte etwas von dem Medikament, und tatsächlich ging es ihr bald besser.

«Ich bin übrigens Erik Wagemut.» Er reichte ihr seine Hand.

Schon in diesem Moment hatte Vani gespürt, dass zwischen ihnen etwas Besonderes war. Und sie sollte recht behalten, denn heute war Erik ihr Ehemann, den sie über alles liebte und den sie fast betrogen hätte. Sie hasste sich dafür. Schnell zog sie ihr Handy aus der Tasche, um ihn anzurufen. Sie musste jetzt unbedingt seine Stimme hören. Vielleicht würde sie ihm alles beichten. In jedem Fall wollte sie ihm ihre Liebe gestehen und sich für ihr unausstehliches Verhalten von heute Morgen entschuldigen. Das Freizeichen ertönte einige Male, doch Erik ging nicht ran. Auch das noch.

An der Haltestelle Dammtor stieg Vani aus und schleppte sich nach Hause. Ob Erik sie verlassen würde, wenn er erführe, dass sie fast schwach geworden war? Sie konnte es ihm kaum verübeln, aber der Gedanke schmerzte unfassbar.

Als sie die Wohnungstür aufschloss, stolperte sie fast über die beiden Koffer, die im Flur standen. Koffer? Ihr Herz schlug schneller. Das konnte doch nur bedeuten ... .

«Erik?», rief sie in die Stille hinein. Zur Antwort erklang eine wunderschöne Melodie aus dem Wohnzimmer. Vivaldi.

Vanis Finger zitterten, während sie rasch aus ihren Schuhen schlüpfte und in die Stube lief. Ein Meer aus Teelichtern leuchtete ihr entgegen, und auf dem Esstisch entdeckte sie einen Eiskübel mit einer Flasche Champagner.

«Hallo, Vanessa», sagte Erik, der am Fenster stand und sich just in diesem Moment zu ihr umdrehte. Er trug seinen Businessanzug. Verdammt, sah er gut darin aus!

«Erik», hauchte sie ergriffen. «Was machst du denn hier? Ich meine ... heute früh warst du noch in den Staaten. Wir ... haben doch telefoniert ...»

Er kam näher und legte eine Hand unter ihr Kinn. «Ich habe Jameson abgesagt», erklärte er, dann küsste er sie.

Vani war wie gelähmt, unfähig, irgendetwas zu tun. Sie spürte, wie seine Zunge tief in ihren Mund tauchte, und schmeckte sein männliches Aroma, sog es gierig in sich auf. So lange hatte sie es entbehrt! Als sich ihre Lippen wieder voneinander lösten, erwachte ihr Hunger nach mehr.

«Alles nur für mich?»

Erik nickte und legte seine Hände um ihre Taille, bewegte sich mit ihr zum Takt der Musik. Vani strahlte. Er war nicht der beste Tänzer und mochte Tanzen nicht einmal besonders, aber jetzt, in diesem Moment, konnte sie sich keinen geeigneteren Tanzpartner vorstellen als ihn.

«Ich habe versucht, dich vom Flugzeug aus anzurufen. Ich habe gleich den ersten Flug nach Hamburg genommen, um so schnell wie möglich bei dir zu sein.»

Vor Glück hätte Vani am liebsten geweint. Doch dafür war keine Zeit, denn allem Anschein nach war nicht nur sie nach einem halben Jahr ohne Sex völlig ausgehungert. Erik hob sie hoch, und sie schlang ihre Beine um seine Hüften, während sie sich leidenschaftlich küssten. Sie wollte ihn niemals wieder loslassen. Ohne den Kuss zu unterbrechen, trug Erik sie ins Schlafzimmer, wo er Vani aufs Bett legte. Als er sich gleich darauf an sie schmiegte, spürte Vani durch seine Anzughose hindurch seinen erigierten Penis.

«Ich habe dich so vermisst», gestand er, zog ihr einfach die Jeans herunter und den Slip gleich mit.

Vani schnappte nach Luft. Und sie keuchte vor Überraschung, als sie in der nächsten Sekunde seine Zunge zwischen ihren

Schamlippen spürte. Mit diesem Überfall hätte sie nie im Leben gerechnet, doch er war ihr mehr als willkommen. Das war genau das, was sie brauchte. In ihr hatten sich so viel Frust und unterdrückte Lust angestaut. Beides wollte endlich heraus.

Eriks Finger glitt in sie, weitete sie, als wollte er sie auf sein Eindringen vorbereiten. Aber noch trug er seinen Anzug.

«Lass mich dir helfen», bat Vani, die vor lauter Ungeduld und Erregung zitterte.

Sie setzte sich auf, um ihm die Hose auszuziehen. Zum Vorschein kam sein prächtiges Glied, heiß und hart. Es pulsierte in ihrer Hand, als erwachte es dort zum Leben. Vani hauchte einen Kuss auf seine Eichel, und Erik stöhnte lustvoll auf. Sie spürte, wie sein Schwanz immer stärker zuckte, während sie ihn tiefer in den Mund nahm und die Zunge über den Schaft gleiten ließ. Es war ein gutes Gefühl, sein Verlangen zu spüren – und begehrt zu werden. Ihre Finger massierten ihre Scham, in der es nicht minder bebte. Vani hielt es vor Lust kaum noch aus.

Nachdem sein Penis die Maximalgröße erreicht hatte, gab Vani ihn frei. Sie legte sich zurück, und gleich war Erik auf ihr, drang in sie ein. Kraftvoll. Fordernd. Ein erhabenes, vertrautes, aufregendes Gefühl, dem Vani sich willig ergab.

Nach und nach füllte er sie aus, gleichzeitig verschloss sein Mund ihre Lippen. Sie schmeckte seine Gier, was ihren Unterleib immer heftiger zucken ließ. Schauer jagten durch ihren Körper. Bei niemandem sonst hätte Vani die Erschütterungen so intensiv verspürt, selbst ihr heißblütiger Tanzpartner hätte nicht solche Reaktionen in ihr hervorgerufen. Dessen war sie sich sicher.

Vani begriff, dass Sex und Liebe die geilste Kombination waren und sie bereits den besten Tanzpartner fürs Bett gefunden hatte. Alles in ihr bebte, zitterte, verlangte. Ihr ganzer Körper drängte sich Erik entgegen, nahm ihn tiefer und tiefer in sich auf, verlor mehr und mehr alle Kontrolle – bis ein süßer Orgasmus sie von den Fuß- bis in die Haarspitzen erbeben ließ. Gleich darauf spürte sie, dass auch Erik kam. Was für ein unglaublicher Genuss! Als er kurze Zeit später erschöpft neben sie sank, zog er sie in seine Arme und hielt sie fest. Sie gehörte ihm und wollte niemand anderem gehören.

«Ich gehe nicht mehr nach Amerika zurück», versprach er. «Das letzte halbe Jahr war unerträglich ohne dich.»

Und ich werde nie wieder an einen anderen denken, dachte Vani und schloss glücklich die Augen. Sie genoss die wohltuende Wärme seines Körpers und Eriks Nähe, die ihr Geborgenheit schenkte.

Fessle mich

anja Wegert lachte, als sie durch den Seitenausgang der Showbar in die kühle Nacht trat. Sie war unendlich erleichtert. Alles hatte geklappt. Es war perfekt gewesen, viel einfacher, als sie es erwartet hatte. Ein Bier-Bike fuhr über die Vergnügungsmeile Große Freiheit hinunter und hupte, weil Tanja dem Fahrzeug im Weg stand. Sie lächelte über die angeheiterten Passagiere. Selbst um diese Uhrzeit wurden die Touristen des Sightseeings nicht müde. Andererseits erwachte die Reeperbahn mit ihren unzähligen Kneipen, Casinos und Clubs erst jetzt richtig zum Leben. Und mit ihr ihre berühmte Seitenstraße am Beatles-Platz, in der es außer dem über Hamburgs Grenzen hinaus bekannten Tabledance-Lokal Susis Show Bar noch viele weitere exklusive Etablissements gab. Es war eine schillernde Welt, zu gleichen Teilen glitzern-leuchtend und verrucht. Eine Welt, wie es sie in dieser Art nur in Hamburg gab.

Tanja folgte ein Stück weit dem Menschenstrom, aber in Gedanken war sie immer noch bei ihrem Auftritt. Mit heißen Bewegungen und sinnlichen Blicken hatte die Neunundzwanzigjährige das Publikum in ihren Bann gezogen. Und das trotz ihrer molligen Figur. Oder gerade deshalb? Sie war die einzige Tänzerin gewesen, die ein wenig mehr auf den Rippen hatte, dadurch war sie natürlich stärker aufgefallen. Der Applaus war Balsam für ihre Seele gewesen, denn sonst hatte Tanja sich wegen ihrer üppigen Figur immer geniert.

Was für ein Glück, dass sie nicht im Vorfeld aufgegeben hatte! Mehr als einmal war sie kurz davor gewesen. Schließlich war sie alles andere als ein Bewegungstalent. Ohne ihre Freundin

Vani hätte sie den knallharten Probemarathon nicht durchgehalten. Verbissen hatten die beiden Frauen an der Choreographie gearbeitet. Und es hatte sich gelohnt. «Der Auftritt selbst ist nur ein Wimpernschlag», hatte Vani nach der letzten Probe gesagt.

Es stimmte! Doch dieser Wimpernschlag hatte ihr neues Selbstbewusstsein gegeben. Sie fühlte sich befreit, euphorisch. Vor wenigen Minuten noch hatte die Menge getobt, als sie sich unter dem roten Lichtstrahl aus ihren Kleidern schälte. Sie hatten ihr zugejubelt, Männer und Frauen gleichermaßen. Ihre Figur gefiel den Leuten. Sie fanden Tanja begehrenswert. So, wie sie war.

Aber jetzt stand Tanja nicht mehr auf Susis Bühne, und die Begeisterung klang nach und nach ab. Sie lief die Große Freiheit entlang, vorbei an all den Clubs und Bars, deren Leuchtreklamen das Bild von St. Pauli prägten, ließ sich einfach mit den Menschen treiben, hörte das Murmeln und Lachen der Leute. Aus einem Club dröhnte Musik, lud mit eingängigen Rhythmen zum Tanzen ein und weckte ihre Lebensfreude. Ein paar Schritte wippte sie im Takt mit.

In ihr wuchs etwas, das Tanja bisher nicht gekannt hatte, das sie aber in direkten Zusammenhang mit ihrem Auftritt brachte: die Sehnsucht nach einem Kick. Die Lust am Sich-Entkleiden, am Tanzen an der Stange. Vielleicht war sie exhibitionistisch veranlagt? Vor allem aber empfand sie Lust an der Bewunderung. Sie hatte sich die Gesichter der Männer im Publikum sehr genau angesehen. Begierde hatte in ihren Augen geleuchtet.

Immer war Tanja das hässliche Entlein gewesen. In der Schule, während der Ausbildung, selbst unter den Kolleginnen am Hamburg Airport. Diese Nacht hatte alles verändert, und Tanja wollte nicht, dass der Abend jetzt schon endete. Sie war noch viel zu aufgekratzt, um auch nur an Schlaf zu denken. Ihre Bühnenpremiere sollte gefeiert werden. Sie blickte sich nach einer Bar um, die ihr für diesen Anlass passend erschien. Da bemerkte sie einen breitschultrigen Kerl, der unentwegt zu ihr herüberstarrte. Er war ihr unheimlich, weil er kein Interesse für seine Umgebung aufbrachte und ausschließlich sie musterte. Tanja beschloss, einen Schritt zuzulegen. Doch die meisten Bars waren um diese Uhrzeit überfüllt, keine Chance auf einen Platz, und sie hatte auch keine Lust, eine halbe Stunde oder länger für ein Getränk anzustehen.

Darum ging sie weiter, doch je mehr sie sich von der Reeperbahn entfernte, desto leerer wurden die Straßen. Und als sie sich erneut umsah, bemerkte sie wieder diesen eigenartigen Mann. Von der Statur her sah er wie ein Bodybuilder aus, und sein schwankender Gang verriet, dass er zu viel intus hatte.

Ich werde verfolgt, schoss es ihr durch den Kopf, und ihre Kehle fühlte sich mit einem Mal so trocken an, dass ihr das Schlucken schwerfiel. Vielleicht war es besser, doch nach Hause zu fahren? Rasch blickte sie sich nach einem Taxi um, doch es war keines in der Nähe. Ihr blieb nur die Möglichkeit, den Taxiservice anzurufen. Während sie noch in ihrer Tasche nach dem Handy kramte, holte der Fremde sie ein.

«Na duhuuu», lallte er in einer tiefen Stimmlage, was ihr eine unangenehme Gänsehaut verursachte.

«Was wollen Sie?», fuhr sie den Kerl an. Sie hatte keine Lust auf eine Anmache.

«Soll ich ... dich nach ... nach ... Hause bringen? Ist 'ne ... gefährliche Gegend hier.» Er bemühte sich, seine Stimme in den Griff zu bekommen, doch mit der Aussprache hatte er Mühe.

«Nein, danke. Ich komme schon klar.» Sie roch die strenge Alkoholfahne, die ihr aus seinem Mund entgegenstieg.

«Oder wir ... gehen zu mir», schlug er unverblümt vor.

Eigentlich wusste Tanja, dass sie sich besser gar nicht erst auf eine Diskussion mit dem Muskelprotz einlassen sollte, aber ihr Temperament ging mit ihr durch. «Lassen Sie mich gefälligst in Ruhe! Hauen Sie ab!» Ganz bewusst wurde sie etwas lauter, in der Hoffnung, Aufmerksamkeit auf sich zu lenken, nur für den Fall der Fälle.

Plötzlich packte er grob ihr Handgelenk und zog sie ganz nah an sich. «Ich mag nicht, wie du mit mir redest», polterte er. Seine Stimme klang jetzt fester.

«Lassen Sie mich los», sagte Tanja. «Das tut weh.» Das Herz schlug ihr bis zum Hals.

Wie eine unbezwingbare Mauer baute er sich vor ihr auf. Zorn funkelte in seinen Augen, aber auch etwas anderes. Etwas, das ihr Angst machte.

Tanja wollte sich losreißen, doch der Griff um ihr Handgelenk wurde nur noch fester.

«Hey, Kumpel, lass die junge Frau in Ruhe. Leg dich lieber mit einem in deiner Größe an.» Wie aus dem Nichts tauchte plötzlich ein Mann neben ihrem Peiniger auf. Sein Gesicht blieb im Schatten, doch seine Körperhaltung verriet, dass er zu allem entschlossen war.

Abrupt ließ der Betrunkene von ihr ab und fuhr zu dem Fremden herum, während Tanja ein paar Schritte nach hinten taumelte.

«Was willst du?», blökte er.

Tanja nutzte die Gunst der Stunde und zog sich zurück, blickte sich nach Helfern um. Endlich bekam sie ihr Handy zu fassen. Kaum war sie außer Reichweite, ging der Betrunkene auf ihren Retter los, doch dieser versetzte ihm einen gezielten Stoß, sodass er nach hinten fiel. Der Mann stolperte, ging der Länge nach zu Boden und blieb dort hilflos zappelnd liegen – wie eine Schildkröte, die auf dem Rücken lag und es nicht schaffte, sich aus eigener Kraft wieder herumzudrehen.

«Beim nächsten Mal weniger saufen, Kumpel», meinte der Fremde und klang dabei nicht einmal unfreundlich.

Jetzt gab es wohl keinen Grund mehr, die Polizei zu rufen. Tanja steckte das Handy weg und wollte ihrem Retter danken. Als dieser ins Straßenlicht trat und sie sein Gesicht erkennen konnte, schlug ihr Herz nochmals schneller. Jedoch nicht aus Angst. Der Typ sah aus wie ein dunkler Engel. Markanter Kiefer, volles Haar, männliche Züge. Und doch schimmerte eine gewisse Sanftheit in seinen Augen.

«Vielen Dank», sagte sie schüchtern.

«Nicht dafür. Ich habe mir schon gedacht, dass der Kerl Ärger macht. Er ist Ihnen aus dem Club gefolgt. Ihr Tanz muss es ihm sehr angetan haben.»

Das konnte ihr Retter nur wissen, wenn er selbst in der Bar gewesen war. Ob ihm die Aufführung ebenfalls gefallen hatte? Sie hoffte es.

In der Gegenwart des Mannes fühlte Tanja sich sicher. Sie spürte, dass er kein übler Kerl war. Ganz im Gegenteil.

«Ich fand Ihre Darbietung übrigens auch sehr ansprechend.»

Erleichtert atmete sie auf. Es überraschte sie, wie wohlwollend alle ihren Auftritt aufgenommen hatten, obwohl sie nur Amateurin war. Dazu noch übergewichtig. Das machte ihr Mut.

«Sie sind sehr hübsch», stellte der Fremde schließlich fest. Tanja errötete. Aus seinem Mund klangen diese Worte ehrlich. In der Vergangenheit war sie aufgrund ihrer Rubensfigur immer gehänselt worden. Sie hatte Komplexe bekommen, eine Diät nach der anderen ausprobiert, sich mit Jo-Jo-Effekten herumgequält und schließlich beschlossen, zu ihrer Figur zu stehen. Auch wenn das nicht immer einfach war.

«Ich mag Frauen mit weiblichen Rundungen», fügte er anerkennend hinzu. Er war auch ganz ihr Typ. Groß, dunkel, ein Beschützer, den eine geheimnisvolle Aura umgab.

«Darf ich Sie zu einem Cocktail einladen? Als Dankeschön?», schlug sie vor, denn sie fürchtete, dass er sich sonst bald verabschieden und gänzlich aus ihrem Leben verschwinden würde. Was äußerst schade wäre.

Er überlegte einen Moment und nickte schließlich. «Gern. Können Sie einen Laden in der Gegend empfehlen? Ich bin selten in St. Pauli.»

Ich ehrlich gesagt auch, dachte sie, sprach es aber nicht aus, denn das hätte zu viele Fragen aufgeworfen. Lediglich von dem einen oder anderen Club hatte sie schon mal gehört, aber sie war alles andere als eine Szenekennerin.

«Gehen wir doch zur Reeperbahn, dort finden wir sicher etwas.»

Der Mann war einverstanden, und sie zogen gemeinsam los.

Zum Glück fanden sie ein schönes Plätzchen in einer der zahlreichen Bars. Nach dem Aufgeben der Bestellungen fiel Tanja plötzlich auf, dass sie sich noch gar nicht miteinander bekannt gemacht hatten. Sie reichte ihm die Hand. «Sorry, ich war vorhin so durcheinander, da habe ich glatt vergessen, mich vorzustellen. Mein Name ist ...»

«Ssst», machte er plötzlich und legte seinen Zeigefinger auf die sinnlich geschwungenen Lippen.

Irritiert hielt Tanja inne. Wollte er denn gar nicht wissen, wen er gerettet hatte? Der Gedanke enttäuschte sie.

«Es ist aufregender, wenn gewisse Dinge ein Geheimnis bleiben», murmelte er.

Tanja verstand nicht. Schon wollte sie Einspruch erheben, als ihnen die Kellnerin ihre Cocktails brachte. Zwei Ocean Blue.

«Eine der häufigsten Frauenphantasien ist es, von einem Fremden lustvoll überwältigt zu werden», fuhr er fort, und mit einem Mal spürte sie sein Knie zwischen ihren Schenkeln. Eine verruchte Geste, die Tanja sonst unter keinen Umständen erlaubt hätte.

Doch bei diesem Mann war alles anders. Anstatt in Abwehrhaltung zu gehen, drängte sich ihm alles in ihr entgegen. Doch das bewirkte, dass sich der Druck auf ihre empfindsamste Stelle erhöhte. Schweiß perlte von ihrer Stirn, und sie rutschte nervös auf ihrem Stuhl hin und her. Jede neue Position schien ihre Situation nur weiter zu verschlimmern. Er grinste sie an, als wüsste er ganz genau, was in ihr vorging. Sie fühlte sich durchschaut.

«Ein Name verrät doch nichts», sagte sie leise und nahm einen Schluck, weil ihr immer heißer wurde.

«Das mag stimmen. Aber er erweckt die Illusion, jemanden zu kennen. Und wenn man jemanden kennt, ist er ja kein Fremder mehr.»

Er zog sein Bein zurück. Das hätte Tanja erleichtern sollen, aber das war nicht der Fall. Im Gegenteil: Sie fühlte eine Leere in ihrer Mitte und spreizte die Beine, als hoffte sie, ihn dadurch wieder in ihre Nähe zu bringen, ihn einzufangen, wie eine Venusfliegenfalle ihre Beute anzulocken.

«Ich verstehe, worauf Sie hinauswollen. Doch Sex mit einem Fremden bleibt dann wohl auch nur ein One-Night-Stand.» Dachte sie etwa gerade wirklich daran, sich auf diese Geschichte einzulassen?

Ein süffisantes Lächeln umspielte seine markanten Züge. «Das kommt auf die Betrachtungsweise an. Ein One-Night-Stand kann auch ein einmaliges Erlebnis sein, das man nicht mehr vergisst.» Er zwinkerte ihr zu.

Tanja wusste, dieser Mann, so anziehend und geheimnisvoll er auch war, würde niemals seine Regeln brechen. Es lag an ihr, ob sie sich auf das Spiel einließ oder nicht. Es wäre Selbstbetrug, wenn sie behauptete, er würde sie nicht faszinieren, sie nicht scharf machen. Denn das tat er, sehr sogar. Sie war drauf und dran, heute Nacht alles zu tun. Diese Chance wollte sie nicht verstreichen lassen.

«Nur einmal angenommen ...», sagte sie nachdenklich und steckte sich den Strohhalm ihres Ocean Blue in den Mund, um ihre trockene Kehle zu befeuchten.

Der Fremde beugte sich vor, sie hatte seine volle Aufmerksamkeit. Tanja kostete den Moment aus, ließ sich ganz bewusst Zeit.

«Nur einmal angenommen, ich würde heute Nacht mutig sein. Was genau schwebt Ihnen vor?»

Sein Lächeln wurde breiter, verwandelte sich in ein Strahlen, das männlich und sexy war. «Ein Abenteuer. Ein sinnlicher Genuss, den Sie nie vergessen werden.»

Tanja lachte. Das klang ja schön und gut, war aber auch ein bisschen vage. Ganz davon abgesehen, dass es sich etwas eingebildet anhörte. Aber das gefiel ihr, denn Tanja mochte Männer mit Selbstbewusstsein. Tatsache war jedoch, er riskierte weniger als sie.

«Ich will es genauer wissen», forderte sie.

«Sie werden es erfahren. Ganz genau. Das verspreche ich.» Erneut spürte sie sein Bein zwischen ihren Schenkeln, sein intensiver Blick versprühte Selbstsicherheit. «Verlassen Sie sich auf Ihren Instinkt», fuhr er fort. «Ihr Bauchgefühl. Wollen Sie mir heute Nacht vertrauen, sich fallen lassen? Oder gehen Sie auf Nummer sicher und kehren Sie zurück in Ihre langweilige kleine Welt, wo Ihr Freund oder Ehemann auf Sie wartet, um Sie mit einfallslosem Blümchensex zu begrüßen?»

Reflexartig glitt ihre Hand zu ihrem Ringfinger, an dem der Verlobungsring von Jacob steckte. Doch sie hatte ihn heute gar nicht angelegt, zu ihrem Auftritt hatte sie keine persönlichen Dinge mitnehmen wollen.

Tanja biss sich auf die Unterlippe. Was sollte sie tun? Das Angebot des Fremden war in der Tat verführerisch. Er weckte eine Seite an ihr, die sie bisher nicht gekannt hatte. Ihre wachsende Neugierde durfte nicht ungestillt bleiben. Außerdem hatte der

Fremde nicht ganz unrecht. Auch wenn sie Jacob über alles liebte und ihn sogar heiraten wollte, vermisste sie die Spannung und Abwechslung im Bett. Er war ein zärtlicher Liebhaber, der ihr jeden Wunsch von den Augen ablas. Bis auf einen. Er konnte einfach nicht dominant im Bett sein. Tanja hingegen wünschte sich genau das. Sie wollte ans Bett gefesselt, wild und leidenschaftlich genommen werden, bis die Wände wackelten und die Nachbarn sich beschwerten. Wie oft hatte sie mit Jacob über ihre Wünsche gesprochen? Wie oft hatte er versucht, ihr genau das zu geben, was sie so sehr ersehnte? Letztlich war er aber immer wieder aus seiner Rolle gefallen, hatte sich zurück in den liebevollen Partner verwandelt, der er nun einmal war. Der nicht anders sein konnte und wollte.

Tanja hatte ganz und gar nichts gegen liebevolle Männer. Im Gegenteil. Nach einigen schlimmen Erfahrungen war Jacob wie ein rettender Engel in ihr Leben getreten. Sie wünschte nur, er könnte für etwas mehr Abwechslung in ihrer Beziehung sorgen. Sich auf ein Abenteuer einlassen.

Die Augen des Fremden funkelten voller Begierde. Niemals hatte ein Mann Tanja derart angesehen. Sein Blick jagte ihr einen wohligen Schauer über den Rücken. Hätte Jacob sie nur einmal auf diese Weise fixiert, würde sie jetzt nicht schwach werden.

«Wir nehmen uns ein Zimmer für eine Nacht», erklärte er ihr seinen Plan. «Wir achten nicht aufs Geld. Es geht um das Ambiente, um die Atmosphäre, denn diese Nacht wird einmalig sein und bleiben.»

Tanja hing förmlich an seinen Lippen. Seine Stimme klang verrucht und zugleich männlich, bestimmend. Eine einmalige Sache. Ohne Verpflichtungen. Es klang perfekt.

«Wir nehmen meinen Wagen und fahren zum Atlantic, lassen uns Champagner aufs Zimmer bringen und feiern unsere Begegnung. Anschließend ...», seine Hand legte sich in einer schnellen

Bewegung um Tanjas Handgelenk, hielt sie fest und fesselte ihren Arm an die Tischplatte, «… werden wir sehen, wohin diese Nacht noch führt.» Wieder zwinkerte er ihr zu. Tanja spürte, wie ihr mit einem Mal ganz heiß wurde. Dieser kleine Vorgeschmack überzeugte. Sie würde Ja sagen, wenn er sie noch einmal fragte.

Aber das tat er nicht. Stattdessen warf er einfach ein paar Münzen auf den Tisch und zog Tanja hoch, als hätte er längst die Entscheidung für sie gefällt.

«Ich wollte doch eigentlich Sie einladen», erinnerte sie ihn, aber der Mann winkte ab. «Lassen Sie uns heute Abend altmodisch sein und in alten Rollen verweilen.»

Tanja war nicht ganz sicher, wie er das meinte, doch seine dominante Ausstrahlung ließ es sie erahnen. Vielleicht war es dumm, in das Auto eines Fremden zu steigen, der sie zwar gerettet hatte, den sie aber kaum kannte? Vielleicht war es falsch, ihm zu folgen und alles, was ihr wichtig war, wegen einer einzigen aufregenden Nacht zu riskieren. Aber daran dachte Tanja nicht länger, als sie ihm zu seinem Wagen folgte. Draußen hatte es begonnen, leicht zu regnen. Rasch nahm sie auf dem Beifahrersitz Platz, um ins Trockene zu kommen und mit ihm durch die nächtliche Hansestadt zu fahren. Als er seinen Wagen nahe dem Grandhotel parkte, hielt sie den Atem an. Das Atlantic lag direkt an der Alster, und mit seiner majestätischen weißen Fassade erinnerte es sie an ein Königshaus. Es wurde von blauen Scheinwerfern erleuchtet und hob sich imposant vom dunklen Nachthimmel ab. Was für ein hochherrschaftlicher Anblick. Wie oft hatte Tanja das noble Hotel von weitem bestaunt, aber nie daran gedacht, einmal selbst in dem Fünf-Sterne-Haus zu nächtigen. Vermutlich war sie nicht gerade passend gekleidet.

Der Fremde hingegen trug einen legeren Anzug, in dem er womöglich auch noch leicht underdressed daherkam, zumindest aber würde er darin keine pikierten Blicke ernten. Vorausgesetzt, er erreichte die Lobby nicht allzu durchnässt, denn inzwischen schüttete es heftig.

Tanja versank tiefer im Beifahrersitz und beobachtete angespannt die Regentropfen, die über die Windschutzscheibe des BMWs rollten.

«Sie bekommen doch jetzt keine kalten Füße, oder?», fragte er amüsiert. Aber natürlich lag er mit seinem Verdacht goldrichtig. In diesem Moment kam Tanja sich schäbig vor. Zumindest zu schäbig für ein Luxushotel dieser Klasse.

«Und wenn wir hierbleiben?», fragte sie nervös.

Der Fremde hob eine Braue. «Hier im Wagen?» Er schien erstaunt, als wäre ihm diese Möglichkeit nie in den Sinn gekommen.

Sie nickte. Das wäre immer noch sehr aufregend. Sogar ein wenig verruchter, denn es bestand jederzeit die Möglichkeit, dass ein vornehmer Hotelgast aus dem Fenster sah und sie beim Liebesspiel entdeckte.

«Das ist aber nicht das, wovon Sie heimlich träumen», stellte er mit einiger Skepsis fest.

«Doch», beharrte sie. «Im Moment will ich genau das. Bitte.»

Er sah sie eine Weile nachdenklich an, dann nickte er zu ihrer Erleichterung. «Na schön, wenn Sie sich hier drin wohler fühlen. Ich wäre der Letzte, der Sie vom Gegenteil überzeugen wollte.»

Schon wollte sie ihren Gurt lösen, aber er fing ihre Hand ab und schüttelte den Kopf. «Ich denke, so ist es besser.» Sein Lächeln war sexy und süffisant zugleich, doch sein Blick war hart. Er duldete kein Zuwiderhandeln, das sah sie in seinen Augen.

Tanja ließ von ihrem Gurt ab, und der Mann beugte sich seitlich über sie, betrachtete sie wie der Wolf seine Beute und packte ihr Kinn. Sie erwartete einen Kuss, öffnete den Mund, wollte sich ihm nähern, doch er hielt sie auf Abstand. Der Druck um ihren Kiefer verstärkte sich, dann drückte er plötzlich seine Lippen auf

41

ihre, als wollte er ihr zu verstehen geben, dass er es war, der bestimmte, wann sie sich küssten.

Fordernd schob seine Zunge sich in ihren Mund, kämpfte gegen ihre und gewann, weil sie sich ihm ergab. Tanja verlor jeden Halt. Etwas zog sie nach hinten, riss sie in die Tiefe. Ihr Sitz surrte, beförderte sie in eine liegende Position. Der Fremde lachte.

«Ganz ruhig, ich werde nichts tun, was Sie nicht mögen», versprach er und zupfte an ihrem Gurt, um sie an ihre Fessel zu erinnern.

Tanja hörte, wie er das Handschuhfach öffnete und etwas herausholte. Etwas, das sie nicht sehen konnte, selbst dann nicht, wenn sie den Kopf anhob. Ihre Hilflosigkeit machte sie nervös. Natürlich hätte sie sich jederzeit befreien können, aber das wollte sie nicht.

Plötzlich spürte sie seine Hand an ihrem Rock, wie sie sich sanft unter den Stoff schob, sich auf ihren Oberschenkel legte. Der Temperaturunterschied ließ sie zusammenfahren. Die Hand war eiskalt.

Besitzergreifend krallten sich seine Finger in ihr Fleisch, wanderten Stück für Stück ihr Bein hinauf. Als sein Zeigefinger in ihrem Höschen verschwand, erfasste Tanja eine ungekannte Hitze, die sich rasend schnell in ihrem Körper ausbreitete, sich in ihrer Mitte sammelte. In ihren Nervenbahnen explodierten lauter kleine Feuer, gleichzeitig erfasste sie eine Art Schüttelfrost und ließ sie erzittern.

«Entspannen Sie sich», flüsterte er. Aber das war leichter gesagt als getan, denn inzwischen war Tanja so geil, dass sie meinte, unter Strom zu stehen. Er hauchte einen Kuss auf ihr Knie, und sie staunte über die Kühle seiner Lippen auf ihrer heißen Haut.

«Mmmh», machte er genießerisch, und für einen winzigen Moment tauchte die Kuppe seines Zeigefingers in Tanjas Enge, reizte die empfindlichen Nervenbahnen, die dort vor Erregung zu vibrieren schienen. Tanjas Beinmuskeln spannten sich an. Ihr Körper wollte seinen Finger in sich behalten. Doch der Fremde zog ihn wieder zurück. Verärgert biss sie sich auf die Unterlippe.

Was sollte das? Weshalb hielt er sie hin? Das war grausam. Er konnte sie doch nicht erst anfixen und dann einfach liegen lassen. Tanjas Körper gierte nach ihm, nach seinen Liebkosungen und nach mehr. Sie wollte ihn tiefer in sich spüren.

«Geduld. Alles zu seiner Zeit», wies er sie zurecht. Dann zeigte er ihr, was er eben aus dem Handschuhfach genommen hatte: zwei silberne Klammern.

«Das ist nicht dein Ernst», entwich es ihr, während er seelenruhig ihr Top so weit hochzog, wie es der Sicherheitsgurt erlaubte. Ausnahmsweise trug sie keinen BH, was sie sonst wegen der üppigen Größe ihrer Brüste immer tat. Aber heute hatte sie den unpraktischen Büstenhalter in den Schrank verbannt. Für ihren Tanz hatte sie volle Bewegungsfreiheit benötigt.

Sanft streichelte er ihre Brüste, legte die Kette mit den beiden Klemmen zwischen ihnen ab, sodass Tanja die Kälte des Metalls auf ihrer Haut spürte. Bei jedem Atemzug bewegten sich die Glieder, rasselten leise.

Er neckte ihre linke Brustwarze, rollte sie zwischen Daumen und Zeigefinger, bis sie rot und steif war. Ein sinnliches Prickeln rieselte von dort durch ihren Leib. Aber das bedrohlich kalte Gefühl der Klemmen lenkte Tanja ab. In ihr baute sich ein lustvoller Widerstand auf. Wollte sie die Klammern an ihren Nippeln spüren oder nicht? Sie konnte sich nicht entscheiden, als wäre sie gefangen zwischen Furcht und Lust. Der Fremde nahm ihr die Überlegung ab. Er zog an ihrer Brustwarze und legte den metallenen Griff darum, ohne die Klammer zuschnappen zu lassen. So konnte sich Tanja an die Kälte gewöhnen. Langsam nahm er den Druck vom Öffnungsmechanismus, sodass sich das Metall um ihre Brustwarze schloss, sie zusammenpresste. Der Schmerz war fern, wurde aber mit jedem Augenblick präsenter, intensiver. In Tanjas Stöhnen mischte sich Erregung. Ihr Nippel wurde heiß, glühte, brannte. Tanja wollte fliehen, dem süßen Schmerz entrinnen, aber das war unmöglich. Tränen rannen heiß über ihre Wangen. Doch es waren Tränen der Freude, weil sie diesen Moment als Befreiung empfand. Endlich durfte sie das erfahren, wonach sie sich schon immer gesehnt hatte. Der Fremde vollendete ihr Glück, indem er ihr auch die zweite Brustklammer anlegte und an der Kette zog, die nun beide Nippel miteinander verband.

«Du siehst wundervoll aus», flüsterte er und hauchte zarte Küsse auf die malträtierten Brustspitzen. Seine feuchten Lippen spendeten wohltuende Kühle, gleich Eiswürfeln auf einer Verbrennung.

Plötzlich wurden Tanjas Empfindungen intensiver. Seine Lippen, der Gurt, der sie fesselte, die Klemmen an ihren Brüsten, das zärtliche Streicheln seiner Hand. Das Gefühl von Hilflosigkeit, Scham und lustvoller Erregung – alles schien ihr näher, bedeutsamer. In ihr brodelte ein Vulkan, dessen Hitze sie fiebern ließ, in einen Rausch versetzte. Sie konnte nicht mehr klar denken. Ströme aus Lava durchzogen ihren Unterleib, drangen bis in ihre Fuß- und Fingerspitzen, breiteten sich überall aus.

Der Fremde wandte sich ihrer rechten Brustwarze zu, nahm sie mitsamt der Klammer in den Mund und saugte an ihr, verstärkte den Druck des Metalls. Tanja stöhnte, ihr Körper verkrampfte sich überall. Mit der Spitze seiner Zunge tippte er immer wieder gegen ihren Nippel.

«Ich sehe, du genießt in vollen Zügen», sagte er zufrieden, und er hatte recht. Noch nie hatte Tanja sich so frei, nie so erfüllt und begehrt gefühlt. Er schenkte ihr alles, was sie sich immer gewünscht, aber nie bekommen hatte.

«Gut so», raunte er und ließ von ihren Brüsten ab, um sich ihrer Scham zuzuwenden, in der es ohne Unterlass pulsierte. Sacht schob er ihre Beine auseinander und musterte ihr Höschen.

«Wie hübsch, du bist schon ganz nass», stellte er fest und drückte mit dem Zeigefinger auf den feuchten Fleck, der sich auf ihrem Slip gebildet hatte. Zuerst war es Tanja peinlich, doch als er anfing, die Stelle zu streicheln, vergaß sie jede Scham und spreizte die Beine noch etwas weiter, bis ihr Rock hochrutschte.

Ohne Vorwarnung riss er ihr plötzlich den Slip hinunter, und sie hörte das Rauschen der Klimaanlage, die gegen ihre Schamlippen blies, sie ein wenig abkühlte.

«Eine Rose, die erblüht», flüsterte er und küsste ihre intimste Stelle.

Schnell wurde Tanjas Scham wieder heiß, schwoll an. Als seine Zunge in sie eintauchte, vernahm sie ein verräterisches Schmatzen. Noch lieber als seine Zunge wollte sie seinen Schwanz in sich spüren, da drang er forsch mit zwei Fingern in sie. Ein Ruck ging durch ihren Unterleib, sie bog den Rücken durch, wurde jedoch vom Gurt wieder zurück in den Sitz gedrückt.

Es brauchte einen Moment, ehe Tanja begriff, dass er sie gar nicht mit seinen Fingern ausfüllte, sondern mit etwas anderem, viel Längerem, das immer tiefer in sie glitt.

Sie hob den Kopf, um etwas zu erkennen, doch der Gurt verhinderte, dass sie sich zu weit aufrichtete. «Was ist das?», fragte sie aufgeregt. Der Fremde blieb ihr eine Antwort schuldig.

Plötzlich fing das Etwas an zu vibrieren. Ihre Vagina schloss sich fester um den Stab, die Muskeln zogen sich zusammen. Ihr Atem verwandelte sich in ein Staccato. Tränen rannen in Sturzbächen über ihr Gesicht. Ihr salziger Geschmack breitete sich auf ihren Lippen aus.

Alles in ihr geriet in Aufruhr, ihr Unterleib spannte sich an, Wellen der Erregung rollten über sie hinweg. Immer schneller und schneller stieß der Fremde den Dildo in sie. Ihr Becken stimmte in den Takt ein. Tanja vergaß alles um sich herum. Vergaß die Tatsache, dass der Wagen vor einem Luxushotel parkte, vergaß die Gefahr der Entdeckung durch einen Gast oder Angestellten, die Tatsache, dass sie gerade Sex mit einem völlig fremden Mann hatte, ihre Verlobung mit Jacob. In diesem Moment spürte sie nur noch Lust, die sich immer weiter steigerte. Ihre Finger krallten sich in den Sitz, und sie hielt den Atem an, bis tiefste Erfüllung sie mit sich riss. Langsam sank ihr Körper völlig geschafft zurück in den Sitz.

Der Fremde hatte nicht zu viel versprochen. Diese Nacht würde einzigartig bleiben.

Als Tanja am frühen Morgen ihre Zweieinhalbzimmerwohnung betrat, stand das Frühstück bereits auf dem Tisch. Frische Brötchen, Aufschnitt, Honig, Milch, Tee und Kaffee. Was für eine süße Überraschung von Jacob!

Ihr Verlobter, den sie in wenigen Tagen heiraten wollte, kam gerade aus dem Bad. Mit einem Handtuch rubbelte er sich die Haare trocken. Ein weiteres war um seine Hüften gebunden. Einige verirrte Wassertropfen perlten über seinen ansehnlichen Oberkörper, zeichneten die Formen seines Sixpacks nach.

«Guten Morgen», sagte er erfreut, als er sie bemerkte.

«Guten Morgen», begrüßte Tanja ihn mit glühenden Wangen. Sie stellte sich auf die Zehenspitzen, um ihm einen Kuss zu geben.

Jacob stellte keine unangenehmen Fragen, und sie war dankbar dafür. Sie fühlte sich nicht schlecht. Im Gegenteil. Das Erlebnis der letzten Nacht würde einiges verändern, ihr gemeinsames Liebesleben ein Stück aufregender machen. Sie wusste

nur nicht, wie, und ob sie überhaupt mit ihm darüber reden sollte. Ein wenig fürchtete sie, dadurch etwas zu zerstören.

Tanja setzte sich. Als Jacob neben ihr Platz nahm, lächelte er
sie verschmitzt an. «Du siehst müde aus», bemerkte er.

Das war sie auch. Sie hatte die ganze Nacht kein Auge zu-
getan. Jacob hingegen wirkte wie der blühende Morgen. Man
merkte ihm an, dass er etwas jünger war als sie. Solche Nächte
konnten ihm nichts anhaben. Mit einem Mal fühlte Tanja sich
alt, dabei waren es doch nur knapp vier Jahre, die sie voneinander trennten.

Er bot ihr Kaffee an, doch sie lehnte ab, wollte lieber gleich
ins Bett. Doch es bestand noch Redebedarf, zumindest von ihrer
Seite. Jacob schenkte ihr Tee ein, während Tanja immer noch
grübelte, wie sie dieses heikle Thema am besten anschneiden
sollte. Schließlich entschied sie, dass sie eigentlich nichts zu verlieren hatte.

«Ich fand die letzte Nacht ziemlich geil», sagte sie einfach
drauflos, doch ihr Herz raste wie wild.

«Ich auch», gab er zu.

Ein Stein fiel ihr vom Herzen, sie hatte schon befürchtet, sie
hätte Jacob verschreckt. Hinter seinem Rücken zog er plötzlich
ein Paar plüschummantelter Handschellen hervor. «Wir können
gern da weitermachen, wo wir aufgehört haben», sagte er und
zwinkerte ihr zu.

Augenblicklich war die Müdigkeit verflogen. Der Anblick
der Fesseln machte sie unwahrscheinlich scharf, und sie wollte
nichts lieber, als sich von ihm an ihr Bett ketten zu lassen.

«Eine Bedingung habe ich aber», fügte er hinzu.

«Welche?», fragte sie neugierig.

«Dieses Mal möchte ich kein Fremder sein. Ich weiß, für dich
ist das sehr reizvoll, aber ich habe auch einen Wunsch für ein
erotisches Rollenspiel.»

«Gern, wenn ich ihn dir erfüllen kann? Ich bin so froh, dass dich meine Vorlieben nicht verunsichert haben. Ich hatte schon Angst, es wäre dir zu viel.»

Tanja hatte viel investiert, um ein wenig Pepp in ihr Liebesleben zu bringen. Sie war für Jacob auf der Bühne einer Showbar aufgetreten, hatte für ihn getanzt – nur, um das Rollenspiel so glaubwürdig und sexy wie möglich zu gestalten.

«Aber nein, ganz im Gegenteil. Jetzt habe ich Blut geleckt. Wie wäre es, wenn du in deine hübsche Flughafenuniform schlüpfst und mich festnehmen lässt, weil du unverzollte Waren in meinem Gepäck gefunden hast?»

«Dann sind die Handschellen also für dich?», fragte sie enttäuscht.

Jacob lachte. «Ich werde schon einen Weg finden, mich zu befreien und sie dir anzulegen, darin habe ich ja jetzt schließlich Übung.» Er küsste sie zärtlich auf die Stirn.

«Na schön, ich gehe nur kurz ins Bad, bin gleich wieder da», versprach Tanja und verschwand mit einem heftigen Prickeln zwischen den Beinen.

Die Offenbarung von St. Pauli

Ich bin schwul.»

Die Worte gingen Steffen nicht mehr aus dem Kopf. Warum hatte sein Nachbar Niroy das ausgerechnet ihm gestanden? Lag es nur daran, dass sie schon seit Jahren sehr gut befreundet waren und ein Vertrauensverhältnis zueinander hatten, wie Steffen es nicht einmal mit seiner Freundin pflegte? Oder hoffte Niroy, dass Steffen Gefühle für ihn hegte?

Steffen legte den Arm um Katis Schulter, hauchte ihr einen Kuss auf den blonden Schopf und legte einen Schritt zu. Sie lächelte ihn an. In ihren leuchtenden Augen konnte er sich verlieren. Normalerweise. Aber heute reichte ihr zärtlicher Blick nicht aus, um ihn von Niroy abzulenken.

Seltsam war es so oder so. In letzter Zeit hatte sein Nachbar oft erzählt, wie einsam er sich fühlte, dass er gern wieder eine Beziehung hätte. Steffen war davon ausgegangen, dass Niroy eine Frauenbekanntschaft suchte. Das war jedoch nicht der Fall. Andererseits wusste Niroy doch, dass Steffen bereits vergeben war.

Jetzt fiel ihm ein, dass Kati und Niroy sich noch nie sonderlich gemocht hatten. Konnte es sein, dass Niroy eifersüchtig auf Steffens Freundin war? Er schüttelte benommen den Kopf. Das alles war im Moment ein bisschen viel für ihn.

«Jetzt hetz doch nicht so», rief Mark ihm nach. «Hier gibt es so viel zu sehen.» Steffen hielt inne und drehte sich mit Kati im Arm zu seinen Kumpels um, die vor jedem zweiten Laden auf der Großen Freiheit haltmachten, um die Preise zu studieren.

«Ich dachte, wir hätten uns bereits für Susis Show Bar entschieden», drängte Steffen. Er freute sich schon auf ein paar heiße Tänze und süße Popos in der bekannten Tabledance Bar im Hamburger Vergnügungsbezirk Sankt Pauli. Außerdem fand er es klasse, dass Kati mitkam. Die Freundinnen seiner Kumpels hatten es strikt abgelehnt, gemeinsam dieses Etablissement zu besuchen.

«Schon gut, dann also zu Susis», gab Mark nach und deutete auf die überdimensionale Leuchtreklame von Susis Show Bar. Riesige Lettern blinkten auf. Statt des Buchstabens «I» in «Susis» war eine tanzende Frau abgebildet. Eine clevere Idee, wie Steffen fand.

Wenige Augenblicke später saßen die Freunde in der berühmten Bar am Beatles-Platz. Das Ambiente war edel, ganz nach Steffens Geschmack. Auch Kati schien begeistert. Es war ihr erster Ausflug in das Nachtleben von St. Pauli. Und es war auch Steffens Premiere, was jedoch niemand außer ihm wusste.

Die Show wurde mit einer Darbietung von zwei exotischen Tänzerinnen eröffnet, die im Laufe der Vorstellung immer mehr Hüllen fallen ließen. Erstaunlich, wie sehr sich weibliche Körper verbiegen konnten. Steffen jubelte lauthals los, feuerte die Mädchen an.

«Geht es auch ein wenig leiser?», bat Mark, der rechts von ihm saß. «Mir tun schon die Ohren weh.»

Steffen entschuldigte sich, dann richtete er den Blick schnell wieder nach vorn. Zwei Helfer hatten ein riesiges Cocktailglas auf die Bühne gestellt. Nun verkündete eine Moderatorin, dass das Thema des Abends «Burlesque» sei, eine besondere Form der erotischen Show mit langer Tradition, die aber in Vergessenheit geraten sei, um in den Neunzigern des letzten Jahrhunderts als «New Burlesque» wie Phönix aus der Asche wiederaufzuerstehen. Als eine der bekanntesten Künstlerinnen dieses Genres nannte sie Dita Von Teese. Der Name war Steffen ein Begriff.

«Leider ist es uns nicht gelungen, Dita für unsere Show zu verpflichten. Doch wir haben einen würdigen Ersatz für sie gefunden. Meine Damen und Herren, heute Abend tanzt für Sie: Lorraine. Viel Vergnügen.»

Die Moderatorin verneigte sich und verschwand hinter der Bühne. An ihre Stelle trat ein zartes Geschöpf, nach Steffens Einschätzung nicht älter als zwanzig Jahre. Geschmeidig schlüpfte die junge Frau in ihren schillernden Strapsen und dem enggeschnürten Korsett in das riesige Glas und ließ Champagner auf sich selbst niederrieseln. Wie ein prickelnder Wasserfall floss er über ihre üppigen Brüste, die sich bei jedem Atemzug hoben und senkten und dabei fast aus dem Korsett zu springen drohten. Ein Bad, wie es Steffen noch nie gesehen hatte.

Das Styling der Frau gefiel ihm. Es war ganz in der Mode der zwanziger Jahre gehalten. Entsprechend altmodisch war auch Lorraines mit einem Welleneisen geformte Frisur. Genau diese Details ließen die Tänzerin auf gewisse Weise außergewöhnlich wirken. Nach und nach füllte sich das Glas mit Champagner. Schließlich richtete sich Lorraine auf, geschickt die Balance haltend, und zog ihre ellenbogenlangen Handschuhe aus, die inzwischen von Champagner durchtränkt waren. Ihnen folgte das Korsett, dessen Haken sie geschickt aus den Ösen löste.

Darunter kam ihre sahneweiße Haut zum Vorschein. Zwei glitzernde Sterne verdeckten ihre Nippel, doch die Form ihrer Brüste war ohne jede Schwierigkeit zu erkennen. Sie waren auffällig groß, schienen angenehm fest und erinnerten Steffen sehr an die von Kati. Er stellte sich vor, wie er diese in den Händen hielt, sie wog und massierte. Nein, er war gewiss nicht schwul.

Vor den Augen des Publikums verwandelte sich das riesige Cocktailglas in ein durchsichtiges Badebehältnis, in dem sich die hübsche Nixe zusehends wohler fühlte. Sie planschte vergnügt darin und leerte noch zwei weitere Flaschen. Schließlich streckte sie ihre endlosen schlanken Beine in die Höhe und bewegte diese sacht durch die Luft. Glänzende Perlen flogen ihren Bewegungen nach, glitzerten im Licht der Scheinwerfer.

Steffen bemerkte, dass auch Kati die Show genoss, nicht weniger als seine Kumpels. Susis bot seinem Publikum niveauvolle erotische Shows – so hatte es auf dem Flyer gestanden, der ihm vor einigen Tagen in die Finger gefallen war, und genau so präsentierte sich ihm die Bar. Edel. Geschmackvoll.

Die Zuschauer applaudierten begeistert. Lorraine kletterte katzengleich aus dem Glas, verneigte sich und verschwand hinter dem Vorhang, während ihre Helfer das Cocktailglas wieder wegtrugen.

Kati lächelte ihn zärtlich von der Seite an. «Vielleicht sollte ich mal bei einem Burlesque-Tanzkurs mitmachen?», flüsterte sie ihm nachdenklich ins Ohr.

Das würde Steffen gefallen. Seine eigene Schlafzimmershow.

«Verehrtes Publikum, mit der Kunst des Burlesque verbindet man weibliche Schönheit, glänzenden Schmuck und feinbestickte Korsetts. Doch auch die Männerwelt hat diese Darbietungsform für sich entdeckt. Dies ist ein Geschenk an unsere Ladys. Freuen Sie sich auf einen wunderbaren Auftritt, eine Premiere, hier in unserem Haus! Bühne frei für den heißesten Kerl unter der Sonne, den Teufelstänzer.»

Mit einem Schlag ging das Licht aus, abrupt kehrte Stille im Publikum ein. Dann fiel ein roter Spot auf die Drehbühne, wo wie aus dem Nichts eine hochgewachsene, dunkel gekleidete Gestalt in einem Umhang stand. Steffen hatte nicht mitbekommen, wie und wann der Tänzer auf die Bühne gekommen war.

Der Mann senkte den Arm, zog sein Cape dadurch wie einen Vorhang zurück und offenbarte dem Publikum seinen athletischen Körperbau, der trotz seines dunklen, altmodischen Anzugs gut zu erkennen war. Außerdem trug der Tänzer eine Augenmaske, deren äußere Ränder je ein Teufelshörnchen zierte. Einem Raubtier gleich schlich er über die Bühne, im Takt zur Musik des Boleros, der zunächst nur leise im Hintergrund spielte, dann aber immer lauter zu hören war.

Steffen erinnerte sich, was er im Musikunterricht über den Bolero und seine eindringlichen und imposanten Klänge erfahren hatte. Ein Liebesspiel, das sich langsam aufbaute und schließlich in einem lustvollen Gipfel endete.

Er konnte seinen Blick nicht von dem Teufelstänzer lassen, seine Augen wurden magisch auf ihn gezogen. Der Mann faszinierte ihn. Seine Bewegungen wirkten perfekt, und seine Ausstrahlung nahm jeden Zuschauer im Raum, egal, ob männlich oder weiblich, gefangen.

«Der ist heiß», hörte Steffen Kati neben sich sagen. Als sie jedoch merkte, dass er es mitbekommen hatte, legte sie ihre Hand auf seinen Oberschenkel. «Aber natürlich nicht so heiß wie du», fügte sie rasch hinzu.

Aber Steffen war ihr nicht böse. Im Gegenteil, er konnte ihr nur recht geben. Der Kerl war wirklich sexy. Benommen schüttelte er den Kopf. Er liebte doch Kati und hatte auch Lorraine in ihrem Cocktailglas erotisch gefunden. Der Teufelstänzer lieferte einfach nur eine gute Show ab. Mehr nicht.

In einer raschen Bewegung, die Kraft und Entschlossenheit vereinte, riss sich der Tänzer plötzlich Jackett und Hemd vom Leib. Ein Raunen ging durch die Menge beim Anblick seines phantastisch geformten Oberkörpers, der fast wie gemeißelt wirkte. Perfekt. Genau wie sein Tanz.

Steffen sank tiefer in seinen Sitz. Etwas war mit seinem Körper passiert. Etwas, das ihn völlig durcheinanderbrachte. Er glühte nicht nur innerlich, es pulsierte wie wild in ihm. Rasch schlug er ein Bein über das andere, damit weder Kati noch Mark merkten, dass er einen Steifen hatte.

Das Lichtspiel veränderte sich, nun leuchteten die roten Lampen intensiver. Die Frauen im Publikum jubelten und klatschten ohne Unterlass, Kati mitten unter ihnen. Die Betreiber vom Susis wussten sehr wohl, wie sie auch ihr weibliches Publikum begeistern konnten.

Mit einer weiteren dramatischen Bewegung entledigte sich der Teufelstänzer auch der Hose. Muskulöse Oberschenkel, starke Waden glänzten im roten Licht. Jetzt pulsierte es noch heftiger in Steffens Unterleib. So stark, dass er es nicht mehr aushielt. Er musste dringend raus, bevor er explodierte.

«Wo willst du denn hin?», rief ihm Kati nach, als er plötzlich aufsprang und den Zuschauerraum eilig in Richtung Herrentoilette verließ. In der kühlen Luft des Sanitärraums registrierte er, dass sich sein Körper tatsächlich in eine Flamme verwandelt hatte. Seine Stirn war fiebrig heiß, Schweiß perlte aus jeder Pore.

Steffen ging zum Waschbecken und hielt die Handgelenke unter kaltes Wasser, um sich zu beruhigen. Das half. Zumindest ein wenig. Um sicherzugehen, tauchte er auch noch sein Gesicht in das kühle Nass. Wie gut das tat! Aber es beseitigte nicht das Problem, das ihn hierhergetrieben hatte: Seine mächtige Latte, ausgelöst durch die sexy Bewegungen eines ihm völlig fremden Mannes!

Ich bin schwul, schoss es ihm durch den Kopf. Es gab keine andere Erklärung. Der Kerl hatte ihn angemacht. Und wie! Da erinnerte er sich an den Streit mit Kati in der letzten Woche. Weil sie immer seltener Sex hatten, hatte sie ihm vorgeworfen, er würde sie nicht mehr begehren, hätte keine Lust mehr auf sie.

Er hatte ihre Vorwürfe abgetan. In jeder Beziehung gab es schließlich Aufs und Abs. Allmählich aber wurde ihm klar, dass es sich in diesem Fall anders verhielt. Kati spürte instinktiv, wie er sich von ihr abwandte. Und verdammt, sie hatte recht. Er fand sie süß, aber es verlangte ihn nicht nach ihrem Körper, obwohl er sich ehrlich darum bemühte. Steffen hatte Kati und sich die ganze Zeit etwas vorgemacht.

Kati ahnte es. Und sein Nachbar Niroy auch.

Völlig durcheinander verließ er die Toilette und gelangte aus dem Seitenausgang der Bar in einen Hinterhof. Er wusste nicht mehr, was er denken oder fühlen sollte.

Die angenehme Kühle der Nacht empfing ihn mit offenen Armen. Wenn er hier keinen klaren Kopf bekam, dann nirgends! In seiner Hosentasche kramte Steffen nach den Zigaretten und dem Feuerzeug. Seine Hände zitterten, als er endlich beides gefunden hatte und sich den Glimmstängel anstecken konnte.

Nie zuvor hatte ihn der Geschmack des Nikotins derart beruhigt. Er nahm einen tiefen Zug und stieß den Rauch aus, der sich vor seinen Augen in alle Richtungen verzog.

«Entschuldigung», erklang plötzlich eine tiefe Stimme hinter ihm. «Hast du auch eine für mich?»

Steffen drehte sich zu dem Mann um und erschrak, als er die Halbmaske des Teufelstänzers erkannte. Im schwachen Licht des Mondes wirkte seine Gestalt düster und doch engelsgleich.

Überrascht stellte er fest, dass der Tänzer inzwischen wieder vollständig angekleidet war. Offenbar hatte Steffen viel mehr Zeit auf der Herrentoilette verbracht, als ihm bewusst gewesen war.

«Klar», sagte Steffen, doch seine Stimme klang nicht halb so selbstbewusst, wie er es sich gewünscht hätte. Er hielt dem Tänzer die offene Packung hin. Der zog sich eine Zigarette heraus und steckte sie sich in den Mund. Eine ganz normale Geste, die Steffen plötzlich verrucht erschien. Männliche Lippen um einen länglichen Gegenstand ... Der Fremde klopfte sich mit den Händen auf die Hosentaschen, doch er schien nicht zu finden, wonach er suchte. «Wärst du so freundlich?», fragte er, nachdem er sich die Zigarette noch einmal kurz aus dem Mund genommen hatte.

«Was denn?», fragte Steffen irritiert.

«Feuer.»

«Oh. Natürlich.» Er ließ sein Feuerzeug vor der Zigarette des Fremden aufflammen.

Dieser nahm einen tiefen Zug. «Heiße Nacht heute», bemerkte er beiläufig, während er seinen Blick über den einzigen Baum, eine Buche, in dem winzigen Hinterhof schweifen ließ. Kein Wunder, dass sich die Hitze hier staute.

Auch für Steffen war es die wohl heißeste Nacht seines Lebens, denn in der Nähe des Tänzers spielte sein Körper verrückt. Hitzewellen jagten ihm über den Rücken. Hormone stauten sich in seinen Lenden, und die Beule in seiner Hose wurde immer größer.

Steffen warf seine Zigarette auf den Boden und trat sie mit dem Turnschuh aus. Bevor seine Hose noch zerriss, wollte er lieber schnell wieder rein.

Doch gerade als er sich abwenden wollte, hörte er erneut die Stimme des Tänzers an seinem Ohr. «Wohin denn so schnell?»

«Wieder ... wieder rein. Meine Freundin wartet», stammelte Steffen nervös, obwohl er eigentlich gar nicht zu Kati zurückwollte.

«Deine Freundin?», fragte der Teufelstänzer ungläubig. Zweifelte er etwa daran, dass Steffen eine Frau abbekam?

«Ja. Warum?», hakte er verwundert nach.

«Frauen haben natürlich auch etwas für sich.» Er zog an seiner Zigarette. «Wirklich schade.»

Diese Nacht war nicht nur außergewöhnlich heiß, sondern auch außergewöhnlich verwirrend.

«Du gefällst mir. Aber es soll wohl nicht sein ...», sagte der Tänzer und wandte ihm den Rücken zu.

Steffens Wangen röteten sich. Meinte der Kerl das ernst, oder wollte er ihn veralbern? Völlig egal! Steffen war vollkommen überfordert. Diese Gefühle wollte er nicht näher erforschen. Er hastete zum Seiteneingang und rannte schnell in die Bar zurück, wo es angenehm warm war und süßlich duftete. Nach Frauen.

Ganz tief sog Steffen das Aroma auf, um sich selbst zu beweisen, dass es genau das war, was er jetzt brauchte. Aber der Geruch irritierte ihn. Er war lieblich, schön, beschwingend, jedoch weder sinnlich noch erotisch.

Alles in ihm drängte nach draußen, zurück in den Hinterhof. Steffen gab es auf, sich selbst etwas vorzumachen. Er musste den Tänzer fragen, ob er den letzten Satz ernst gemeint hatte. Das hier war nicht Steffens Welt. Sie kam ihm fremd vor. Unwirklich. Draußen wartete das Abenteuer, es rief ihn. Er musste nur die Gelegenheit beim Schopf packen und all seinen Mut zusammennehmen. Er konnte nicht länger davonlaufen, musste ein Wagnis eingehen, etwas in seinem Leben bewegen, wenn er nicht ewig auf der Stelle treten wollte.

Also machte er auf dem Absatz kehrt und eilte wieder hinaus, in die Kühle der Nacht. Aber der Fremde war nirgends mehr zu sehen. Keine Spur vom Teufelstänzer im Hinterhof. Enttäuschung machte sich in Steffen breit. Er war zu spät. Wie so oft in seinem Leben. Enttäuscht blieb er unter der Buche im Hof stehen.

«Verdammt», murmelte er. Aber vielleicht war es auch besser so. Heute Nacht wäre er aufs Ganze gegangen, doch das Schicksal hatte offenbar einen anderen Weg für ihn vorgesehen. Genau in dem Moment erkannte er eine große Gestalt am zweiten Seiteneingang, die direkt auf ihn zuhielt.

«Da bist du ja wieder», sagte der Teufelstänzer in seiner unnachahmlichen Stimmlage.

Steffens Nervosität wuchs. Jetzt war der Moment gekommen, mit offenen Karten zu spielen. Kein Weglaufen mehr.

«Ja, da bin ich wieder», sagte er und fand seine Antwort nicht gerade intelligent. Doch in einer solchen Situation sagte man vermutlich schon mal belanglose Dinge. Der Tänzer nahm es ihm anscheinend zumindest nicht übel.

Dessen Outfit hatte sich verändert. Es war jetzt nicht mehr schwarz, sondern feuerrot; lediglich die Maske war dieselbe geblieben.

«Das freut mich. Entschuldige bitte, wenn ich dich habe warten lassen, aber wie du siehst, musste ich mich auf meinen nächsten Auftritt vorbereiten.» Das Lächeln unterhalb seiner Halbmaske wirkte verführerisch.

«Du trittst heute noch einmal auf?»

Der Fremde nickte. «Eigentlich mache ich das nicht hauptberuflich. Zumindest nicht hier. Aber ab und an braucht jeder ein bisschen Selbstbestätigung. Und die Mädels hier gehen mächtig ab, wenn ich tanze.»

Nicht nur die Mädels, dachte Steffen. Laut fragte er: «Wie hast du das gemeint? Das von vorhin, meine ich.»

«So, wie ich es sagte: Du gefällst mir. Ich habe nicht nur ein Herz für schöne Frauen.» Plötzlich lag die Hand des Maskierten auf Steffens Wange, und erst jetzt wurde ihm klar, welch ein Hüne der Teufelstänzer war. Steffen musste zu ihm aufsehen, und es gab nur wenige Männer, die deutlich größer waren als er. Einer von ihnen war sein Nachbar Niroy. Er hatte eine recht ähnliche Statur, war auch groß, athletisch.

«Aber ... wie genau ... ist das gemeint?»

Der Tänzer lachte. «Ich werde es dir deutlich machen.» Er packte seine Hand auf Steffens Schulter und übte spürbaren Druck aus. «Ich möchte dich auf deinen Knien sehen.»

«Was?», entfuhr es Steffen. Allein der Gedanke, vor dem Teufelstänzer zu knien, erregte Steffen so sehr und derart unerwartet, dass er bereitwillig auf den Boden sank. Als wäre er in Trance und nur allzu erpicht darauf, den Befehl des Tänzers auszuführen.

Aus der Nähe sah Steffen ganz deutlich, dass nicht nur in seiner eigenen Hose eine Beule prangte, und sein Herz flatterte vor Glück.

Der Maskierte zog den Reißverschluss seiner Stoffhose herunter. Aus dem Spalt schoss sein Penis hervor, wie ein wilder Hengst, der in die Freiheit entlassen worden war. Der junge Mann trug keine Unterwäsche, lediglich ein glänzender Stern lag auf seinem Gemächt, den er jedoch gleich entfernte. Fasziniert beobachtete Steffen die Bewegungen des geäderten Schafts, der vor seinen Augen größer und härter wurde, sich aufrichtete, in der Luft tanzte. Noch nie war Steffen dem Glied eines anderen Mannes so nahe gewesen. Er sog den herben Duft in die Nase und genoss das Aroma von Moschus, das ihn umströmte.

«Küss ihn», forderte der Tänzer befehlsgewohnt.

Langsam näherte sich Steffen dem Schwanz, der imposanter war als sein eigener. Die Eichel schimmerte rot, das erkannte er im fahlen Laternenlicht. Nur zu gern wollte Steffen wissen, wie der Tänzer schmeckte, wie es sich anfühlte, dessen Penis zu liebkosen. In der Absicht, ihn aufzunehmen, öffnete er den Mund, da fiel ihm ein weiteres verlockendes Detail auf. Am Ansatz, kurz bevor der Schaft in die Schambehaarung überging, befand sich ein dunkles Tattoo in der Form eines Skorpions. Welch hübsches Schmuckstück.

Eine ungekannte Gier erfasste Steffen, und er nahm seine Hände zu Hilfe, schob den Stoff der Hose leicht auseinander, um besser an das Objekt seiner Begierde zu gelangen. Fordernd tippte die Schwanzspitze gegen Steffens Lippen, öffnete sie, bis der Spalt groß genug war, um einzudringen. Ein strenger, aber erotischer Geschmack breitete sich auf Steffens Zunge aus. Ein Geschmack, der ihn nur noch mehr antörnte. Unter seiner Zunge spürte er jede Ader, auch den wulstigen Rand der Eichel, und er schmeckte die salzige Vorfreude.

Die Finger des Tänzers krallten sich in Steffens Haare, steuerten die Bewegungen seines Kopfs. Fortan übernahm er die Kontrolle, und Steffen überließ sie ihm gern. Tiefer und tiefer drang das Glied des Tänzers in Steffens Mund. Er spürte jedes noch so kleine Zucken und Vibrieren, merkte, wie der Penis immer größer wurde. Jeden Stoß beantwortete Steffen mit einem Stöhnen. Und plötzlich entlud sich die Lust des Tänzers mit einem Paukenschlag. Er pumpte tief in Steffen hinein. Der erschrak über die gewaltige Menge, nahm sie aber als Geschenk entgegen.

Zitternd vor Aufregung und Erregung erhob er sich langsam, leckte sich die letzten Reste von den Lippen und suchte nach Halt. Der Arm des Tänzers stützte ihn. Unter der Halbmaske erkannte Steffen den Anflug eines Lächelns. Er sah, dass die Unterlippe des Tänzers leicht bebte. Der Unbekannte schien genau wie Steffen völlig außer Atem. Und ähnlich bewegt.

«Das war wundervoll», hauchte der Teufelstänzer. «Vielen Dank.»

Steffen hatte das Gefühl, eigentlich müsste er dem Tänzer danken, weil er ihm jeden Zweifel genommen hatte. Jetzt hatte er keine Fragen mehr. Er wusste, wo er stand. Aber würde er auch den Mut aufbringen, die Konsequenzen daraus zu ziehen?

Als hätte der Maskierte seine Gedanken gelesen und wollte ihm den letzten Stoß mitgeben, ging er plötzlich vor Steffen auf die Knie.

Irritiert blickte Steffen auf den deutlich größeren Mann hinunter, der sich nun mit zärtlichen Händen der Beule in Steffens Hose näherte. Sanft streichelte und rieb er sie durch den Stoff von Steffens Jeans. Falten bildeten sich, drückten gegen sein Geschlecht und lösten sich wieder.

«Ich bin dir noch etwas schuldig», verkündete der Tänzer.

Ehe Steffen den anderen daran erinnern konnte, dass sein Publikum ihn erwartete, hatte der Maskierte ihn aus der beengenden Bekleidung befreit. Kühler Wind strich über Steffens Hintern, der nun nackt war, gut sichtbar für jeden, der sich in einem der umliegenden Gebäude befand. Tatsächlich meinte Steffen, eine Gestalt am Seiteneingang der Bar zu erkennen. Doch die stellte sich lediglich als Schatten heraus, der sogleich wieder verschwand.

Die große, aber feingliedrige Hand des Fremden streichelte Steffens Schwanz, der unter den Berührungen wuchs und in dem so viel Druck war, dass Steffen am liebsten aufgeschrien hätte. Aber dann hätte er erst recht unerwünschte Zuschauer auf sich aufmerksam gemacht. Also hielt er sich zurück, lenkte seine Energie in andere Bahnen.

Der Maskierte beugte sich vor und hauchte einen Kuss auf die Spitze von Steffens Geschlecht. Ein elektrisierendes Gefühl rauschte von dort durch seinen Körper. Winzige Blitze jagten durch ihn hindurch, stimulierten ihn, setzten ihn unter Strom. Jeder Muskel seines Körpers spannte sich bis aufs äußerste an.

Mit der Zungenspitze leckte der Maskierte die ersten Lusttropfen auf, die auf Steffens Spitze perlten. Dann glitt er mit der Länge seiner Zunge über die Unterseite von Steffens Schaft, und um Steffen schien die Welt stillzustehen. Für wenige Sekunden. Er hielt den Atem an. Nie zuvor hatte sich Sex besser angefühlt, war das Gefühl so intensiv gewesen. Es überwältigte ihn.

Kati hatte sich in der Vergangenheit alle Mühe gegeben, Steffen oral zu befriedigen, doch sie hatte keine Leidenschaft in ihm zu wecken vermocht. Leidenschaft war bisher nur ein Wort für ihn gewesen, ein abstrakter Begriff. Erst in dieser Nacht erfuhr er, was Leidenschaft tatsächlich bedeutete. Seine Sinne waren für das Wesentliche geschärft. Alles fühlte sich intensiver an. Lebendiger.

Steffen lehnte sich mit dem Rücken an den Baum, schloss die Augen und genoss.

Die Lippen des Teufelstänzers fuhren die Strukturen seines Schwanzes entlang. Zugleich nahm der Fremde Steffens Hodensack in eine Hand und hielt diesen fest. Somit hatte er Steffen komplett unter Kontrolle.

Unter diesen Umständen konnte Steffen nicht länger an sich halten. Dickflüssig entlud sich sein Samen in den Mund des anderen. Im nächsten Moment tat es Steffen leid, dass er sich nicht rechtzeitig zurückgezogen hatte. Aber der Tänzer schien sogar zufrieden zu sein.

«Ich muss zurück», sagte er mit Bedauern. «Vielleicht sehen wir uns später wieder?»

Nur zu gern, dachte Steffen.

Doch als er nach der Vorstellung in den Hinterhof kam, um auf den Tänzer zu warten, ließ dieser sich nicht mehr blicken.

Eine halbe Woche später dachte Steffen immer noch Tag und Nacht an den geheimnisvollen Maskierten, dessen Namen er nicht einmal kannte. Kati spürte, dass etwas mit ihm nicht stimmte. Wiederholt fragte sie ihn, warum er so traurig und antriebslos sei, doch was hätte er seiner Freundin darauf antworten sollen?

Immer häufiger dachte er daran, die Karten auf den Tisch zu legen und Kati die Wahrheit zu sagen. Aber irgendetwas hielt ihn zurück. Vielleicht die Angst vor dem Outing, wahrscheinlicher aber die Furcht, Kati zu verletzen.

«Ich gehe jetzt einkaufen. Bringst du den Müll runter und holst die Post?», fragte Kati, die gerade in ihre Sandaletten schlüpfte. Steffen nickte nur.

«Fein, bis später.» Sie wollte ihn zum Abschied küssen, doch er wandte den Kopf, sodass sie lediglich seine Wange erwischte. Auch wenn sie nichts sagte, spürte er ihre Enttäuschung.

Nachdem Kati die Wohnung verlassen hatte, entschied Steffen, dass es nicht länger so weitergehen konnte. Heute Abend würde er reinen Tisch machen. Er hoffte, Kati würde ihn verstehen. Es tat ihm selbst weh, ihr das Herz zu brechen. Aber es gab keinen anderen Ausweg.

Wie versprochen kümmerte sich Steffen um den Müll und holte die Post. Rechnungen, eine Nachricht vom Finanzamt und ein Brief, der an ihn adressiert war, aber keinen Absender trug. Neugierig öffnete er ihn im Hausflur und entzifferte die fein säuberlich verfassten Zeilen mit zunehmend klopfendem Herzen.

Ich muss mit dir sprechen. Es ist wichtig. Bitte triff mich heute um 15 Uhr am Rathausmarkt. Wenn du eine Chance für uns siehst, trage eine Rose im Knopfloch.
Gezeichnet: dein XXX.

Steffen las die Nachricht wieder und wieder. XXX? Warum wollte der Verfasser seinen Namen nicht nennen? Was hatte er zu verbergen? Steffen hoffte von Herzen, dass der Brief von seinem Teufelstänzer stammte. Aber woher wusste der, wer er war und wo er wohnte?

Das konnte Steffen nur herausfinden, wenn er der Einladung folgte. Rasch rannte er die Treppe bis in den zweiten Stock hinauf. Schon in einer Stunde sollte er am Hamburger Rathaus sein, und er musste sich doch vorher noch zurechtmachen.

Steffen verschwand unter der Dusche, suchte anschließend sein bestes Hemd heraus und gab etwas Gel in seine Haare, um sie in Form zu bringen. Während er sein Spiegelbild mehr oder minder zufrieden betrachtete, fiel ihm ein, dass der Maskierte ihn nur im Dunkeln gesehen hatte. Hoffentlich war er nicht enttäuscht von Steffens Erscheinung bei Tageslicht! Er wollte unbedingt das Beste aus sich herausholen. Steffen war alles andere als eitel – zumindest nahm er sich selbst nicht als eitel wahr –, trotzdem brauchte er gut und gern doppelt so lange im Bad wie normalerweise Kati. Kati ... Den Gedanken an sie verdrängte er schnell wieder.

Ein Blick auf die Uhr verriet, dass er nur noch eine halbe Stunde Zeit hatte. Schnell schlüpfte er in seine Turnschuhe und rannte zum U-Bahnhof. Zum Glück erwischte er gerade noch den Zug, bevor sich die Türen schlossen. Als er sich auf eine der Bänke setzte, erinnerte er sich an ein Detail aus dem Brief: Steffen brauchte dringend eine Rose als Erkennungszeichen! Aber das war gewiss kein Problem, an vielen Hamburger Bahnhöfen gab es ja Floristen.

An der U-Bahn-Station Rathaus stieg Steffen aus und sah sich nach einem Blumengeschäft um, das er schließlich in der Nähe des südlichen Ausgangs entdeckte, doch zu seinem Schrecken war es wegen Bauarbeiten am Bahnhof geschlossen.

«Egal», sagte Steffen zu sich selbst. Jetzt war einfach keine Zeit mehr dafür. Er würde den Teufelstänzer an der Rose in dessen Knopfloch erkennen und ihm erklären, dass er nicht dazu gekommen war, auf die Schnelle eine passende Blüte zu besorgen. Ein Mann ohne Interesse an einer Affäre würde schließlich gar nicht erst am verabredeten Treffpunkt erscheinen. Diese Gedanken kamen hoffentlich auch dem Teufelstänzer, sollte er Steffen zuerst entdecken.

Steffen rannte los und gönnte sich erst eine Pause, als er den Bahnsteig hinter sich gelassen und den Rathausmarkt erreicht hatte. Wie zu jeder Jahreszeit war der Besucherandrang hoch; das dreiflügelige Gebäude mit seinem imposanten Mittelturm galt als Touristenmagnet. In der Menge war es so schon schwer, eine einzelne Person auszumachen. Ein Ding der Unmöglichkeit jedoch war es, jemanden zu finden, von dem man nur die untere Gesichtshälfte kannte.

Endlich entdeckte er einen jungen Mann in einem eleganten Anzug, eine rote Rose steckte im Knopfloch unterhalb seines Kragens. Steffen näherte sich ihm mit klopfendem Herzen – bis er das Gesicht erkannte.

«Niroy?» Es war sein Nachbar. Nie im Leben hätte er gedacht, dass ausgerechnet Niroy der erotische Tänzer von Susis Show Bar war. Er hatte ja nicht einmal gewusst, dass Niroy überhaupt tanzte. Doch auch in Niroys Gesicht spiegelte sich Überraschung, was Steffen nur noch mehr verwirrte.

«Was machst du denn hier?», fragte Niroy.

«Was wohl. Ich bin deiner Einladung gefolgt.»

«Ich verstehe das alles nicht. Ich habe dir keine Einladung geschickt», sagte Niroy.

Sein Nachbar kam näher, so nah, dass Steffen seinen sinnlichherben Duft wahrnehmen konnte. Er betörte ihn, war vertraut und erregend. Aber es war nicht derselbe von neulich Nacht.

«Stattdessen habe ich eine bekommen. Von einem Unbekannten, der offenbar du bist», fügte Niroy hinzu. «Ich bin eigentlich nur hier, weil ich wissen wollte, wer der Verfasser des Briefes war.»

«Das kann doch nicht sein. Irgendjemand macht sich über uns lustig.» Steffen war empört. Sie hatten beide denselben Brief erhalten, es konnte sich nur um einen bösen Streich handeln.

«Oder jemand hat uns ganz bewusst zusammengeführt?», schlug Niroy als Alternative vor und lächelte ihn zärtlich an. Steffen mochte dieses Lächeln, es hatte ihm auch früher schon gefallen. Es war ein Lächeln, in das er sich tatsächlich verlieben könnte. Und mit einem Mal war es Steffen gleich, ob er den sexy Tänzer wiedersah. Wenn er ehrlich zu sich war, liebte er

Niroy schon viel länger. Er hatte es sich nur nicht eingestehen wollen.

«Wenn ich eine Rose gefunden hätte, würdest du sie hier sehen», sagte Steffen mit einer Geste auf sein Hemd, um ihm klarzumachen, dass er ihnen eine Chance geben wollte.

Ein Leuchten trat in Niroys Augen, und Steffen wünschte sich, der junge Mann würde ihn einfach in seine Arme schließen, denn genau dort wollte Steffen jetzt sein. Je länger er über alles nachdachte, desto mehr Sinn ergab es tatsächlich, dass jemand sie bewusst zusammengebracht hatte. Diese Person kannte sie beide und hatte offensichtlich ihre Leidenschaft füreinander bemerkt. Sogar bevor Steffen dies selbst getan hatte.

«Im Grunde spielt das doch alles keine Rolle. Ich bin hier. Und du bist es auch.» Steffen stellte sich auf die Zehenspitzen, um Niroy zu küssen. Dessen Augen weiteten sich vor Erstaunen, doch Steffen sah die Sehnsucht in ihnen.

Niroy legte die Arme um ihn, hielt ihn fest. Es fühlte sich gut und richtig an.

Noch am selben Abend wollte Steffen mit Kati reden, doch zu seiner Überraschung hatte sie die gemeinsame Wohnung verlassen. Er fand nichts außer einem Abschiedsbrief.

Lieber Steffen,
ich liebe dich, darum habe ich getan, was ich tun musste.
Denn wenn man liebt, wünscht man sich, dass der Geliebte
glücklich ist. Als ich dich vor einigen Nächten mit dem ero-
tischen Tänzer im Hinterhof der Showbar sah, wurde mir
klar, dass du für mich niemals dieselbe Leidenschaft auf-
bringen kannst wie für einen Mann. Aus dem Grund habe

ich Niroy und dich zum Rathausmarkt geführt, denn ich ahne schon lange, dass ihr Gefühle füreinander hegt. Ich hoffe, ihr werdet glücklich.
Kati

Steffen nahm den Brief mit in die Nachbarwohnung, wo Niroy ihn bereits erwartete. Er hatte sein Schlafzimmer mit Teelichtern und Rosenblättern dekoriert.

«Kati ist wirklich eine besondere Frau», meinte Niroy, nachdem er den Brief gelesen hatte.

«Das ist sie. Ich bin sicher, auch sie wird ihr Glück noch finden.»

Eine Frage blieb dennoch offen: Wer war der geheimnisvolle Tänzer aus der Showbar? Steffen würde es wohl nie erfahren, aber das störte ihn nicht weiter. Er war froh, dass er endlich seinen Platz an Niroys Seite gefunden hatte.

«Komm mit mir», hauchte der und führte ihn zu seinem Bett, auf das Steffen sich rücklings fallen ließ.

Niroy beugte sich über hin, zog sein eigenes Hemd in einer raschen Bewegung aus und öffnete mit spielender Leichtigkeit Steffens Gürtel. Ein wildes Kribbeln erfasste Steffens Unterleib, während er Niroys athletischen Oberkörper berührte. Gierig drängte sich sein Glied gegen die enge Jeans. Im Nu hatte Niroy es befreit und hauchte einen Kuss auf Steffens Eichel, die sich ihm entgegenreckte. Wie herrlich warm sich diese samtenen Lippen anfühlten ... Sobald Niroy seinen Mund über Steffens Schwanz stülpte, wusste Steffen, dass Niroys Zunge ihn weit mehr erregte, als es die des Maskierten vermocht hätte.

Niroy leckte über den Schaft, bis Steffens Schwanz hart und ausgewachsen war, ließ dann von ihm ab und legte sich auf seinen Geliebten, um ihn leidenschaftlich zu küssen. Ihre Zungen rieben aneinander, massierten sich gegenseitig, bis Steffen nachgab und Niroys Zunge einließ. Es war ein überwältigender Kuss, der Steffen fast zum Höhepunkt trieb.

«Lass dies unser erstes Mal sein», bat Niroy.

Er platzierte sich neben Steffen auf allen vieren. Steffen hatte nicht mitbekommen, wann sich Niroy seiner Hose entledigt hatte, aber nun blickte er auf den knackigen Hintern seines Gespielen, der sich langsam über sein Gesicht schob, bis Niroys Penis über seinen Lippen schwebte.

Unser erstes Mal, dachte Steffen und öffnete den Mund. Niroy versenkte sich in ihm, dabei küsste er Steffens Schwanz, der fordernd in ihm verschwand. Stück für Stück füllte er Niroy aus, spürte dessen wohltuende, heiße Lippen. Bei jedem Stoß achtete Steffen darauf, seinem Freund nicht weh zu tun. Der stöhnte lustvoll, wiegte sich ihm entgegen, erzitterte unter Steffens Berührungen, weil er dem nächsten Stoß entgegenfieberte. Steffen spürte die Erschütterungen in Niroys Körper. Sie übertrugen sich auf ihn, ließen seinen Unterleib schwingen, bis er es nicht länger aushielt und er sich in Niroys Mund ergoss.

Der schönste Moment in Steffens Leben. Ein sinnliches Feuerwerk und ein Neuanfang.

Diener ihrer Lust

*J*hr Wagen steht schon wieder zur Hälfte auf meinem Parkplatz, Herr Sondheim. Wann lernen Sie eigentlich, richtig
einzuparken?»

Lukas zuckte unwillkürlich zusammen. Er wagte es nicht, seiner schönen Chefin in die Augen zu sehen. Wenn sie wütend war,
fand er sie besonders sexy. In diesem Zustand, wenn ihre Augen
wild funkelten, sah sie noch viel schöner und erhabener aus, als
sie es ohnehin schon tat.

«Entschuldigen Sie bitte, Frau Ludwig. Ich kümmere mich
gleich darum.» Er wollte aufstehen, doch ihre herrische Stimme
ließ ihn sogleich wieder in den Bürosessel sinken.

«Das machen Sie mal schön in der Mittagspause. Und wehe,
ich finde einen Kratzer an meinem Wagen.» Mit diesen Worten
stolzierte sie in ihrem enganliegenden Kostüm, in dem sie viel
Bein zeigte, aus dem Entwicklerbüro der Hamburger Zweigstelle
von Bits & Bytes. Es befand sich im Berliner Tor Center, einem
Bürokomplex mit beeindruckender Glasfassade.

Inzwischen war Lukas seit drei Jahren für das Unternehmen
tätig. Direkt nach seinem Uni-Abschluss hatte er die Stelle in
dem erfolgreichen Softwareunternehmen bekommen, in dem
er zuvor ein Semester lang Praktikant gewesen war. Katharina
Ludwig hatte sich damals beherzt dafür eingesetzt, dass Bits &
Bytes ihn übernahm.

Heute war ihre Beziehung eher kühl. Die Chefin verlangte
Professionalität, sie war nüchtern und pragmatisch in jeder Hinsicht. Das war nicht mehr die Frau, in die sich Lukas heimlich
verliebt hatte. Dennoch fühlte er sich nach wie vor von ihr an-

gezogen, denn er hatte ein Faible für selbstbewusste Frauen, die das Zepter in die Hand nahmen.

In letzter Zeit war die schöne Chefin allerdings noch viel gereizter als sonst. Das war nicht nur ihm, sondern auch anderen Kollegen aufgefallen. Lukas erkannte sie kaum wieder, und die Entwickler sprachen immer öfter hinter Katharinas Rücken über sie. Das Betriebsklima war im Keller. Dafür musste es einen Grund geben. Doch es waren lediglich Gerüchte als Erklärung im Umlauf, auf die Lukas nicht allzu viel gab und die er gleich wieder vergaß. Es hatte etwas mit Frau Ludwigs Trennung von ihrem langjährigen Partner zu tun.

Lukas dachte nicht weiter darüber nach. Er versuchte, sich auf das Agentensystem zu konzentrieren, das er gerade programmierte, aber seine Gedanken drifteten immer wieder zur Chefin. Schon zu Beginn seiner vielversprechenden Karriere bei Bits & Bytes hatte er sich gern in erotischen Phantasien verloren, in denen die strenge Frau Ludwig eine nicht unwesentliche Rolle spielte. Nach ihrem sexy Auftritt von gerade eben konnte er gar nicht anders, als erneut in seine Traumwelt abzutauchen.

In dieser war die Mittagspause gerade um, und er betrat schuldbewusst Katharinas Büro. «Sie hatten mir aufgetragen, keinen Kratzer an Ihren Wagen zu machen», sagte er leise, ohne den Blick zu heben.

«Richtig», erwiderte Katharina. In ihrer kalten Stimme schwang etwas mit, als ahnte sie bereits, dass er dieses Vorhaben nicht zu ihrer Zufriedenheit hatte umsetzen können.

«Das ist mir nicht gelungen», gab er mit klopfendem Herzen zu.

«Wie bitte?»

«Es tut mir leid. Bestrafen Sie mich, wenn Sie es wünschen.» In seiner Phantasie kam Lukas schnell zur Sache. Genau wie die

Katharina aus seiner Traumwelt. Sie zögerte nicht und winkte ihn zu ihrem Schreibtisch.

Lukas spürte einen dicken Kloß im Hals, versuchte diesen hinunterzuschlucken. Er trat näher an den Tisch heran. So nah, dass er über die Tischplatte hinweg auf Katharinas Platz blicken konnte – und was er da sah, ließ ihm das Blut in die Wangen schießen.

Der Rock seiner schönen Chefin war heruntergezogen, ebenso ihr Höschen, sodass er ihre Scham sehen konnte und ihren Finger, mit dem sie sich dort verwöhnte.

Hatte sie sich etwa die ganze Zeit über gestreichelt, während sie miteinander redeten? Die Vorstellung machte ihn an. Wie war es ihr nur gelungen, dabei so ernst zu bleiben? Sie hatte nicht einmal schneller als sonst geatmet.

«Kommen Sie her, Lukas. Sie haben in der Tat eine Strafe verdient.»

Er wollte um den Schreibtisch herumgehen, aber Katharina schüttelte den Kopf und deutete auf den glänzenden Boden. Lukas' Magen rumorte. Ein Leiden, das immer auftrat, wenn er nervös war, und diese Situation machte ihn unbeschreiblich nervös. Er begab sich auf alle viere, wie Katharina Ludwig es wünschte, kroch unter ihren Tisch und verharrte mit dem Gesicht vor ihrer Scham. Deren Duft war so lieblich, so reizvoll, dass es ihn benebelte.

«So ist es gut. Wie viele Kratzer hat mein Wagen denn abbekommen, Herr Sondheim?»

«Ich ... bin nicht ganz sicher. Drei oder vier?»

«Drei oder vier, soso.» Plötzlich packte sie seinen Schopf und drückte seine Lippen fest auf ihr Geschlecht. Augenblicklich fingen Lukas' Lenden an zu glühen. Es machte ihn an, seiner Chefin so nah zu sein. Noch mehr törnte es ihn an, dass sie ihn kontrollierte. Er liebte es, wenn sie sich auf diese Weise durchsetzte.

«Leck mich!», befahl sie. Lukas gehorchte, nippte an ihrem wunderbaren Kelch. Ihr Geschmack erregte ihn, doch im Augenblick ging es nicht um seine Lust. Er hatte schließlich etwas gutzumachen. Also konzentrierte er sich mit seiner Zunge einzig auf ihre Perle, die er geschickt mit der Zungenspitze freilegte, indem er das schützende Häutchen der Klitoris anhob. Sacht leckte er über das winzige Köpfchen, das unter seinem Schlecken an Größe gewann.

«So gefällt mir das», hauchte Katharina. Ihre Stimme klang verdammt heiß.

Mit den Oberschenkeln keilte sie seinen Kopf ein, während sie ihre Füße auf seinen Rücken stellte, als wäre er ein bequemer Sesselhocker, auf dem man am Abend entspannt die Beine ablegte.

«Drei oder vier», wiederholte sie genüsslich und bohrte drohend die spitzen Absätze ihrer Schuhe durch das Hemd in seinen Rücken. Lukas stöhnte auf, doch der Schmerz törnte ihn seltsamerweise an.

«Die Reparatur wird mich einiges kosten, das können Sie sich ja vorstellen», fuhr sie ungerührt fort, entlastete jedoch seinen Rücken für einen kurzen Moment. «Eins», begann sie zu zählen.

Da ließ Lukas von ihrer Perle ab und drang mit der Zunge tiefer in ihr Heiligstes vor. Er schmeckte ihren weiblichen, sinnlichen Geschmack auf den Lippen. Ein Geschmack, der ihn genauso erregte wie der Damenschuh in seinem Kreuz.

«Zwei», sagte sie und bohrte ihren Absatz erneut durch den dünnen Stoff in sein Fleisch. Nicht sehr fest, aber fest genug, um ihn den sinnlichen Schmerz, der durch seinen Körper brandete, abermals spüren zu lassen. Und die Demütigung. Beides verwandelte sich in ein Lustgefühl, und sein Schwanz fing heftig an zu pulsieren. Doch Katharina erlaubte ihm nicht, ihn herauszuholen oder gar zu berühren. Er musste sie weiter lecken, ihr dienen.

«Na, Sondheim, träumen wir wieder vor uns hin?», riss ihn plötzlich die tiefe Stimme Erik Wagemuts aus seinen Gedanken. Der Kollege hatte einige Zeit in den Staaten gelebt, arbeitete jetzt aber wieder im Hamburger Zweig der weltweit agierenden Firma.

«Ich? Aber wie könnte ich denn?» Tatsächlich hatte er in der letzten halben Stunde keine einzige Zeile programmiert. Doch was blieb jemandem wie ihm anderes übrig? Die Frauen interessierten sich nicht für ihn. Maximal war er der gute Kumpel und galt als viel zu nett. Eine Frau wie Katharina Ludwig würde sich schon gar nicht für ihn erwärmen. Die große Blonde konnte doch jeden haben.

Lukas seufzte leise. Seine Sehnsucht nach dieser Frau war so groß, er würde alles für sie tun. Er würde jeden Schmerz ertragen, ihr dienen, sie befriedigen – und er war sicher, niemand könnte das besser als er. Er war wie geschaffen für diese Rolle. Wenn sie ihm doch nur eine Chance gäbe.

Aber für Frau Ludwig war Lukas Luft, und sie bemerkte ihn nur, wenn er Ärger machte. Wahrscheinlich sollte er sich damit abfinden. Es war das Schicksal eines Nerds wie ihm, der sogar zu gutmütig war, um für Überstunden eine Bezahlung einzufordern, geschweige denn, sie abzubummeln. Lukas beschloss, das zu tun, was er am besten konnte: sich in die Arbeit zu stürzen und dabei von Katharina zu träumen.

In der Mittagspause parkte Lukas seinen kleinen Ford um. Tatsächlich war er nicht der beste Autofahrer, doch es gelang ihm, Frau Ludwigs Wagen von jeglicher Delle zu verschonen. Als er wenig später die Kantine betrat, saßen die Kollegen bereits gemeinsam an einem Tisch. Nur Katharina Ludwig hatte etwas abseits am Fenster Platz genommen. Ganz allein. Auch das war untypisch für sie. Früher hatte sie zusammen mit der Belegschaft gegessen. Jetzt kapselte sie sich immer mehr ab.

Lukas wurde einfach das Gefühl nicht los, dass mit seiner Chefin etwas nicht stimmte.

An der Theke nahm er sich ein Tablett, wählte das Gulasch ungarischer Art aus und ging dann zu dem Tischchen, an dem sie saß.

«Darf ich mich zu Ihnen setzen?», fragte er freundlich.

Doch er erntete lediglich einen verständnislosen, fast schon abweisenden Blick. «Sehe ich etwa aus, als suchte ich Gesellschaft?», fuhr sie ihn barsch an. Lukas zuckte unweigerlich zusammen.

«Ich wollte doch nur ... freundlich sein», rechtfertigte er sich.

«Und ich will allein sein. Machen Sie die Fliege, aber dalli!»

Lukas war gekränkt. Er hatte es gut gemeint, aber Frau Ludwig sah in ihm wohl kaum mehr als ein lästiges Insekt.

«Lassen Sie Ihre schlechte Laune nicht an mir aus», hätte er sagen sollen, stattdessen wandte er sich wortlos ab und setzte sich zu seinen Kollegen, die die Szene natürlich beobachtet hatten.

«Wow, die ist ja heute wieder mal charmant», meinte Erik Wagemut, und die anderen Softwareentwickler stimmten ihm zu.

«Überfordert trifft es wohl eher. Seit sie in der Chefetage sitzt, haben wir nur noch Probleme», meinte ein anderer.

Lukas hörte kaum hin. Lustlos stocherte er in seinem Gulasch herum. Es war jedenfalls das letzte Mal, dass er sich um Frau Ludwig bemüht hatte. Sollte die doch bleiben, wo der Pfeffer wächst. Er würde sie sogar aus seinen erotischen Phantasien verbannen, sofern ihm das gelang – was er jedoch stark bezweifelte. Die Chefin aus seiner Traumwelt war nämlich ganz anders als diese borniere Zicke.

Im Laufe des Tages sank Lukas' Laune ebenfalls auf den Tiefpunkt, und er war heilfroh, als endlich Feierabend war.

Den Tag wollte er in Ruhe in seiner Lieblingsbar in der Nähe des Anckelmannsplatzes ausklingen lassen. Er mochte das Zusammenspiel aus gediegenem Interieur und der Musikauswahl der Betreiber, die meist die Hits der achtziger Jahre spielten. Nostalgie pur. Seiner Einschätzung nach war die Mehrzahl der Gäste mit ebendieser Musik groß geworden.

Er setzte sich an einen kleinen Tisch am Fenster, von wo aus er einen guten Blick auf den Berliner Bogen hatte. Dieser Bürokomplex war aus einem verglasten Stahlgerüst mit abgerundetem Dach interessant konstruiert. Die außergewöhnliche Architektur fesselte immer wieder seine Aufmerksamkeit.

Da bemerkte er in der Spiegelung der Fensterscheibe die blonde Frau am Tresen. Sie schwankte auf ihrem Barhocker, offenbar hatte sie ein paar Gläser zu viel intus. Aber das war es nicht, was Lukas erschreckte.

Fassungslos fuhr er herum. Das dunkle Kostüm, die ordentlich frisierten blonden Locken ... Kein Zweifel, er hatte sich nicht getäuscht. Es war Frau Ludwig!

Was macht sie denn hier? In meiner Bar?, fragte er sich. Er hatte sie nie zuvor in diesem Lokal gesehen. Sein erster Impuls trieb ihn zu ihr hin, doch dann zögerte er. Wollte er sich tatsächlich noch einmal von ihr anschnauzen lassen? Auf ihre Spitzen verzichtete er gern. Dafür war ihm sein Feierabend zu teuer.

Ihre Unbeholfenheit hingegen weckte seinen männlichen Beschützerinstinkt. Wenn er ihr nicht half, fiel sie am Ende noch vom Hocker und verletzte sich. Das konnte er nicht zulassen.

Festen Schrittes ging er zu Frau Ludwig hinüber. Aber die war derart mit sich selbst beschäftigt, dass sie ihn gar nicht bemerkte. Wie in Trance starrte sie nur auf das Glas vor sich und murmelte irgendetwas Unverständliches.

«Guten Abend, Frau Ludwig», sprach er sie an.

Sie wandte ihm den Kopf zu. Ihre Augen wirkten glasig, der Mascara war verlaufen. Der Anblick traf ihn völlig unvorbereitet. Er hätte nie gedacht, dass eine eiskalte Person wie Katharina Ludwig überhaupt weinen konnte. Lukas sank auf den Hocker neben ihr. Erschüttert.

«Was ist denn passiert?», fragte er besorgt.

Katharina Ludwig zog ein Taschentuch aus ihrer Handtasche und tupfte sich die Augen ab. «Wonach sieht es denn aus?» Erstaunlicherweise klang ihre Stimme fest, und sie lallte nicht.

Nach einer traurigen Gestalt, dachte er, aber er sprach es nicht aus. Im Augenblick ließ Katharina Ludwig all die Stärke vermissen, die sie tagsüber ausstrahlte. Sie wirkte verletzlich. Das war ihr wohl bewusst, denn sie kämpfte sichtlich dagegen an. Doch es gelang ihr nicht, die Fassade aufrechtzuerhalten.

Als sie noch einen Drink bestellen wollte, griff Lukas ein. «Ich glaube, Sie hatten schon genug, Frau Ludwig.»

«Sind Sie etwa mein Babysitter? Ich kann das selbst entscheiden.»

«Bitte ... seien Sie doch vernünftig.»

Sie hielt inne, sah ihm in die Augen. Und plötzlich veränderte sich ihr Gesicht. «Ihnen liegt wirklich etwas an mir, nicht wahr?»

Er war überrascht. Merkte sie das erst jetzt? Lukas nickte vorsichtig. Er wusste nicht, wie sie auf dieses Geständnis reagieren würde, denn diese Frau war der Inbegriff der Impulsivität.

Zu seiner Überraschung huschte der Anflug eines Lächelns über ihr Gesicht. «Dann werde ich Ihnen etwas anvertrauen, Lukas», flüsterte sie. Lukas wusste nicht, was er dazu sagen sollte, doch er fühlte sich geschmeichelt, auserwählt, und ein warmes Gefühl breitete sich in seiner Brust aus.

«Es ist nichts, worauf eine Frau stolz sein kann. Ich habe meinen Freund in die Flucht geschlagen», offenbarte sie ihm. Ihre Worte verwirrten Lukas. Wie konnte eine so attraktive Frau einen Mann vertreiben? Ihre Biestigkeit war gänzlich verflogen, sie wirkte anziehend und sanft.

«Das glaube ich nicht», sagte Lukas ernst.

Katharina lachte. «Doch. Er ist jetzt mit seinem Nachbarn liiert.»

Plötzlich verstand Lukas, weshalb sich Katharina so verändert hatte: Augenscheinlich zweifelte sie an sich und ihrer Attraktivität, was völliger Unsinn war. Er kannte keine begehrenswertere Frau als sie. «Ihr Freund hat spät erkannt, dass er eigentlich auf Männer steht. Aber das hat nichts mit Ihnen zu tun», versuchte er, sie zu trösten.

«Kann sein. Trotzdem habe ich einen großen Fehler gemacht. Ich habe die beiden zusammengebracht. Weil ich meinen Freund geliebt habe. Ich dachte, es würde auch mich glücklich machen, aber das war Selbstbetrug. Ich bin traurig und einsam.» Sie schluckte und schwieg einen Augenblick. Mit dem Zeigefinger zeichnete sie den Rand ihres Glases nach.

Ihr Geständnis beeindruckte Lukas. Katharina hatte ihr eigenes Unglück gewählt, um einen Menschen, den sie liebte, glücklich zu machen. Das zeugte von großer Stärke. In diesem Moment sah er sie mit anderen Augen. Sie war nicht nur seine Chefin, nicht nur eine Phantasie, die er begehrte. Sie hatte ein Herz.

Katharina hob den Kopf, sah ihn an, und ihre blauen Augen schimmerten verdächtig. «Über Steffen bin ich hinweg. Das denke ich zumindest. Aber mir fehlt etwas. Wenn ich nach der Arbeit nach Hause komme, betrete ich eine leere Wohnung. Es ist niemand da, der mich erwartet, niemand, der mich begrüßt. Vielleicht sollte ich mir ein Haustier anschaffen.» Sie lachte leise und schüttelte dabei den Kopf, sodass sich einige Strähnen ihrer Haare aus dem Knoten in ihrem Nacken lösten. «Ich bin ein hoffnungsloser Fall, Lukas. Lassen Sie mich einfach allein. Sie wollen sich den Abend nicht verderben, glauben Sie mir.»

«Ich verderbe mir nicht den Abend. Und ich glaube auch nicht, dass Sie ein hoffnungsloser Fall sind, Katharina. Wie kommen Sie darauf?»

«Ich bin Single. Seit sechs Monaten. Ist das nicht Beweis genug?»

«Vielleicht haben Sie nur verlernt, die Männer zu beachten, die Interesse an Ihnen zeigen.»

«Männer wie Sie, meinen Sie?» Sie lachte abermals. Diesmal war es jedoch kein trauriges Lachen, sondern kam von oben herab.

Lukas war gekränkt. Bis eben hatte er seiner Chefin beistehen wollen, um ein Haar hätte er ihr sogar gestanden, wie lange er sie bereits verehrte. Aber jetzt hatte sie eindeutig klargemacht, dass ein Mann wie er nicht für sie in Frage kam. Wahrscheinlich brauchte sie einen Bad Boy, einen, der ihr zeigte, wo es langging, und der sie schlecht behandelte. Vor allem aber wollte sie keinen Nerd, und er war ein Nerd aus dem Bilderbuch. Lukas seufzte. Es sollte wohl nicht sein, damit musste er sich abfinden. Doch als er aufstehen wollte, hielt sie ihn am Arm fest.

«Entschuldigen Sie bitte, Lukas. Das war unsensibel von mir. Lassen Sie uns einen Spaziergang machen.»

Lukas war hin- und hergerissen. Diese Frau machte ihn fertig. Würde sie sein Herz zerstören, wenn er es in ihre Hand legte? Es hatte ganz den Anschein. Aber in seinen Lenden pochte es wild, sodass er keine andere Wahl hatte. Also nickte er.

In Lukas Sondheim steckte ein Gentleman. Das wurde spätestens in dem Moment offensichtlich, als er ein Taxi rief, weil er nicht zulassen wollte, dass Kati in ihrem Zustand selbst fuhr. Spontan zog sie ihn hinter sich her. Ihr Weg führte sie auf die

Elbchaussee, die um diese Uhrzeit fast menschenleer war. Der Himmel hatte sich rot verfärbt, ein Abschiedsgeschenk der längst versunkenen Sonne.

«Hier ist es gut. Lassen Sie uns aussteigen», sagte Kati spontan, denn es juckte ihr in den Füßen. Wie lange war es her, seit sie das letzte Mal den Sand des Elbstrands unter den Zehen gespürt hatte? Eine Ewigkeit.

«Was?», fragte Lukas verwirrt.

«Halten Sie an», forderte sie den Fahrer auf, der daraufhin rechts am Straßenrand anhielt. Lukas bezahlte den Mann, während Kati bereits ausstieg und den Weg hinunter zum Strand nahm. Der Anblick der golden glitzernden Elbe raubte ihr den Atem.

«Wunderschön», hauchte sie. In der Ferne konnte sie den Museumshafen von Övelgönne ausmachen. Früher war sie oft hier gewesen, zu anderen Zeiten, als ihr das Leben noch sorglos erschienen war.

Inzwischen hatte Lukas sie eingeholt. In ihren Bürokluften wirkten sie beide fehl am Platz, aber das störte Kati nicht im Mindesten, denn der Strand war ebenso leer wie die Straßen. Niemand würde sie sehen. Die Luft war noch warm, also zog Kati ihre Schuhe aus, um barfuß durch den Sand zu laufen. Lukas folgte ihr.

«Ich war nicht immer so», sagte sie. Ihre Gedanken waren klar, seit sie das Taxi verlassen hatten. Trotz des Alkohols, den sie heute förmlich in sich hineingeschüttet hatte. Sie war froh, dass Lukas bei ihr war. Ohne ihn hätte sie sich volllaufen lassen. Seine Nähe verlieh ihr ein Gefühl von Sicherheit.

«Ich weiß. Als ich damals mein Praktikum bei Bits & Bytes begann, warst du wundervoll. Aber eigentlich bist du das auch jetzt, du zeigst es nur nicht jedem.»

Sie lachte. Lukas hatte sie durchschaut; es war ein Schutzmechanismus, den sie nicht bewusst aktivierte. «Lass uns bis nach Blankenese gehen.»

«Ganz schön weit.»

Sie nickte. «Ich bin dort aufgewachsen. Hübsche Gegend. Voller Erinnerungen. Aber wenn du heute Abend noch etwas anderes vorhast, dann …»

«Nein, habe ich nicht.»

Kati war erleichtert, das zu hören. «Mit den meisten Männern hatte ich in der Vergangenheit Pech. Vielleicht sollte ich einmal einem netten Kerl eine Chance geben?», überlegte sie.

«Nette Kerle haben einiges zu bieten.»

«Ist das so?» Sie schmunzelte. Lukas war süß, und seine Bemühungen schmeichelten ihr. Es war lange her, dass ein Mann ihr derart viel Aufmerksamkeit geschenkt hatte. Steffen hatte das nie getan. Doch sie wollte ihm keinen Vorwurf machen. Schließlich hatte sie nicht wirklich in sein Beuteschema gepasst. Außerdem hatte er sie anders als andere Männer respektiert.

«Oh, ja. Nette Kerle tragen ihre Frauen auf Händen, verwöhnen sie am Morgen, am Abend und in der Zeit zwischendrin.» Er zwinkerte.

«Klingt verführerisch.» Ein kühler Schwall Wasser rollte über den Sandstrand und erfasste ihre Waden, und vor Schreck schrie Kati auf. Sofort war Lukas bei ihr und hob sie hoch. Es überraschte sie, dass er so kräftig war, sie spielend leicht hielt. Sein männlicher Duft stieg ihr in die Nase. War es der Einfluss des Alkohols, der sie betörte, oder war es Lukas selbst?

«Nur eine Welle», flüsterte sie heiser.

Lukas' Blick glitt zu ihrem Mund. Dann senkte er den Kopf, während er sie noch in den Armen hielt. Es war die letzte Chance, sich zu wehren, doch das wollte Kati gar nicht. Sie wollte wissen, wie sich seine Lippen anfühlten. Ganz von selbst reckte sie sich ihm entgegen. Als sich ihre Münder berührten und sie seinen herben und sinnlichen Geschmack wahrnahm, war es ein Moment voller Magie.

Mit einem Mal ging eine Veränderung in Lukas vor. Als bräche seine lang verheimlichte, animalische Seite aus ihm hervor. Zu Katis Überraschung trug er sie weit genug vom Ufer der Elbe weg und legte sie in den Sand. Dort sank er zwischen ihre geöffneten Schenkel.

«Lass mich dir dienen, dir beweisen, dass nette Kerle mehr zu bieten haben.»

Kati hielt den Atem an. Zum ersten Mal fiel ihr auf, wie attraktiv Lukas war. Sein Lächeln. Das Feuer in seinen Augen. Die zerzausten wilden Haare. Ihre Hände griffen nach ihrem Rock und zogen ihn hoch. Nur ihr Höschen trennte Lukas nun noch von ihrer Scham.

Lukas roch an ihr, seufzte wohlig, und sie spürte seinen heißen Atem durch den dünnen Stoff ihres Slips von ihrem Venushügel bis zu ihrer Pforte. Seine Hitze übertrug sich auf Kati, bis es in ihr glimmte.

Lukas verstand die Zeichen ihres Körpers. Dies war die Antwort auf die Frage. Ja, sie würde ihnen eine Chance geben, den netten Kerlen. Seine Lippen schmiegten sich an ihr Höschen, hinterließen eine feuchte Spur. In Kati begann sich etwas zu regen. Zuerst noch leise und fern, schwoll es immer stärker an. Ein Prickeln, das sie verrückt machte. Das mit jeder Sekunde an Intensität gewann.

‹Lass mich dir dienen›, hallten seine Worte in ihr nach. Was für ein sexy Angebot! Nie zuvor hatte ihr jemand so etwas angetragen. Lukas sprühte vor Leidenschaft, selbst in einem Augenblick wie diesem, in dem er nur zwischen ihren Schenkeln lag und ihren Duft einatmete. Sie spürte sein Verlangen nach ihr, hörte es bei jedem seiner Atemzüge.

Kati war so aufgeregt wie seit Jahren nicht mehr. Unentwegt

pumpte Adrenalin durch ihren Körper, während sie seinen erregenden Anblick genoss. Unterwürfig lag er da. Dennoch wirkte er männlich und stark. Entschlossen. Es war zu schön, um wahr zu sein.

Doch ein Rest Misstrauen blieb. Sie konnte es nicht abschalten. Nach all den schlechten Erfahrungen, die sie im Laufe ihres Lebens mit Männern gesammelt hatte, musste sie sich vor Enttäuschungen bewahren. Aber das würde sie nicht davon abhalten, endlich das Ruder in die Hand zu nehmen und einzufordern, wonach ihr Körper gierte.

«Leg dich auf den Rücken», forderte sie.

Überrascht hob Lukas den Kopf. Sein Schlafzimmerblick war süß, er wirkte wie im Rausch, tat aber, worum sie ihn bat. «Was hast du denn vor?», fragte er unschuldig.

Sie rollte sich auf ihn, bis sie auf seiner Brust saß. «Du willst mir also dienen?»

Er nickte, seine Pupillen weiteten sich.

«Fein», sagte sie und schob sich weiter vor, bis ihre Scham knapp über seinem Gesicht schwebte. Kati spürte, wie sich jeder Muskel seines Körpers unter ihr anspannte. Es gefiel ihr, die Oberhand zu haben, und sein Wunsch, ihr zu dienen, machte sie an. Ihr Höschen wurde feucht, was er ohne jeden Zweifel aus dieser Nähe erkennen konnte. Und wenn er es aufgrund der Lichtverhältnisse nicht sah, so würde er es zumindest riechen.

«Dann will ich dir deinen Wunsch erfüllen», sagte sie aufreizend streng und legte ihre Scham sacht vor seine geöffneten Lippen. Sie spürte, wie er mit der Spitze seiner Zunge über ihren Slip strich, ihre Klitoris durch diesen hindurch stimulierte, bis sich das Köpfchen ihrer Perle am Stoff rieb. Lukas' Zunge wurde immer flinker, übte mehr und mehr Druck aus. Das sanfte Streicheln verwandelte sich in das schnelle Flattern eines Kolibris.

Kati schloss die Augen. Was er da tat, fühlte sich wundervoll an, und es prickelte heftig in ihrem Unterleib. Erst jetzt wurde ihr klar, wie sehr sie die intime Nähe eines Mannes vermisst hatte. Zuvor war eine Leere in ihr gewesen, die nichts hatte ausfüllen können. Bis zu diesem Moment. Jetzt blühte Katharina förmlich auf. Endlich fühlte sie sich wieder wohl in ihrer Haut. Vielleicht war es noch der Einfluss des Alkohols oder der Rausch der Hormone, der sie hemmungslos machte ... Plötzlich war es ihr egal, ob ein Spaziergänger sie hörte oder sogar sah. Sie hob und senkte das Becken, bewegte ihre Scham über seinem Gesicht. Kati spürte, wie seine Zunge immer wieder zielsicher ihre empfindlichste Stelle fand, sie reizte und neckte, indem er mit der Zungenspitze mehrmals sanft gegen sie tippte. So gekonnt übte er sanften Druck aus, dass sie glaubte, jeden Augenblick zu kommen. Und wenn er die Zunge einmal nicht einsetzte, fehlte sie ihr.

Lukas' Atem veränderte sich, wurde schneller. Ein Blick nach hinten verriet Kati, dass seine rechte Hand längst in seiner Hose verschwunden war. Offenbar erregte die Situation ihn genauso sehr wie sie. Auch das machte ihr Mut, beflügelte sie und ließ ihre Lust wachsen und ihre Hemmschwelle sinken.

Endlich schob er mit der freien Hand ihren Slip zur Seite. Sofort ließ er seine Zunge folgen und drang in sie, leckte sie innen, was Kati endgültig den Verstand raubte. Wieder und wieder stieß er in sie vor, beschleunigte seine Bewegungen. Sein heißer Atem ging stoßweise auf ihr Geschlecht.

Als er gleichzeitig ganz zart einen Finger auf ihre Perle legte, stöhnte sie auf, lauter, als sie es je für möglich gehalten hätte. So laut, dass es vermutlich ganz Othmarschen mitbekam. Aber das war ihr egal. Heute Nacht zählte nur eines: Sie wollte endlich wieder einen richtig geilen Orgasmus haben. Und diesen schenkte ihr Lukas selbstlos.

Als Lukas Sondheim am nächsten Tag zur Arbeit kam, war er bester Laune. Die Erinnerungen an die letzte Nacht schwirrten noch immer in seinem Kopf herum. Für ihn gab es keinen Zweifel: Katharina Ludwig war die Frau seines Lebens. Er liebte sie. Hatte es schon immer getan. Das wollte er ihr sagen.

Zu seinem Bedauern hatte Katharina sich gestern nach dem aufregenden Erlebnis schnell, beinahe fluchtartig, von ihm getrennt. Aber Lukas wollte nichts in Katharinas Handeln hineininterpretieren, was vielleicht gar nicht so gemeint gewesen war.

«Ihr Wagen steht ja schon wieder zur Hälfte auf meinem Parkplatz. Verraten Sie mir mal, wo ich mein Auto abstellen soll, wenn Sie jeden Morgen zwei Parkplätze für sich beanspruchen?»

Lukas zuckte unwillkürlich zusammen. Siezte sie ihn plötzlich wieder? Mit ihrer Laune schien es auch nicht gerade zum Besten bestellt. Er war verwirrt.

«Kümmern Sie sich darum, und lernen Sie endlich einzuparken.» Mit diesen Worten rauschte sie ab.

Ihr Auftritt löste im Büro eine wahre Welle der Entrüstung aus, von der sie allerdings nichts mitbekam. Lukas interessierte sich nicht für die fiesen Sprüche seiner Kollegen über ihre Chefin, sondern eilte Katharina nach. Er musste erfahren, was in sie gefahren war. Nach diesem Auftritt war sie ihm eine Erklärung schuldig.

«Was wollen Sie denn jetzt noch?», fauchte sie ihn an, nachdem er unaufgefordert ihr Büro betreten hatte.

«Warum siezt du mich?», fragte er verwirrt, denn das störte ihn tatsächlich am meisten. Er hatte geglaubt, gestern wäre eine intime Nähe zwischen ihnen entstanden. Doch Katharina zog gerade eine neue Mauer um sich hoch.

«Ich bin Ihre Chefin», erinnerte sie ihn.

«Na und? Was ist mit gestern Nacht? Hat dir das nichts bedeutet?»

Da veränderte sich ihr Gesichtsausdruck. Er sah Angst in ihren Augen. Für einen kurzen Moment glaubte er, die Beziehung zu ihm wäre ihr peinlich, und sie wollte sie in der Firma nicht an die große Glocke hängen. Führte sie deshalb dieses Theater auf? Aber die Angst war echt.

«Mein Gott», stammelte sie.

«Was ist denn los?»

«Es war also kein Traum.»

«Traum? Das würde ich aber wissen.» Er war schließlich der Experte für erotische Tagträume. Was gestern Nacht am Elbstrand geschehen war, war so intensiv und aufregend gewesen, da konnte kein Traum mithalten.

Katharinas Wangen röteten sich. «Verzeihen Sie, Herr Sondheim. Ich war gestern angetrunken und dachte daher, ich hätte mir das alles nur eingebildet.»

«Verstehe. Und jetzt, da du weißt, dass es real war, bereust du es.» Sein Herz brannte. Das durfte doch nicht wahr sein. Er hatte ihr seine Liebe gestehen wollen. Sie hingegen stach ihm einen Dolch ins Herz, ohne mit der Wimper zu zucken.

«Es war ein Fehler, ja. Bitte vergessen Sie das Ganze.» Nun drehte sie den Dolch auch noch herum.

«Na schön, wenn du das so siehst.» Lukas wandte sich ab. Doch bevor er die Türklinke berührte, drehte er sich noch einmal zu ihr um. «Ich weiß, dass du schlechte Erfahrungen gemacht hast. Davon hast du mir erzählt. Das ist aber kein Grund, jedem Mann zu misstrauen. Ich habe es ehrlich mit dir gemeint.»

Katharina erwiderte nichts, wich seinem Blick aus, und der Dolch durchschnitt sein Herz.

Ein unproduktiver Tag lag hinter der jungen Managerin, als sie endlich ihren Computer herunterfuhr und sich ihre Sommerjacke überzog, um den Heimweg anzutreten. Kaum trat sie in den Flur, bemerkte sie, dass noch Licht im Entwicklerbüro brannte. Sie hörte das Klappern einer Tastatur. Einer der Programmierer machte Überstunden.

Kati wollte weitergehen, doch etwas zog sie zu dem Büro. Als sie durch die Tür spähte, erblickte sie Lukas, der konzentriert auf den Bildschirm starrte und sie gar nicht bemerkte. Den ganzen Tag waren ihr seine Worte nicht aus dem Kopf gegangen. Sie hatte an nichts anderes denken können als an ihn und die gemeinsame Nacht. Sie war glücklich gewesen, als er sie geliebt hatte. Zu glücklich. Aus Erfahrung wusste Kati, dass jedes Glück nur allzu schnell wieder verflog. Und sie wollte sich kein weiteres Mal das Herz brechen lassen.

Sie warf einen letzten Blick auf Lukas, der nun seine Sachen zusammenpackte, dann ging sie den Flur hinunter zum Fahrstuhl, dessen Tür sich gerade öffnete. Es konnte keine gemeinsame Zukunft für sie geben. Aber das war ihre Schuld. Sie war eben nicht für eine Beziehung gemacht. Gerade wollte Kati einsteigen, da hörte sie eilende Schritte hinter sich.

«Sie … du hast mich erschreckt», sagte sie leise, als Lukas zu ihr aufschloss.

«Tut mir leid. Das wollte ich nicht. Ich habe jetzt Feierabend», erklärte er und drückte den untersten Knopf. Mit einem Pling schloss sich die Tür, und der Lift setzte sich ruckelnd in Bewegung.

In dem Ding fühlte Kati sich nie ganz wohl. Ständig befürchtete sie, der Fahrstuhl könnte einfach stecken bleiben. Sie hatte kein Vertrauen in diese Art von Technik. Dieses Misstrauen war wohl symptomatisch für sie, denn in Männer hatte sie ebenso wenig Vertrauen.

Plötzlich ging ein mächtiger Ruck durch die Kabine und schleuderte Kati und Lukas gegen die Wand. Kati schlug hart mit dem Kopf gegen eine Kante, sodass ihr Hinterkopf schmerzte. Dann regte sich gar nichts mehr.

Kati hörte ihren eigenen Herzschlag in den Ohren pochen, ihr war schwindelig. Sie hasste enge Räume, bekam in ihnen keine Luft.

«Alles in Ordnung?», fragte Lukas besorgt. Er musste bemerkt haben, dass sie ganz blass geworden war. Geistesgegenwärtig drückte er den Alarmknopf. «Keine Angst, man wird uns schnell finden», versprach er.

Aber das Schlimmste für Kati war, dass sie ausgerechnet mit *ihm* in dem neunzig Meter hohen Bürocenter festsaß. Mit *ihm*, den sie mehr als alles andere begehrte. Sie nickte nur.

«Du hast mich wieder geduzt», stellte Lukas erfreut fest.

«Was?»

«Gerade eben. Scheint, als könntest du dich wieder erinnern.» Ein Lächeln trat in seine Augen.

«Du, ich habe jetzt wirklich keinen Nerv dafür. Wir sitzen fest, ist dir das nicht klar?»

«Doch. Aber warum die Zeit nicht sinnvoll nutzen?» Lukas kam näher. Er wirkte selbstbewusster denn je, und er machte kein Geheimnis daraus, dass er sie immer noch wollte. Obwohl sie so scheußlich zu ihm gewesen war.

Kati wich zurück, bis die Wand des Lifts sie aufhielt. Aber wollte sie überhaupt noch vor ihm fliehen? Lukas baute sich vor ihr auf, stützte die rechte Hand neben ihrem Kopf ab. «Gestern warst du wundervoll. Das war nicht gespielt. Das war die echte Katharina.»

Sie wich seinem Blick aus, fühlte sich ertappt.

«Warum willst du nicht zu deinen Gefühlen stehen?», fragte er. Seine Hand strich über ihre Wange, dann über ihren Hals, legte sich schließlich sacht auf ihr Dekolleté. Katis Atem wurde schneller, ihr Brustkorb hob und senkte sich.

«Lass mich. Bitte», flehte sie, aber in Wahrheit wollte sie überhaupt keinen Widerstand mehr leisten. Sie hatte sich längst in Lukas verliebt. Auch wenn es ein Fehler sein mochte, noch einmal einem Mann zu vertrauen. Sie würde das Risiko eingehen.

All das schien Lukas in ihren Augen zu erkennen, denn plötzlich beugte er sich über sie und öffnete seine sinnlichen Lippen. Kati schloss die Augen und legte den Kopf in den Nacken. Sie spürte seinen weichen Mund an ihrem, und sein männlicher Duft erfüllte den Fahrstuhl, erregte sie. Instinktiv presste sie ihre Schenkel zusammen, während Lukas an ihrem Körper hinabglitt, bis er vor ihr kniete. Er presste den Mund auf ihre Scham. Kati spürte ihn durch ihren Rock und ihr Höschen. Seine Lippen waren feucht, kitzelten und erregten sie.

«Jetzt bist du nicht betrunken», flüsterte er. «Die Ausrede, du könntest dich morgen an nichts erinnern, lasse ich dann nicht gelten.» Vorsichtig schob er ihren Rock hoch und zog den Slip hinunter.

Kati hatte gar nicht vor, etwas zu leugnen. Ihr Körper sehnte sich nach seinen Küssen, seinen Berührungen. Wie erfrischend es war, dass es ihm um ihre Lust ging! Dass es ihn erregte, sie zu befriedigen, ihr zu dienen.

Seine Hand glitt über ihre Schamlippen, die längst feucht waren. Sanft massierte er sie im immer wieder selben Rhythmus. Hoffentlich war das nur ein Vorgeschmack auf etwas Größeres.

Als hätte Lukas ihre Gedanken gelesen, öffnete er den Reißverschluss seiner Hose und befreite seinen Penis aus dem Slip. Kati staunte. Sie hatte ihn bisher nicht zu Gesicht bekommen. Er war riesig.

Lukas schmiegte sich eng an sie, zugleich rieb er seine Erektion zwischen ihren Beinen.

«Und wenn der Mechaniker den Fahrstuhl jetzt repariert und uns sieht?», fragte sie leise, während sie sich an ihm festhielt.

«Denk nicht daran», sagte er. «Konzentrier dich auf uns.»

Sie nickte. Er hatte recht.

Sein Schwanz umkreiste ihren Ring, drückte sacht dagegen, bis dieser sich für ihn öffnete, sich weitete und ihm Einlass gewährte. Tiefer und tiefer. Lukas füllte sie gänzlich aus, verschmolz mit ihr. Ihre Schamlippen umschlossen seinen Schaft, hielten ihn fest, als fürchtete Kati, er würde sie allzu schnell wieder verlassen.

Lukas bewegte sich schneller, stieß mit seinem mächtigen Kolben immer wieder und immer härter in sie. Katis Hände krallten sich in sein Hemd, suchten Halt, als süße Erosionen durch ihren Unterleib schossen. Ihr schwindelte, aber Lukas hielt sie fest.

Ihre Blicke verschmolzen miteinander, genau wie ihre Körper. Lukas verschloss Katis Mund mit seinen Lippen, und sein inniger, vor Leidenschaft brennender Kuss trug sie auf den Gipfel der Lust. Einen aufregenden Moment lang spannte sich alles in ihr an, pulsierte, vibrierte. Ein letztes Mal stieß er voller Kraft in sie und umklammerte ihren bebenden Körper mit beiden Armen.

Kati wünschte, er würde sie nie wieder loslassen und sie könnten für immer in dieser Umarmung verweilen. Doch da ruckelte der Fahrstuhl, setzte sich in Bewegung. Sie mussten sich beeilen.

Perfekt gekleidet verließen sie den Fahrstuhl, bedankten sich bei dem Mechaniker, der sie aus ihrer misslichen Lage befreit hatte, und gingen zu den Parkplätzen.

«Soll der Abend hier schon enden?», fragte Kati. Sie wollte mehr. Mehr von ihm. Mehr von seinen Küssen.

Lukas legte den Kopf schief. Er sah aus wie ein Spitzbube. «Zu dir oder zu mir?», fragte er amüsiert.

«Zu mir», entschied Kati. «Ich habe noch ein paar hübsche Spielzeuge zu Hause, die wir ausprobieren könnten. Vorausgesetzt, du möchtest immer noch meiner Lust dienen?»

«Nichts lieber als das.» Er zwinkerte.

Also setzte Kati sich in ihren Wagen und öffnete ihm die Beifahrertür. Lukas nahm neben ihr Platz.

«Ich kann es dir auch schon auf der Fahrt beweisen», schlug er unverblümt vor und streichelte ihren Oberschenkel. Kati ließ sich das Angebot ernsthaft durch den Kopf gehen, lehnte jedoch dankend ab. Sicherheit ging vor. Aber im Bett würde er genug Gelegenheit haben, sie zu überzeugen.

Eines hatte er in jedem Fall schon jetzt eindrücklich bewiesen: Nerds konnten verdammt sexy sein.

Störtebekers Liebchen

*W*as für Scheißwetter, da ist man doch froh, wenn einem die Knochen trocken bleiben. Und dann auch noch in netter Gesellschaft feiern, das ist was Feines. Schenk noch mal nach, Süße.»

Der Matrose hob seinen Krug, und Marie sprang von seinem Schoß auf, auf dem sie den halben Abend gesessen hatte. Dabei achtete sie tunlichst darauf, ihre Hüften anzüglich kreisen zu lassen, während sie zur Theke schlenderte. Der frivole Kerl starrte ihr auf den Hintern, das wusste Marie, ohne sich umzudrehen. Sie kannte solche Typen.

Ein Fingerzeichen genügte, und Anton füllte den Krug, gab ihr auch die Flasche mit und grinste sie durch eine Reihe fleckiger Zähne an. Sie verstanden sich stumm. Tänzelnd kehrte Marie an den Tisch des Matrosen zurück.

«Bitte schön, mein Herr», hauchte sie. In einem Zug trank er den Becher leer und hielt ihn ihr gleich darauf wieder hin.

«Sei nicht geizig, Schätzchen. Ich habe gerade meinen Lohn bekommen. Geld spielt heute Abend keine Rolle für mich», prahlte er. Marie musterte den Lederbeutel des Gastes an dessen Gürtel und entschied, dass er ein lohnendes Ziel war.

Sie warf einen verschwörerischen Blick in Antons Richtung, der inzwischen Gläser polierte. Sie signalisierte ihm, er solle sich bereit machen.

«Ich wüsste da noch ein gemütlicheres Plätzchen», erklärte sie dem Matrosen leise, um sicherzugehen, dass keiner der anderen Gäste sie hörte. Wieder füllte sie den Becher mit der roten Köstlichkeit.

Die Augen des jungen Mannes bekamen einen glasigen Schimmer. «Was für ein Plätzchen soll das denn sein?»

«Ich habe oben ein kleines Kämmerchen. Es ist nichts Besonderes, aber zwei finden bequem darin Platz.» Sie rückte die Brüste in den Körbchen ihres Mieders zurecht, und der Matrose beobachtete hungrig ihre prallen Äpfel.

«Ah!», machte er und offenbarte ein schmutziges Lächeln. Es ähnelte dem von Anton, bis auf dass der Matrose zusätzlich drei auffällige Zahnlücken sein eigen nannte. Kein sonderlich appetitlicher Anblick, doch Marie hatte schon Schlimmeres gesehen. Außerdem wollte sie diesen Kerl gewiss nicht küssen.

«Folgt mir, mein Freund», flüsterte sie, dabei strich sie ihm über die Schulter. Ein Zittern erfasste seinen Körper, was Marie mit einiger Verwunderung bemerkte. Doch es war wohl normal für einen Mann, derart auf die Berührung einer Frau zu reagieren, wenn er zuvor wochenlang auf See gewesen war.

«Jetzt gleich?»

«Natürlich. Wann denn sonst, frag ich Euch?» Sie warf nochmals einen Blick zum alten Anton, ob der auch wirklich alles verstanden hatte. Der Wirt nickte ihr zu. Daraufhin ergriff Marie die Hand des Matrosen und zog ihn hinter sich her.

«Du hast es aber ganz schön eilig. Das gefällt mir», meinte der ohne jedes Lallen. Seine Stimme war so fest wie sein Gang. Marie erinnerte sich, dass Matrosen oft mehr vertrugen als die Hafenarbeiter oder die feinen Leute aus der Stadt. Schließlich mussten sie sich irgendwie die Zeit vertreiben, wenn sie vom Alsterhafen aus in See stachen und erst Wochen oder gar Monate später in die Hansestadt zurückkehrten.

Dass der Matrose derart trinkfest war, konnte zum Problem werden. «Jetzt haben wir Euren Becher vergessen», sagte sie daher. «Ich hole den Wein für Euch», versprach sie und schob den Mann die kleine Treppe in das obere Stockwerk des Gasthauses hinauf. Bei der Gelegenheit würde sie sich noch mal mit Anton abstimmen. Hierfür genügten Blicke und Handzeichen, denn sie waren ein eingespieltes Team.

Marie griff nach dem Becher und eilte ihrem Opfer nach. Die Beule in der Matrosenhose war unverkennbar gewesen, ihr Gast war mehr als spitz auf sie. Als sie bei ihm ankam, bugsierte sie ihn in ihr Zimmer und schloss die Tür hinter sich.

«Wahrlich, genügend Platz», sagte der Matrose, setzte sich auf ihr Bett und klopfte mit der flachen Hand neben sich.

Marie aber wandte sich von ihm ab, löste die Bänder, die das Mieder vor ihrem Bauch zusammenhielten, und öffnete es, wodurch der einfache Schnürleib zu Boden glitt. Als sie sich zu dem Matrosen umdrehte, konnte dieser ihre Brüste sehen. Lediglich ihre Nippel wurden von ihren langen dunklen Locken verdeckt.

Dem Kerl blieb bei ihrem Anblick der Mund offen stehen. «Du ... bist sehr schön», sagte er nach einer Weile, nachdem die Beule in seiner Hose immer größer geworden war.

Marie lachte herzlich. Sie bekam oft Komplimente und wusste, dass ihre Schönheit die Männer schwach machte. Und genau diesen Umstand machte sie sich zunutze. «Dann mal runter mit der Hose», sagte sie keck, und der Matrose gehorchte aufs Wort wie ein wohlerzogener Hund, der seinem Herrn gefallen wollte.

Kaum war die Hose bis zu den Knien des Mannes gerutscht, richtete sich sein Schwanz auf. Marie erkannte gleich, dass dies ein besonders großes Exemplar war. Viel größer als das der meisten Männer, die sie mit in ihr Zimmer nahm. Sie schmunzelte und setzte sich erneut auf den nun nackten Schoß des Matrosen, allerdings behielt sie ihre Unterröcke einfach an.

Durch den Stoff hindurch spürte sie jedoch das wilde Pulsieren des Penis, der unter ihr weiter wuchs, sich an ihr rieb. Der Matrose stöhnte auf, warf den Kopf in den Nacken und öffnete dabei leicht den Mund.

«Wohl bekomm's», flüsterte Marie und flößte ihm den Wein ein, der halb in seinen Mund floss, halb über seine Lippen trat und sein Kinn rot färbte.

«Köstlich», hauchte der Matrose erregt, nachdem er den Wein hinuntergeschluckt hatte. Seine fleischigen Hände legten sich auf ihre Brüste. Er war geschickter als viele andere, stellte Marie freudig überrascht fest. Keiner dieser groben Klötze, die nicht wussten, wie sie eine Frau zu behandeln hatten. Nein, dieser Mann hatte schon viele Mädchen geliebt. An vielen unterschiedlichen Häfen.

«Bitte», flehte er. «Bitte, ich will mich in dir spüren.»

Sie lachte. «Noch nicht, aber bald», versprach sie und bewegte sich auf und nieder, als würde sie ihn einreiten wie einen wilden Hengst, der erst lernen musste, seinem Reiter zu gehorchen.

«Sag es mir», forderte Marie. «Sag mir, wie sehr du mich willst.»

«Ich will dich mehr als alles andere!», rief er und tauchte mit seinem Gesicht zwischen ihre Brüste, leckte sie mit der Zunge und zwickte sacht mit den Zähnen in ihre weiche Haut.

Marie fing an, das Spiel zu genießen. Ihre Bewegungen wurden schneller, in ihrer Scham breitete sich wohlige Hitze aus. Wahrlich, ihr Spielgefährte verstand etwas von Frauen. Er wusste, wie er Marie reizen musste, um schöne Gefühle in ihr zu wecken. Die Küsse, die er auf ihrem Hals verteilte, machten sie ganz nervös und ließen eine brennende Spur auf ihrer Haut zurück.

Marie stöhnte lustvoll auf, doch in ihr Stöhnen mischte sich das lautstarke Klappern der Holzläden. Sie hielt inne, spähte auf die Fenster, doch sie bewegten sich nicht mehr. Ein Seufzen erklang. Es war weder ihres noch das des Matrosen, sondern drang durch die Wände.

«Was war das?», fragte ihr Gespiele erschrocken.

«Ich habe keine Ahnung. Hast du es auch gehört?»

Er nickte nur, sah sich sorgsam nach allen Seiten um. Aber niemand war zu sehen. «Einbildung», tat der Matrose das Geräusch daraufhin ab und rieb sich erneut an ihr.

«Oh, wie konntest du nur?», erklang plötzlich eine fremde Stimme wie aus dem Nichts. Abrupt sprang Marie vom Schoß ihres Liebhabers und blickte sich ängstlich um.

«Wer ist da? Wer spricht mit uns?», fragte der Matrose verstimmt, weil Marie ihr Spiel unterbrochen hatte. Doch in seinen Augen sah sie, dass ihm die Situation nicht geheuer war.

«Ich spreche aus dem Grab zu dir, du elender Lump! Wie kannst du es wagen, dich mit meinem Liebchen zu vergnügen? Dem einzigen Weib, das mir je etwas bedeutet hat. Wenn du nicht auf der Stelle von hier verschwindest, werde ich einen Bann auf dich legen!»

Der Matrose wurde bleich. «Zeig dich!», forderte er atemlos. Aber die Stimme blieb ohne Körper. Dafür war ihr Lachen umso schauriger.

«Du hast nichts zu fordern, Strolch. Nicht von mir! Du weißt wohl nicht, mit wem du sprichst? Ich bin Klaus Störtebeker!»

Die Unterlippe des Matrosen fing unweigerlich zu zittern an. Es schien, als hätte er seine Stimme gänzlich verloren, nur mit Mühe und Not fand er sie wieder. «Der Seeräuber? Aber das kann nicht sein. Klaus Störtebeker wurde vor zwei Jahren auf dem Grasbrook hingerichtet. Ich war selbst dort, ich habe gesehen, wie der Scharfrichter seinen Kopf in die Höhe hielt.»

«Dann hast du auch gesehen, wie ich ohne mein Haupt an elf meiner Mannen vorbeiging und sie dadurch begnadigt wurden. Also weißt du, wozu ich imstande bin! Und diese Frau, die schöne Marie, ist mein Liebchen. Die Einzige, die mir das Herz erwärmte!»

«Hätte ich das gewusst, wäre ich ihr nicht gefolgt. Bitte, Herr, das müsst Ihr mir glauben.»

«Schweig! Ich weiß, zu welchen Schandtaten ein Kerl fähig ist, wenn er ein schönes Weib vor sich sieht. Ich werde dich verfluchen, auf dass dir das Fleisch von den Knochen abfällt, bei lebendigem Leibe!»

«Bitte, ich ... war ahnungslos, Herr ... ich ...» Der Matrose rappelte sich auf und eilte ohne seine Hose zur Tür.

«Verschwinde von hier, lass dich nie wieder sehen, oder du wirst meinen Zorn zu spüren bekommen!»

«Ja, Herr, ja. Ich bin schon weg.» Mit diesen Worten riss er die Tür auf, stürzte die Treppe hinunter. Seine Hose und den Geldbeutel ließ er ihr als Souvenir zurück.

Zufrieden griff sie nach dem Lederbeutel und ging damit nach unten, um die Beute mit Anton zu teilen. Der kam gerade aus dem Lager unter der Theke und grinste von einem Ohr bis zum anderen.

«Welch Narr, dieser Junge. Er muss noch viel lernen», sagte er mit Störtebekers Stimme, dann hielt er die Hand auf. Marie gab ihm die Hälfte der Münzen, und Anton biss in eine von ihnen hinein, um zu prüfen, ob sie echt war.

Marie und Anton lebten nicht schlecht in diesen Tagen. Wann immer die junge Frau einen Verehrer mit auf ihr Zimmer nahm, verschwand Anton im Lager, um durch ein Rohr zu dem Mädchen und ihrem Liebhaber zu sprechen. Für zusätzlichen Spuk sorgte er, indem er an den Fäden zog, die mit den Fensterläden verbunden waren. Es war ein effektvoller und vor allem ein ertragreicher Streich. Noch nie war ein ausgeraubter Liebhaber in das Wirtshaus am Alsterhafen zurückgekehrt.

Inzwischen hatten die beiden eine ordentliche Summe angesammelt, die Woche um Woche wuchs. Eines Tages machte sich

Anton noch vor Morgengrauen auf den Weg nach Lüneburg, um sich dort ein Gehöft anzusehen, das er zu erwerben gedachte. Derweil führte Marie das Wirtshaus allein. Das stellte für sie kein Problem dar, denn sie war es gewohnt, sich gegen Raufbolde und Betrunkene zu wehren. Wurde einer zu aufdringlich, setzte sie ihn kurzerhand vor die Tür.

Am Abend jenes Tages betrat ein Edelmann die kleine Taverne, und mit seinem Eintreten, so schien es Marie, erhellte sich selbst der dunkelste Winkel der heruntergekommenen Gastwirtschaft. Alle Blicke richteten sich auf die schillernde Gestalt, die so gar nicht in diese Umgebung passen wollte.

«Seid gegrüßt, miteinander», sagte der junge Mann freundlich und setzte sich an einen der Tische. Sogleich fing es überall an zu tuscheln.

Was einer wie der denn hier wolle?

Ob der Kerl lebensmüde sei?

Aber all das hörte Marie nicht. Sie hatte nur Augen für die zarte Gestalt des Jünglings, der so edel gekleidet war, dass man wohl annehmen konnte, es handele sich um eine gute Partie. Und den einen oder anderen Taler hatte einer wie er sicherlich auch übrig.

Ohne Anton konnte Marie den Trick allerdings nicht durchführen. Sie brauchte ihn, um Störtebekers Geist eine Stimme zu verleihen.

«Einen Wein, bitte! Den edelsten, den Ihr habt!», rief der Herr und winkte nach ihr. Marie beeilte sich, ihn zu bedienen. Männer wie diesen ließ man nicht warten. Als sie ihm einschenkte, blickte sie voller Verzückung in sein Gesicht. Ohne jeden Zweifel war es das feine Antlitz eines Adligen.

«Ich hoffe, der Wein schmeckt Euch, mein Herr», sagte sie und senkte demütig den Blick.

«Wenn er so süß ist wie Ihr, werde ich nichts zu beanstanden haben.» Marie spürte, wie ihre Wangen erröteten. So ein feinsinniges Kompliment bekam sie in dieser Spelunke selten.

«Verratet mir Euren Namen», bat der Edelmann.

«Marie Visall.»

«Ein schöner Name. Klangvoll. Er passt zu Euch.»

«Ich danke Euch. Verratet Ihr mir auch den Euren?»

«Man nennt mich Robert von Arlingen.»

Als sie das «von» in seinem Namen vernahm, schlug Maries Herz sogleich schneller. Dies war der Beweis für ihre Vermutung. Ihr Gast war adliger Abstammung. Welche Freude! Wäre doch nur Anton hier. Andererseits hätte sie es wohl nicht über sich gebracht, ihn auszurauben.

«Darf ich sonst noch etwas für Euch tun, mein Herr?»

«Im Augenblick nicht, doch später komme ich gern auf Euer Angebot zurück.»

Den Rest des Abends fiel es Marie unendlich schwer, die Augen von dem schönen Edelmann abzuwenden. Er war wahrlich ein seltener Anblick in der Taverne. So gepflegt. Und wie vornehm er sich ausdrückte. Wie elegant er sich bewegte. Marie konnte sich an ihm kaum sattsehen.

Kurz vor Mitternacht winkte er sie noch einmal zu sich. Marie ließ alles stehen und liegen und eilte sogleich zu ihm, schließlich wollte sie ihm gefallen.

«Es war ein netter Abend in Eurer Taverne.»

«Ihr wollt schon gehen?», fragte sie enttäuscht.

«Nur, wenn Euer Angebot nicht mehr bestehen sollte.»

«Wovon redet Ihr, Herr von Arlingen?»

«So nennt mich doch Robert, schöne Marie. Ich spreche von Eurem liebreizenden Augenaufschlag und dem stillen Versprechen, das er verkündete.»

Marie verstand. Der schöne Edelmann wollte sie. Und sie musste sich eingestehen, dass es ihr kaum anders ging.

«Ich habe ein Kämmerlein, in dem bequem zwei Platz finden», sagte sie ihren einstudierten Spruch auf. Nur meinte sie es dieses Mal ernst mit ihrem Begleiter. Sie wollte wissen, wie er unter seinem edlen Gewand aussah, wie sich seine Haut anfühlte oder sein Kuss auf ihren Lippen.

«Das klingt wundervoll. Und wie ich sehe, ist auch der letzte Gast längst verschwunden. So bringt mich denn in Eure Kammer.»

Darauf nickte Marie nervös und gab ihm ein Zeichen, ihr zu folgen. Wenige Augenblicke später rekelte sie sich in ihrem Bett, während Robert von Arlingen ihre Unterkunft begutachtete.

«Es ist einfach, das weiß ich wohl, mein Herr. Aber es wird seinen Zweck erfüllen. Lasst mich nicht länger warten», bat sie und streckte die Hand nach ihm aus.

Robert folgte ihr ins Bett. Sofort schob Marie die Hände unter sein feines Hemd. Die Brust darunter war muskulös und rasiert. Ein Duft süßen Parfüms umgab den Edelmann, der seine Jacke ablegte und die Knöpfe seines Rüschenhemds öffnete, um seinen Oberkörper vor ihr zu entblößen.

Nie zuvor hatte Marie einen attraktiveren Mann in ihrem Bett gehabt. Allein sein Anblick erfüllte sie mit einer ungekannten Leidenschaft, die sie nur schwer kontrollieren konnte.

Ihre Hände strichen erneut über die samtige Haut ihres Begleiters, und sie hauchte feine Küsse darauf, um sie zu schmecken. Ein wenig herb, wie bei Männern üblich. Und salzig.

Roberts Hand legte sich auf Maries Schopf und führte diesen nach unten, wo er sein Geschlecht aus seiner Culotte befreite. Es sprang ihr förmlich entgegen, als hätte es nur auf diesen Moment gewartet.

«Küss ihn», flüsterte Robert.

Folgsam beugte sie sich über die Spitze seines Schwanzes und hauchte ein Küsschen auf die Eichel, die breiter war als der

Schaft. Ihre Lippen ertasteten die Verdickung am Rand der Spitze, zupften leicht daran, was dem Edelmann ein tiefes, grollendes Stöhnen entlockte.

«Mach nur weiter, das ist … herrlich.»

Marie freute sich über das Lob und nahm seinen Schwanz tiefer in den Mund. Das Stöhnen wurde lauter, Robert von Arlingens Unterleib zitterte.

Plötzlich fuhr er hoch, packte Marie fest bei den Schultern und wirbelte sie herum, sodass sie vor ihm auf allen vieren landete, ihr Hinterteil seinem Geschlecht zugewandt. Sie spürte seine Ungeduld, seine Gier, erwartete, dass er jeden Moment in sie stieß, über sie herfiel wie ein wildes Tier.

Doch dann kam der Genießer in ihm durch. Vorsichtig ergriff er den Saum ihres Rockes mitsamt den Schößen und zog diese hoch.

«Welch hinreißender Anblick», sagte Robert überwältigt, dabei legte er seine heißen Hände auf ihre Pobacken und knetete sie ein wenig. Ihre Haut prickelte unter seinen Berührungen. Jetzt war es Marie, die vor Ungeduld fast verrückt wurde.

Endlich strich seine Hand über ihre intimste Stelle, verweilte dort aber nur kurz.

«Zauberhaft, du bist bereits feucht. Hat schon einmal jemand deine zweite Pforte geöffnet?»

Das verstand sie nicht recht … Doch sie war so aufgegeilt, dass ihr ohnehin alles egal war, solange er sie nur endlich nahm.

«Ich werde sie benutzen», entschied Robert, und ehe sie sich versah, spürte sie seine Hände erneut an ihren Backen. Dieses Mal zog er sie kräftig auseinander, und mit den Backen öffnete sich auch ihr Muskelring.

Jetzt dämmerte ihr, was er mit der «zweiten Pforte» gemeint hatte. Ehe sie Protest erheben konnte, spürte sie, wie er seinen Speichel auf ihrem Anus verteilte und anschließend in sie drang.

Er war sanft, vorsichtig, aber auch bestimmt und fordernd. Sein Geschlecht baute Druck in ihr auf. Es fühlte sich falsch und richtig zur selben Zeit an.

Dann stieß er tief in sie, sein Hodensack klatschte gegen ihre Backen. Langsam und behutsam, aber ohne Pause. Stoß um Stoß.

Marie fing an, es zu genießen. Sie keuchte und stöhnte, wurde hin- und hergeschüttelt durch die kräftigen Bewegungen. Gleichzeitig liebkoste Robert mit einer Hand ihre Schamlippen, reizte ihre Perle, bis Marie vor Lust laut aufschrie und die Hände in das Kissen krallte.

«Ihr macht mich ganz verrückt», rief sie atemlos. Ein Zittern ergriff von ihr Besitz, breitete sich bis in ihre Oberschenkel aus. Spasmen schüttelten sie, was ihm das Eindringen erschwerte. Plötzlich versetzte er ihr einen leichten Klaps auf den Hintern.

«Au!» Sie zischte leise. Die Stelle brannte.

«Halt still, süße Marie», forderte er und stieß wieder zu. Wieder und wieder. Marie bemühte sich, seinem Wunsch nachzukommen.

«Bitte, Herr, ich möchte Euch so gern in mir spüren», flehte sie erregt.

«Aber das tust du doch bereits, Liebes.»

«Ich meine ... doch nicht dort, Herr. Ich meine in meiner Möse.»

Robert lachte. «Ausdrücke kennst du.»

Langsam zog er sich aus ihr zurück, und rasch drehte Marie sich um. «Dabei will ich Euch ansehen.»

«Wenn es dein Wunsch ist.» Robert beugte sich über sie, und schon spürte Marie seinen wild zuckenden Schwanz an ihrer Enge. Dort, wo sie ihn haben wollte. Er war so heiß wie ein Stab aus Eisen, den man zum Schmieden über Feuer hielt.

Robert verschwand in ihr. Füllte sie Zentimeter für Zentimeter aus. Ergriff Besitz von ihr. Marie hielt vor Wonne die Luft an. Ja, genau das war es, wonach sie sich verzehrte. Als er anfing, sie zu reiten, wurde ihr Blick wie magisch von seinen faszinierenden grünen Augen angezogen. Wie schön sie waren. Alles an ihm war schön.

Schon als kleines Mädchen hatte sie davon geträumt, eines Tages einen Prinzen zu heiraten. Sie, das Kind aus der Gosse. Aber so absurd es sein mochte, nun schien sie ihrem Traum näher denn je.

Lust flackerte in Roberts Augen. Leidenschaft. Doch Marie erkannte noch etwas anderes im Spiegel seiner Seele. Unruhe? Machte sie ihn nervös? Sie hoffte es. Vielleicht erkannte er, dass sie nicht nur ein Mädchen für lustvollen Zeitvertreib war, sondern auch eines, in das man sich verlieben konnte.

Seine Hände legten sich auf ihre üppigen Brüste, die noch vom Mieder gehalten wurden. Marie hatte es nicht ablegen können, alles war viel zu schnell gegangen.

Seine Bewegungen wurden schneller. Sie spürte, wie die Hitze seines Körpers auf ihren überging. Ein letzter Stoß, und er brachte ihre Welt zum Beben.

Das enge Leder minderte ihre Atmung, aber das störte sie nicht. Sie konzentrierte sich einzig auf das Gefühl, ihn ganz tief in sich zu spüren, mit ihm zu verschmelzen. Winzige Erschütterungen brandeten durch ihren Körper, wurden stärker, intensiver ... Und in dem Moment, in dem es ihr kam, flimmerte das Licht vor ihren Augen. Marie sah Sterne über sich tanzen. Sie lachte. Welch Vergnügen das war.

Erschöpft sank Robert neben ihr nieder, streichelte ihre Schulter. «Das war wundervoll. Ich fühle mich sehr wohl bei dir.»

«Dann bleibt doch über Nacht. Es würde mich freuen.» Sie lockerte die Bänder ihres Leibchens und atmete durch.

«Warum nicht? Das ist immer noch besser, als allein zu schlafen.»

«Habt Ihr denn keine Frau?», fragte Marie mit klopfendem Herzen.

«Nein», war die knappe Antwort. Doch sie machte Marie glücklich. Mit einem Seufzen schlief sie in Roberts Arm ein.

Als Marie am nächsten Morgen aufwachte, tastete sie mit geschlossenen Lidern nach Robert. Doch ihr Griff ging ins Leere. Enttäuscht schlug sie die Augen auf. Ein Gefühl von Einsamkeit schlich sich in ihr Herz. Marie kannte dieses Gefühl gut, es war ihr ständiger Begleiter. Sie hatte gelernt, ihn zu akzeptieren.

Rasch schlüpfte sie in ihr Kleid. Sie wollte den Schankraum säubern, wie sie es jeden Morgen tat, nachdem die Gäste am Abend zuvor über die Stränge geschlagen hatten. In der Wirtsstube roch es nach Alkohol und Erbrochenem. Marie schüttelte sich vor Ekel und suchte nach dem Besen, da bemerkte sie aus dem Augenwinkel eine Bewegung an der Bar. Erschrocken fuhr sie herum – aber die dunkle Gestalt entpuppte sich als Anton, der offenbar früher heimgekehrt war als geplant.

«Du bist schon wieder hier?», fragte sie erstaunt.

«Das Gehöft gefiel mir nicht. Man müsste zu viel investieren, um es auf Vordermann zu bringen. Dafür reicht mein Geld nicht.»

«Wie schade.»

«Und da wir gerade beim Thema Geld sind: Wo ist unsere Truhe?»

«Ich verstehe die Frage nicht.» Marie ließ sich bei ihrer Arbeit nicht stören, kehrte den Dreck zusammen und fegte ihn dann einfach vor die Tür.

«Die Truhe, in der wir unsere Beute aufbewahren. Wo ist sie?»

«Im Lager, da, wo sie immer steht.»

«Dort ist sie nicht, überzeug dich selbst.»

Da ließ Marie den Besen fallen und eilte in den Lagerraum unter der Theke, der nur über eine morsche Treppe zu erreichen war. Ihr Herz raste vor Aufregung. Sie durchsuchte jedes Regal, aber Anton behielt recht. Ihr wertvollster Schatz war verschwunden.

«O mein Gott!», entwich es ihr. Hatte etwa Robert von Arlingen sie ausgeraubt? Ein Mann seines Standes hatte das doch gar nicht nötig! Trotzdem, er war der Einzige gewesen – von ihr selbst abgesehen –, der während der Nacht Zugang zum Lager gehabt hatte. War Robert womöglich gar kein Edelmann, sondern ein ausgefuchster Betrüger?

«Ich höre, Marie. Wo ist unsere Truhe?»

«Ich ... weiß es nicht, aber ich ... habe eine Ahnung.»

«Ich sag dir mal was, Mariechen. Was mit deinem Anteil geschieht, ist mir gleich. Aber meinen will ich zurück. Und zwar bald!»

«Ja, ja. Ich kümmere mich darum.»

Sie wollte an Anton vorbei, doch er hielt sie grob am Arm fest. «Ich meine es ernst, Marie. Wenn du mir meinen Anteil nicht binnen dreier Tage zurückbringst, werfe ich dich hochkant raus. Und glaube nicht, dass dich irgendjemand anderes aufnimmt, außer vielleicht ein lumpiges Bordell. Du bist eine Frau ohne Ehre, heiraten will dich ohnehin keiner.»

Sie nickte ernst, denn sie kannte ihren Status nur zu gut. Anton ließ sie los.

«Du bekommst dein Geld zurück, das verspreche ich.» Und Robert von Arlingen würde noch bereuen, sich mit Marie Visall angelegt zu haben. Er mochte ein Könner seines Fachs sein, doch in Marie würde er seine Meisterin finden.

Den halben Tag trieb sich Marie am Hafen herum, fragte die Leute nach Robert von Arlingen aus, aber niemandem sagte der Name etwas.

«Wer soll das sein? Ein Adliger?»

«Mit den Hochwohlgeborenen kenne ich mich nicht aus.»

«Sieh an, hat also auch einer von denen Dreck am Stecken. Warum wird er denn gesucht?»

Ihre Recherchen führten zu nichts. Allmählich wurde sie unruhig. Vielleicht war der angebliche Edelmann längst weitergezogen, hatte die Hansestadt hinter sich gelassen und eines der Handelsschiffe bestiegen, die hier jeden Tag an- und ablegten? Ohne Robert von Arlingen würde der alte Anton seinen Anteil der Beute nicht bekommen. Und dann wäre Marie dran.

Gegen Abend stieß die junge Frau auf ein paar Hafendirnen, die sie fortscheuchten. Die leichten Mädchen ahnten nicht, dass Marie vielleicht bald wirklich eine von ihnen sein würde. Es gab keinen Zweifel, dass Anton, obwohl er ihr Lehrmeister und Ziehvater war, seine Worte wahr machte und sie davonjagte, wenn sie bei ihrer Suche erfolglos blieb.

Als der Mond am höchsten stand, gab Marie für diesen Tag auf und machte sich auf den Heimweg. Sie hatte schon die Hälfte der Strecke passiert, da vernahm sie Schritte hinter sich, die sich ihr rasch näherten. Wahrscheinlich handelte es sich um einen Hafenarbeiter oder Seemann, vielleicht sogar um jemanden, der ihr Angst einjagen wollte. Aber Marie ließ sich von den schnellen Schritten nicht einschüchtern und behielt ihr Tempo ganz bewusst bei.

«Guten Abend, hübsche Marie.» Die Stimme erkannte sie sofort! War dieser miese Betrüger ihr etwa gefolgt?

«Ihr?» Wie lange beobachtete er sie wohl schon? Wusste er, dass sie ihn suchte? Machte er sich einen Spaß aus ihrer Situation? Wütend ging sie auf ihn zu. «Betrüger!»

«Nicht so laut, wir wollen doch niemanden wecken.» Robert ergriff ihre Handgelenke und hielt sie fest, lachte sie sogar aus. «Wer von uns beiden ist der Betrüger, mh?»

Natürlich hatte er recht, sie war kaum besser als er. Aber zumindest schadete sie niemandem, der kein Geld besaß. Das gehörte sich nicht. «Ihr seid der größere Betrüger», warf sie ihm vor.

Robert lachte immer noch, da drehte er ihr plötzlich die Arme auf den Rücken und schmiegte sich eng an sie. Zu ihrem Schrecken fühlte sich das gut an. Sehnsucht entbrannte in ihr.

«Woher wusstet Ihr von der Truhe mit dem Geld?»

«Ich habe von dem Spuk in deiner Taverne gehört und eins und eins zusammengezählt. Mein Kompliment, das ist ein toller Trick!»

«Ach, was Ihr nicht sagt.»

«Die letzte Nacht hat mir gefallen. Du bist wirklich ein kleines Miststück ohne Tabus, wie?»

«Lasst mich los, oder ich schreie!»

«Wen interessiert es, ob in dieser Gegend eine Frau um Hilfe schreit? Außerdem wäre es töricht von dir, mich nicht anzuhören, denn ich habe einen Vorschlag für dich.»

«Wovon redet Ihr?»

Er ließ sie los, und Marie taumelte ein paar Schritte zurück, rieb sich die schmerzenden Handgelenke.

«Ist das nicht offensichtlich? Ich hatte viel Spaß mit dir, mehr als mit mancher Dirne. Du hast ein … gewisses Talent. Und die rechten Rundungen. Ich hätte längst fort sein können, stattdessen musste ich immerzu an dich denken. Da wurde mir klar, dass ich ohne dich nicht sein kann. Also mache ich dir einen Vorschlag, vielmehr ein Geschäftsangebot. Sei noch einmal für eine Nacht die Meine, und ich gebe dir das Geld zurück.»

«Wie? Ihr macht wohl Scherze.» Marie konnte sich das Lachen nicht verkneifen.

«Keinesfalls.»

«Das ist Erpressung, mein Lieber.»

«Ich sehe in deinen Augen, dass dir diese Form von Erpressung ziemlich gut gefällt.»

Verärgert biss sie sich auf die Unterlippe. Konnte Robert etwa Gedanken lesen? Ja, sie hatte gern mit ihm geschlafen. Zu dem Zeitpunkt hatte sie allerdings nicht gewusst, dass er ein mieser Kerl war. Andererseits war es ihr lieber, sich ihm hinzugeben, als im Bordell zu arbeiten. Letzteres wäre unweigerlich die Folge, wenn sie Anton nicht bald das Geld zurückbrachte.

«Also schön.» Sie atmete tief durch. «Aber nur, weil ich auch meinen Spaß haben will.» Sie funkelte ihn kampflustig an.

«Siehst du, Marie, das ist es, was mir an dir gefällt. Du bist wie ich. Selbstsüchtig, mit allen Wassern gewaschen. Eine Überlebenskünstlerin.»

«Ich bin nicht wie Ihr. Ich bin besser.» Verschwörerisch zwinkerte sie ihm zu und ergriff seine Hand, um ihn hinter sich herzuziehen. Wenige Augenblicke später standen sie vor einem unverschlossenen Lager. Darauf hatte Marie spekuliert, denn sie wusste, dass die Hafenarbeiter ab einer gewissen Uhrzeit zu saufen begannen und darüber das eine oder andere vergaßen. Es war nicht das erste Mal, dass eine Lagertür offen stand, Marie hatte sich schon des Öfteren an den Schätzen in dieser Halle bedient.

«Kommt mit», flüsterte sie. Robert folgte ihr. Innen entdeckten sie Holzkisten, die sich bis zur Decke stapelten. Die darin gelagerten Waren sollten in die Welt hinaus verschifft werden.

«Hier ist es perfekt», sagte Marie.

«Ein wenig unromantisch, findest du nicht?»

«Ich dachte, einer wie Ihr würde das Abenteuer der Romantik vorziehen.»

«Du hast recht, auch darin sind wir uns ähnlich. Ich möchte fast meinen, wir wären gar kein schlechtes Gespann, würden wir zusammenarbeiten.»

Das sah Marie kaum anders. Aber jetzt war nicht die Zeit für Geschäfte.

«Setz dich auf die Taurolle dort», befahl Robert, und Marie gehorchte. Nicht weil sie musste, sondern weil sie es wollte. Sie war neugierig, was der Gauner mit ihr vorhatte.

«Zieh Rock und Unterröcke hoch, öffne die Beine, ich möchte deine Blüte sehen.»

Erneut folgte sie seinem Befehl. Marie wusste von ihrer Anziehungskraft auf Männer. Oft hatte sie daraus ihren Vorteil gezogen, und dieses Mal würde es nicht anders sein.

Robert kniete sich vor sie, legte sacht beide Hände auf ihre großen Schamlippen, öffnete diese leicht, und dann hörte sie ihn andächtig seufzen.

«Wunderschön», flüsterte er. Er streichelte sie zärtlich, und ein süßes Prickeln rieselte durch ihren Unterleib. Marie schloss die Augen, genoss den sinnlichen Moment und die zärtlichen Berührungen, dann hörte sie einen Gürtel zu Boden fallen, und Robert drang in sie. Rücksichtsvoller, als es je ein anderer Mann getan hatte. Es schien, als wollte er, dass dieses Spiel auch ihr Freude bereitete. Marie öffnete sich ihm, lehnte sich entspannt zurück und sah ihm zu, wie er sich über ihr bewegte und dabei immer tiefer in sie stieß.

Aus einem Impuls heraus schlossen sich ihre Schenkel um ihn, wie um ihn festzuhalten. Robert lachte leise.

«Ich laufe schon nicht weg, Marie», flüsterte er. Ein weiterer Stoß ließ ihren Körper erzittern. Er neigte den Kopf, heiße Küsse landeten auf ihrem Dekolleté. Erregende Küsse, die ihre Lust steigerten.

Es war erfüllend, aber Marie wäre nicht Marie gewesen, hätte sie aus dieser Situation keinen Vorteil gezogen. Sie wollte nicht länger Spielzeug sein, sondern ebenfalls Akteurin. Also rollte sie sich mit ihm zur Seite, bis er am Boden lag.

«Hey», rief Robert. Aber sie erlaubte ihm nicht, das Blatt zu wenden, sondern machte da weiter, wo er aufgehört hatte, ritt auf ihm, ließ ihn in sie tauchen. Immer wieder ließ sie ihr Becken auf sein Glied herab. Auf und nieder.

«Eine kleine Strafe muss sein», flüsterte sie und ließ ihn aus ihrem Körper gleiten. Roberts Penis zuckte hilflos in der Luft.

«Womit habe ich das verdient?», fragte er verzweifelt.

«Du hast mich ausgetrickst.» Sie grinste. «Kein Mann hat das jemals geschafft. Du kannst dir also etwas darauf einbilden.» Als Robert sich aufrichten wollte, dabei nach ihrer Taille griff, drückte sie ihn an den Schultern zurück. «Nicht so schnell, Herr von Arlingen, wir haben doch gerade erst angefangen.»

«Dann lass mich endlich wieder rein. Ich habe dir doch versprochen, dir dein Geld zurückzugeben.»

Sie bemerkte, dass sein Schwanz kleiner wurde, und rieb seinen Schaft durch ihre Spalte. Ein Glitzern blieb auf seinem Geschlecht zurück.

«Wie heißt das Zauberwort?», neckte sie ihn, obwohl sie ohnehin vorhatte, ihn gleich wieder aufzunehmen.

«Bitte», murmelte er verärgert.

«Etwas lauter, Herr von Arlingen, strengt Euch an.»

«Also schön! Bitte!»

Nach allem, was er ihr angetan hatte, war es Marie die reinste Genugtuung, Robert von Arlingen um mehr betteln zu hören. Wie der junge Mann wohl in Wahrheit hieß? Einen Adelsnamen hatte er gewiss nicht, dieser elende Gauner. Es ärgerte sie, dass sie überhaupt auf ihn hereingefallen war.

Langsam senkte sie sich herab, und seine Spitze tauchte in sie ein. Robert stöhnte erleichtert, hob die Lenden, strebte ihr entgegen. Seine Hände legten sich abermals auf ihre Brüste, wogen sie in ihren Körbchen, während Marie sich von ihm nahm, was sie brauchte. Ihre Bewegungen wurden schneller, auch ihr Herzschlag und ihr Atem, und Robert schloss sich ihrem Tempo an. Alles in ihr geriet in Wallung.

Kurz bevor er kam, zog sie sich von ihm zurück, um sowohl ihn als auch sich selbst durch Einsatz ihrer Hände zum Höhepunkt zu bringen.

Sie umfasste seinen Schaft, schob mit der Hand die Vorhaut vor und zurück, befreite die Eichel aus ihrem fleischigen Gefängnis. Sein Stab wurde heißer. Zuckte.

Zeige- und Mittelfinger ihrer anderen Hand tauchte sie in ihre Enge, penetrierte sie, wie es Robert zuvor getan hatte. Marie stellte sich vor, es wäre sein Schwanz, der immer noch in ihr vibrierte.

Ob sie beide gleichzeitig zum Höhepunkt bringen konnte? Sie achtete auf die feinen Erschütterungen in ihren Körpern, versuchte, sie in Einklang zu bringen, als würde sie zwei Melodien zu einer verbinden.

Fast gelang ihr das Kunststück. Spürbare Wellen brandeten durch seinen Körper, und er stöhnte laut auf, ergoss sich. Ein ferner Glanz trat in seine Augen, als wäre er in diesem Moment in einer anderen Welt.

Keinen Atemzug später kam auch Marie. Alles um sie herum schien einen Augenblick lang stillzustehen. Nichts regte sich. Niemand sprach.

Erschöpft sank sie neben ihm nieder, sog seinen Duft auf. Wie schon am Abend zuvor fühlte sie sich zu ihm hingezogen. Nicht nur körperlich. Trotz allem war er immer noch ihr Prinz, von dem sie einst geträumt hatte. Als sich Robert aufrichten wollte, hielt sie ihn am Handgelenk fest.

«Denk nicht einmal dran, jetzt zu verschwinden», drohte sie ihm. Sie wollte noch eine Weile in der Illusion verweilen, ihren Prinzen gefunden zu haben.

Robert lachte. «Ich will mir nur die Hose hochziehen, Mariechen.»

Misstrauisch ließ sie ihn los, und er zog sich an. Dann griff er in seine Hosentasche und warf ihr einen prallgefüllten Beutel aus Leder zu. Er wog genug in ihrer Hand, sodass Marie annahm, das Geld wäre vollzählig.

«Es war ein gutes Geschäft», sagte er anerkennend.

«Geschäft», wiederholte sie verächtlich. War es das gewesen? Ein Akt ohne Gefühl? Sie mochte Robert – oder wie immer dieser Halunke hieß. Sehr sogar. Aber das hätte sie ihm niemals gestanden.

Als Marie von dem Beutel in ihrer Hand aufblickte, war Robert von Arlingen verschwunden. Sie seufzte leise. Natürlich war er fort, was hatte sie denn erwartet? Etwa dass er bei ihr blieb? Sie war ein gewöhnliches Ding, kaum besser als eine Straßenhure. Die meisten würden wohl sagen, sie hätte keine Ehre im Leib. Dafür aber besaß sie ein Herz, auch wenn das niemand sah. In diesem Moment blutete es, sehnte sich nach Robert.

«Dumme Gans, noch immer voller Hoffnungen», schalt sie sich selbst. Da knarrte die Tür, und jemand kam ins Lager. Schnell stand sie auf. Wenn es ein Aufseher war, der sie für eine Diebin hielt, würde sie das in nur noch größere Schwierigkeiten bringen.

«Ich ... hab mir was überlegt», eröffnete ihr eine vertraute Stimme. «Keine Ahnung, wie du das siehst, Mariechen, aber ich habe das Gefühl, wir beide könnten zusammen viel erreichen. Mit diesem Anton vom Wirtshaus wirst du es nicht weit bringen. Doch mit mir an deiner Seite wärst du bald eine wohlhabende Frau.»

Robert war zurück. Und allem Anschein nach wollte er sie mitnehmen.

«Ich kann dir kein Heim bieten, habe auch keinen Adelstitel. Aber wir hätten fürs Erste genügend Geld, um uns durchzuschlagen.» Er deutete auf den Beutel in ihren Händen. «Ich bin sicher, wir ...»

Sie legte ihren Zeigefinger auf seine Lippen und brachte ihn zum Schweigen. «Ich komme mit.»

«Was?»

«Unter zwei Bedingungen.»

«Welche?»

«Erstens: Die Hälfte von dem Geld geht an Anton. Er hat es sich ehrlich ergaunert.» Sie zwinkerte.

«Klingt nach einem guten Argument. Und was ist deine zweite Forderung?»

«Ich will noch einen Kuss.»

Robert grinste. «Das lässt sich einrichten.» Er kam näher und küsste sie so lange, bis sie seine Leidenschaft bis in ihre Zehenspitzen spürte.

Verhaftet

𝓔s stimmte! Jemand trieb hier sein Unwesen. Kein falscher Alarm, wie so oft in diesen Nächten. Eine Flügeltür des Eingangsbereichs war aufgebrochen, jedoch nicht beschädigt worden. Ein Anrufer hatte die Polizei verständigt, weil er ein flackerndes Licht durch die Fenster des Warenhauses am Jungfernstieg bemerkt hatte. Der Einbrecher, der möglicherweise noch hier war, musste ein Profi sein. Immerhin hatte er es geschafft, die Alarmanlage des fünfstöckigen Edelkaufhauses auszuschalten. Der Jungfernstieg, Hamburgs noble Flaniermeile, war um diese Uhrzeit fast menschenleer und wirkte trotz des farbigen Lichtspiels der Fontäne in der Alster einsam. In der Ferne erklangen die Motorengeräusche vorbeifahrender Autos, und der Wind pfiff leise um die alten Kontorhäuser, gleich einem warnenden Flüstern.

Christina Visall öffnete die schwere Eingangstür und schlich durch die Kosmetikabteilung, in der einen Hand ihre Pistole, in der anderen eine Taschenlampe, die ihr den Weg leuchtete. Der Körper der Polizistin war zum Zerreißen angespannt. Hinter jeder Ecke konnte der Eindringling lauern, vielleicht waren es auch mehrere.

Christina hatte versucht, Verstärkung anzufordern, doch ausgerechnet heute war der Polizeifunk gestört. Also blieb sie auf sich allein gestellt. Vorerst.

Nur keine Panik, beruhigte sie sich selbst und wagte sich tiefer in das Alsterhaus vor. In der Dunkelheit wirkte es surreal. Als das Licht ihrer Taschenlampe auf eine Schaufensterpuppe fiel, erschrak Christina derart, dass sie zurückwich und dabei die

Taschenlampe fallen ließ, die scheppernd aufschlug und ein Stück weit wegrollte. Auch das noch!

Spätestens jetzt wusste der Einbrecher, dass er nicht mehr allein war. Ihr einziger Vorteil war dahin. Christina hob die Taschenlampe auf, aber das Scheppern war weiterhin zu hören. Das machte die Polizistin stutzig. Woher kam dieses Geräusch? Jeder Muskel in Christinas Körper spannte sich an. Das Scheppern war relativ leise, und plötzlich wurde ihr klar, woran das lag. Es kam von oben!

So schnell sie konnte eilte sie die ausgeschaltete Rolltreppe hinauf, bis sie in den dritten Stock des Kaufhauses gelangte, in dem sich die Dessous-Abteilung befand. Das Licht der Taschenlampe erhellte den Ort des Geschehens. Ein Ständer mit Lingerie war umgestoßen worden. Nur wenige Schritte dahinter stand eine schlanke Gestalt, ungefähr von Christinas Größe. Sie posierte vor einem Säulenspiegel und schnürte ein schwarzes Korsett zu, das einzige Kleidungsstück, das sie am Leib trug. Das Licht des Mondes fiel günstig, so konnte Christina die einladende Form des Miederinhalts erkennen, ohne direkt die Taschenlampe auf die Person zu richten.

«Lucy Sondheim», sagte die Polizistin triumphierend. Sie hatte die Übeltäterin, die sie keines Blickes würdigte, längst an deren seidigen Haaren und ihrer Art, sich zu bewegen, erkannt. Die junge Frau, die so katzengleich vor ihr stand, war kein unbeschriebenes Blatt. Christina und sie trafen hier und jetzt auch nicht das erste Mal aufeinander. Wie es Lucy allerdings angestellt hatte, die hochtechnisierten Sicherheitsanlagen auszutricksen, blieb ein Rätsel.

Gelassen drehte die Diebin sich um, als hätte sie Christina erwartet. «Frau Visall», grüßte sie die Beamtin, während das Licht von Christinas Taschenlampe Lucys Gesicht erfasste, um dann zu ihren Brüsten und tiefer hinab über ihren Körper zu wandern.

Auf Lucys Venushügel kräuselten sich ein paar dunkle Haare, die zu einem Streifen rasiert waren. Weshalb die Diebin ihr Höschen abgestreift hatte, war Christina schleierhaft. Bildete sie sich das bloß ein, oder glänzte an den Oberschenkeln der jungen Frau sogar etwas von ihrer Lustfeuchte?

«Auf frischer Tat ertappt», sprach sie das Offensichtliche aus und griff zu ihrem Funkgerät, um ihre Kollegen zu verständigen. Vorausgesetzt, der Polizeifunk funktionierte endlich.

«Warten Sie», bat Lucy, deren coole Fassade allmählich bröckelte, und kam ein paar Schritte auf Christina zu. Ihre dunkel schimmernden Augen waren angstgeweitet.

«Wer einbricht, muss auch mit Konsequenzen rechnen. So will es das Gesetz», antwortete Christina ruhig. Doch in Wahrheit brachte sie Lucys appetitlicher Anblick durcheinander. Das schwarze Korsett war wie für sie geschaffen, betonte Lucys körperliche Vorzüge.

«Vielleicht ... können wir uns anderweitig einigen?»

Überrascht steckte Christina das Funkgerät an ihren Gürtel zurück. Sie war neugierig, was Lucy ihr anbieten wollte. Zwar hatte sie nicht die Absicht, sich bestechen zu lassen, aber sie hatte die Situation unter Kontrolle und konnte sich den Luxus dieses kleinen Katz-und-Maus-Spiels leisten.

«Das war nur ein dummer Streich, ich wollte niemandem schaden.»

«Du bist bereits vorbestraft», erinnerte Christina Lucy an die Fakten. Wenn sie nochmals vor Gericht kam, würde die hübsche Diebin im Gefängnis landen.

«Ich weiß. Sie haben mich in der Hand. An Ihnen liegt es, was aus mir wird.»

«Du machst dir das viel zu leicht, Lucy. Wann lernst du endlich, Verantwortung für dein Handeln zu übernehmen? Ich werde dich jedenfalls nicht einfach ziehen lassen.»

«Weil Sie es nicht wollen. Sie könnten behaupten, der Einbrecher wäre längst fort gewesen, als Sie das Alsterhaus durchsuchten. Ich verspreche Ihnen, ich nehme nichts mit, lasse alles hier.»

«Und warum sollte ich das tun?» Christina würde den Teufel tun und ihre Karriere für dieses Püppchen aufs Spiel setzen.

Lucys Augen funkelten. «Weil Sie dann alles von mir haben können.» Sie zeichnete mit den Händen die Formen ihres Körpers nach, wohl wissend, wie sehr es Christina anmachte.

Ein Dreivierteljahr zuvor …

Lucy Sondheim hatte endgültig mit ihrer Familie gebrochen. Selbst mit ihrem älteren Bruder Lukas, mit dem sie sich sonst immer gut verstanden hatte. Sie war nicht wie der Rest der Familie. Ihr Herz war stürmisch, voller Verlangen nach Abenteuern. Sie schreckte nicht vor Verboten zurück, das hatte sie nie getan. Und diese Unart, wie ihre Mutter es genannt hätte, hatte sie nun hierhingebracht. Auf das Revier der Hamburger Polizei.

Die Frau mit den kurzen dunklen Haaren vor ihr musterte sie eindringlich, beugte sich über ihren Schreibtisch. «Ich höre? Wollen Sie nicht Stellung beziehen zu dem Vorwurf? Man hat die gestohlenen Kunstschätze in Ihrer Wohnung gefunden. Wie sind sie denn dorthin gekommen?»

In der Polizeiuniform sah die Beamtin burschikos aus, obwohl ihr Gesicht sehr weiblich war. Etwas in ihrem Blick faszinierte Lucy. Es war derselbe Blick, mit dem ihr Freund Alex sie immer bedachte, kurz bevor er kam. Voller Sehnsucht und Verlangen. Lucy amüsierte es. Die Menschen waren für sie leicht zu durchschauen – und diese Bullenschlampe mit den hellen Augen war mehr als scharf auf sie.

Lucy wusste, dass sie eine Schönheit war. Nicht unbedingt eine von der klassischen Sorte, doch ihre langen dunklen Haare und das fast puppenhafte Gesicht ließen sie geheimnisvoll wirken.

«Keine Ahnung. Da will mir wer was anhängen.»

«Ah ja. Und wer sollte das wohl sein?»

«Sie vielleicht?» Ihre Antwort irritierte die uniformierte Frau, die sich ihr als Christina Visall vorgestellt hatte.

Die lachte nun auf. «Ziemlich weit hergeholt, finden Sie nicht?»

«Gar nicht. Sie wollen mich hier festhalten.»

«Aus welchem Grund sollte ich das wollen?»

«Ist das nicht offensichtlich?» Lucy zog ihr Tanktop zurecht und drückte dabei, natürlich nur versehentlich, ihre Brüste leicht zusammen, sodass sich eine Ritze zwischen ihnen bildete. Sofort wurde der Blick der Polizistin genau dorthin gezogen. Lucy bemerkte entzückt, wie die Pupillen in den hellen Augen sich weiteten. Oh, diese Dame war ja wirklich wie ein offenes Buch.

«Kommen wir zu meiner Frage zurück. Wenn Sie es nicht waren, wer hat dann die Kunstschätze geraubt und bei Ihnen versteckt?»

Elegant schlug Lucy ein Bein über das andere und beobachtete belustigt, wie Christina mit den Augen jede ihrer Bewegungen verfolgte und sich unwillkürlich mit der Zunge über die Lippen fuhr.

«Sie würden mich gern lecken, habe ich recht?», fragte Lucy provokant.

Die Polizistin erstarrte. Sie brauchte einen Moment, ehe sie sich wieder gefasst hatte. «Hören Sie endlich auf, abzulenken», sagte sie scharf.

Lucy aber zuckte nur gleichgültig mit den Schultern. «Ich

hätte es Ihnen ohnehin nicht erlaubt.» Es machte ihr Spaß, Autoritätspersonen zu reizen. Hübsch war diese Visall ja, nur leider stand Lucy auf Männer. Doch Christinas Schwäche für Frauen würde ihr vielleicht eines Tages zum Vorteil gereichen.

Lucy schmunzelte. O ja, sie erinnerte sich noch sehr gut an ihre erste Begegnung mit Christina Visall. Dieser Moment stand ihr so plastisch vor Augen, als wäre es erst gestern gewesen. Vielleicht konnte sie der Verhaftung noch einmal entgehen, wenn sie sich geschickt anstellte. Damals hatte man ihr den Diebstahl der Kunstschätze leider nachgewiesen. Allerdings war es aufgrund ihres jungen Alters von neunzehn Jahren dann doch nur auf eine Bewährungsstrafe hinausgelaufen. Jetzt war sie zwanzig, und noch einmal würde das Gericht gewiss keine Milde walten lassen.

Lucy wandte Christina in einer grazilen Drehung den Rücken zu. «Du darfst mich aus dem Korsett befreien», sagte sie leise und hoffte inständig, dass Christina ihrer Begierde nachgab und sich auf das verruchte Spiel einließ.

Doch es geschah nichts. Die Polizistin rührte sich nicht vom Fleck. Allmählich wurde die Sache brenzlig. Wenn Christina den Köder nicht schluckte, war Lucy dran. Dann hörte sie zu ihrer Erleichterung Schritte, die sich ihr näherten.

«Ich finde, du solltest es anbehalten. Es steht dir», flüsterte die Beamtin in Lucys Ohr.

«Wie du meinst.» Lucy fiel ein zentnerschwerer Stein vom Herzen. Als sie sich zu Christina umdrehte, ließ sie sich ihre Nervosität jedoch nicht anmerken, sondern bewahrte Ruhe und Haltung. In den Augen der Polizistin schimmerte der gleiche sehnsuchtsvolle Glanz wie damals.

«Du weißt, dass du uns beide in Schwierigkeiten bringst», hauchte Christina erregt.

«Und du weißt, dass du mich willst», entgegnete Lucy selbstbewusst, griff nach Christinas Händen und legte diese auf ihre Hüften. Wie von selbst glitten die Finger der Beamtin über Lucys Körper, legten sich erst zögerlich, dann umso besitzergreifender auf Lucys Po.

«Also schön. Ich habe den Dieb nicht gefunden», erklärte Christina ihr Vorhaben, während sie die rechte Hand von Lucys Körper nahm und von ihrem Gürtel ein Paar Handschellen löste. Diese hielt sie Lucy vor die Nase. «Aber alles hat seinen Preis.»

Lucy nickte eingeschüchtert. Was hatte Christina bloß mit ihr vor? War es vielleicht nur ein Trick? Wollte die Polizistin sie in Sicherheit wiegen, damit sie sich bei der Verhaftung nicht zur Wehr setzte? Oder wollte Christina sie beim Sex fesseln? Beide Vorstellungen behagten Lucy nicht, sie gab nur ungern die Kontrolle ab.

Zu ihrer Überraschung warf Christina ihr die Handschellen jedoch vor die Füße. «Mach was draus», sagte sie.

Ungläubig starrte Lucy die silbernen Schellen auf dem Boden an. Hatte sie Christina richtig verstanden? Es musste wohl so sein. Sie bückte sich, hob die Fesseln auf und musterte das glänzende Metall von allen Seiten, ließ es um ihren Zeigefinger schwingen. Darum ging es also. Die Vorstellung war unerwartet heiß, und Lucy verspürte ein aufregendes Kribbeln, das ihr schnell bis in den Kopf stieg. Rasch blickte sie sich nach etwas um, an dem sie Christina festketten konnte.

«Stell dich mit dem Gesicht zur Säule und leg die Arme um sie», befahl sie der Beamtin, die ihr zu ihrem Erstaunen gehorchte. Sie musste wohl meinen, sie beherrschte die Situation, andernfalls würde sie solch ein Wagnis nicht eingehen. Na, wenn Frau Visall sich da mal nicht täuschte.

Lucy beobachtete die Polizistin mit Genugtuung, aber auch

wachsender Erregung. Es war ein berauschendes Gefühl, plötzlich diese Macht über ihre Widersacherin zu haben. Allmählich gefiel ihr dieses Spiel. Es war nicht länger Mittel zum Zweck, sondern entwickelte eine eigene Dynamik. Mit einem Klick schlossen sich die Handschellen um Christinas Handgelenke und fixierten ihre Arme um die Steinsäule.

Wie ein Raubtier, das seine Beute umkreiste, schlich Lucy um die nun hilflose Polizistin herum. Gefesselt in Uniform. Welch eine Demütigung. Doch ihr Gespür sagte Lucy, dass Christina ebendiese Demütigung ziemlich genoss.

Sie blieb hinter ihr stehen und musterte Christinas süßen Knackarsch, der sich unter dem engen Stoff ihrer Polizeihose abzeichnete. Lucy öffnete den Gürtel und zog mit einem Ruck die Hose runter. Ein hübscher Slip mit roten Pünktchen kam zum Vorschein.

Unwillkürlich musste Lucy grinsen. Sie hätte nicht erwartet, dass Christina solche Unterwäsche trug. Das passte gar nicht zu dem sonst so strengen Auftreten der Beamtin. Andererseits hätte sie von ihr auch nicht erwartet, dass sie gern gefesselt werden wollte. Auf Lucy hatte sie immer dominant gewirkt.

So konnte man sich täuschen! Im Beruf dominant, im Sexleben unterwürfig. Da fiel Lucys Blick auf die Pistole. Sie könnte sie sich einfach schnappen und fliehen, Christina in dieser peinlichen Situation zurücklassen. Das Bild würde gewiss seinen Weg in die Hamburger Tageszeitung finden.

Doch Lucy war selbst viel zu neugierig, wie sich das Spiel noch entwickelte. Außerdem wollte sie diese nervige Polizistin, die immer wieder in ihr Leben pfuschte, an die eigenen Grenzen bringen. Genüsslich zog sie Christina den Slip bis zu den Knien herunter, sodass er eine zusätzliche Fessel bildete, und packte den Kragen der Polizistin, um ihren Kopf leicht nach hinten zu ziehen.

«Ist dir das wichtig?»

«Was meinst du?», fragte Christina, die Stimme vor Erregung belegt.

«Das Hemd, ist dir das wichtig?»

«Wovon ... sprichst du ...?»

Lucy hatte nicht die Geduld, zu warten, bis Christina endlich verstand, und zerriss den Stoff, der nun in zwei Bahnen am Körper der Polizistin herunterhing.

«Was soll das?», entfuhr es Christina.

«Keinen BH?», fragte Lucy erstaunt. «Na so was! Aber zum Glück sind wir im Alsterhaus, da kann ich dir gleich etwas Hübsches aussuchen. Entschuldige mich einen Augenblick, meine Liebe.» Lucy ließ Christina stehen und stolzierte durch die Reizwäsche-Abteilung. Es gab hinreißende Dessous, aber nichts davon schien das Passende für ihre Gefangene zu sein. Sie war zu sportlich für die süßen Dinge.

Schließlich fand sie an einer der Stangen genau das Richtige. Ein Mieder, ähnlich ihrem eigenen, bis auf dass es die Brust frei ließ. Entschlossen schnappte sich Lucy das gute Stück und brachte es zu Christina.

«Wo warst du?», fuhr diese sie an. Lucy hatte sich beim Stöbern Zeit gelassen, doch sie fand, dass sie ihrer Gefangenen keine Erklärung dafür schuldig war.

«Schau mal, was ich dir mitgebracht habe», sagte sie stattdessen und zeigte Christina ihre Ausbeute.

Deren Augen weiteten sich. «Das ziehe ich nicht an!», protestierte sie und zerrte wild an ihren eigenen Handschellen. Vergeblich.

Seelenruhig legte Lucy das Korsett um den nach vorn gebeugten Oberkörper der Polizistin. «Ich glaube, das entscheidest nicht du, meine Hübsche.» Sie zog die Schnüre zusammen und beobachtete, wie sich das Material eng um Christinas Taille legte. Erst als diese aufstöhnte, ließ Lucy locker.

«Das ist viel zu eng!»

«Aber es steht dir.» Ungerührt verknotete Lucy die Schnüre und betrachtete ihr Werk. Christina hatte nun eine Wespentaille. Ihre hübschen Brüste wurden durch das Mieder ein Stück hochgeschoben, blieben jedoch gänzlich entblößt.

«Herzallerliebst», säuselte Lucy und streichelte Christinas Nacken. Die Polizistin sah ziemlich sexy in ihrer neuen Unterwäsche aus.

«Es ist zu eng», protestierte diese erneut, aber Lucy überhörte die Beschwerde, schnappte sich stattdessen eine der Brustwarzen, die sich ihr entgegenreckten, und zwirbelte sie verspielt zwischen Daumen und Zeigefinger.

Christina zischte leise. Doch die Tatsache, dass ihr Unterleib unruhig bebte und sie verkrampft die Oberschenkel zusammenpresste, ließ Lucy erahnen, dass ihr die Behandlung gut gefiel.

«Was mache ich jetzt mit dir?», überlegte sie. «Immerhin stehe ich in deiner Schuld. Da will ich dir natürlich etwas bieten.» Da fiel ihr Blick auf den Schlagstock, der sich auf dem Boden am Gürtel der Polizistin befand. Ihr kam eine unwiderstehliche Idee.

Schweiß perlte auf Christinas Stirn. Die Situation war mehr als verwirrend. Immer wieder plagten sie Zweifel. Hatte sie die richtige Entscheidung getroffen? Wahrscheinlich nicht, denn was sie tat, war unprofessionell und brachte sie zudem in Gefahr. Ihr Leben lag in der Hand einer Kriminellen, die mit ihr anstellen konnte, was sie wollte. Wenn das nicht selbstzerstörerisch war, was war es dann?

Christina hatte bereits in jungen Jahren einen Hang zum Risiko. Zu gern hatte sie sich mit Jungen aus der Nachbarschaft geprügelt, die viel größer und stärker waren als sie. Dass sie sich später bei der Polizei bewarb, hatte niemanden überrascht. Sie liebte einfach die Gefahr. Das allein erklärte jedoch nicht, weshalb sie sich auf diesen ungesunden Deal eingelassen hatte. Wahrscheinlich war es eine Kombination aus Hochmut, dem Irrglauben, immer alles unter Kontrolle zu haben, und ihrer starken Sehnsucht nach der Liebe mit einer anderen Frau.

«Was hast du damit vor?», fragte Christina nervös, als Lucy ihr den Schlagstock zeigte. Deren Hand glitt darüber, als streichelte sie ein männliches Glied.

«Du redest eindeutig zu viel», sagte die Diebin sanft und richtete die Spitze des Stabs auf Christinas Lippen. «Weißt du, ich genieße es immer sehr, meinen Freund mit dem Mund zu verwöhnen. Ich hoffe, dir ergeht es jetzt ebenso.» Lucy schob den Stock mit sanftem Druck in Christinas Mund, die ihn bereitwillig und neugierig aufnahm. Er war hart. Viel härter als jeder Penis.

«Und? Fühlt sich das gut für dich an?», fragte Lucy sie und beobachtete, wie sich Christinas Lippen fest um den glatten Schaft schlossen. «Mir scheint, du machst das auch nicht zum ersten Mal.»

Lucy hatte recht, denn in ihrer Sturm-und-Drang-Zeit hatte Christina öfter One-Night-Stands mit Männern gehabt. Lucy zog den Stab aus ihrem Mund und betrachtete ihn eingehend. «Er dürfte feucht genug sein.» Sie schlich um ihre Beute herum, stellte sich hinter sie.

Das machte Christina nervös, da sie Lucy nun nicht mehr sehen konnte. Plötzlich spürte sie, wie das Ende des Stabes gegen ihre Enge gedrückt wurde, ohne jedoch in sie einzudringen. Ein Zittern erfasste Christina, und ganz automatisch reckte sich ihr Unterleib Lucy entgegen.

«Na, na, wer wird denn ungeduldig sein?» Lucy führte den Stock zwischen den Beinen hindurch und versetzte Christina damit einen leichten Klaps auf den Venushügel, der sie aufstöhnen ließ. «Du kannst es wohl gar nicht erwarten, was?»

Christina nickte nur. Ihr Verlangen kannte keine Grenzen mehr.

«Dann will ich es hören.»

«Was hören?»

Lucy lachte. «Tu nicht so unschuldig, Hüterin des Gesetzes. Ich will was Schmutziges aus deinem Mund hören. Ich will das F-Wort hören. Oder bist du zu anständig, zu brav dafür?»

Unwillkürlich biss Christina sich auf die Unterlippe. Der frechen Diebin gelang es doch immer wieder, sie zu provozieren. Doch dann atmete sie tief durch und überwand den letzten Widerstand, den sie noch in sich spürte. «Ich will, dass du mich fickst.»

Da ließ Lucy keine Sekunde zu viel verstreichen und drang mit einem kraftvollen Stoß in Christina ein. Die Polizistin keuchte lustvoll auf. Es fühlte sich an, als würde sich alles in ihr zusammenziehen, um den Schlagstock noch tiefer in sich aufzunehmen.

Winzigste Spasmen erschütterten Christinas Körper, der vibrierte, als stünde er unter Strom. Ein heißkalter Schauer nach dem anderen jagte mit jedem Stoß ihren Rücken hoch und wieder herunter. Als sie spürte, dass der Orgasmus nicht mehr fern, die Zielgerade schon zu sehen war, ließ Lucy den Stab einfach los und in ihr stecken.

Verdammt! Was sollte das?

«Dies ist mein Abschiedsgeschenk für dich.»

Die Diebin grinste sie frech an. Dann zwängte sie sich zwischen die Säule und Christinas Körper und beugte sich vor, ließ ihre Zunge oberhalb des Schlagstocks zwischen Christinas Schamlippen schnellen. Sacht schob sie das Mäntelchen hoch, das die Klitoris verhüllte, und ihre Lippen umschlossen zart die kleine Perle, zupften an ihr, bis das Prickeln in Christinas Unterleib immer stärker wurde. Lucys Lecken wurde schneller, übte steigenden Druck auf Christinas empfindsamste Stelle aus, reizte sie ganz bewusst. Ein wohliger Schauer erfasste die gefesselte Polizistin, jagte heißkalt durch ihren Körper, konzentrierte sich auf ihre Mitte, die wild pulsierte, bis Christina an ihr Limit kam und laut aufstöhnte.

Es war ein magischer Moment, der viel zu schnell endete. Ein Moment, in dem Christina wahrhaftig glücklich war. Wenn auch nur kurz.

Zurück blieb die Erinnerung an einen süßen Mund. Und die Gewissheit, dass es das war, was sie immer gesucht hatte.

Christina genoss das Nachglühen und sah aus dem Augenwinkel, wie Lucy sich des Korsetts entledigte und ihre eigene Kleidung wieder anzog.

Das Spiel endete hier. Game Over. Ein Gefühl von Leere überkam Christina. Wortlos warf Lucy ihr die Schlüssel der Handschellen vor die Füße und verschmolz wie ein Geist mit ihrem Schatten.

Bis die Verstärkung im Alsterhaus eintraf, war es Christina Visall mit Hilfe der Schlüssel gelungen, sich selbst zu befreien. Niemand zweifelte später an ihrer Version der Geschichte – der Dieb hätte längst den Tatort verlassen, als die Polizistin dort eintraf. Der Einbruch ins Alsterhaus machte sogar Schlagzeilen, und die Journalisten rätselten, warum der Dieb keine Beute hatte mitgehen lassen, obgleich er sich doch in einer Art Selbstbedienungsladen befunden hatte.

Offiziell war Christina noch immer an dem Fall dran. Vielleicht hätte sie ein schlechtes Gewissen haben sollen, da sie den

Täter in Wirklichkeit kannte. Doch der Gedanke daran plagte sie nur selten, denn stattdessen hatte etwas ganz anderes von ihr Besitz ergriffen: Sehnsucht nach Lucy.

Es war verrückt. Sie träumte sogar nachts von der schönen Diebin. Dass das albern und töricht war, wusste Christina wohl. Das erotische Spiel war für Lucy lediglich ein Geschäft gewesen, mit dem sie sich ihre Freiheit erkauft hatte. Christina machte sich vor sich selbst lächerlich, wenn sie hoffte, dass Lucy mehr für sie empfand.

Dennoch ging ihr die hübsche Brünette nicht aus dem Kopf. Wenn Christina mit einem Kollegen auf Streife ging und irgendwo in der Menschenmenge eine zierliche Frau mit langen braunen Haaren sah, schlug ihr Herz gleich dreimal so schnell. Klingelte abends unerwartet das Telefon in ihrer Einzimmerwohnung, hoffte sie irrationalerweise, es wäre Lucy, die ihr sagen wollte, dass sie sie vermisste. Noch schlimmer war es, wenn ein Brief ohne Absender in Christinas Briefkasten steckte. Dann nämlich ging die Phantasie völlig mit ihr durch, und sie bildete sich ein, er käme von Lucy. Aber nichts davon war der Fall. Die Diebin war und blieb verschwunden.

Am Wochenende hielt Christina es nicht länger aus. Kurz entschlossen ging sie in eine Lesbenbar, in der Absicht, sich von ihrem Liebeskummer zu kurieren. Doch keine der anwesenden Frauen gefiel ihr.

Es war hoffnungslos. Christina stürzte sich noch mehr in ihre Arbeit, sie konnte gar nicht genug Papierkram auf ihrem Schreibtisch ansammeln. Alles war ihr recht, nur, um sich irgendwie erfolgreich abzulenken.

Die Tage wurden ruhiger, der Sommer neigte sich dem Ende zu. Am Dienstagabend der folgenden Woche hatte Christina Nachtschicht und war auf Streife, als sie über Funk den Auftrag erhielt, sich auf dem Heiligengeistfeld umzusehen, dem riesigen

Veranstaltungsgelände in St. Pauli. Passanten hätten dort verdächtige Gestalten ausgemacht.

Christina fuhr ohne Umwege zum Hamburger Dom, wie die Kirmes in der Hansestadt genannt wurde, und parkte ihren Einsatzwagen vor dem Parkgelände neben dem Rummelplatz. Die Lichter am Eingangstor waren bereits ausgeschaltet, und auch die Fahrgeschäfte hinter den Absperrungen standen im Dunkeln, denn um diese Uhrzeit hatte der Sommerdom schon geschlossen.

Auf den ersten Blick konnte sie nichts Verdächtiges sehen. Sie näherte sich dem Tor. Dort bemerkte sie, dass die Vergitterung sich allzu leicht aus der Verankerung lösen ließ und ein unbefugtes Eindringen ohne jedes Problem ermöglichte. Das war kein gutes Zeichen.

Christina begab sich auf das Gelände des Heiligengeistfelds, die Hand an ihrer Waffe, und blickte sich sorgsam um. Die Sonne war bereits untergegangen, aber eine hektische Bewegung würde der Einbrecher trotzdem wahrnehmen können. An den menschenleeren Karussells und Buden waren überall kleine Notbeleuchtungen angebracht. In dem fahlen Licht wirkte der Rummelplatz wie eine Geisterstadt. Kein Mensch war weit und breit zu sehen. Hier ging nichts Verdächtiges vor sich, die Passanten hatten sich offenbar geirrt. So etwas kam vor, gehörte zum Berufsalltag.

Christina wollte sich gerade abwenden, als sie einen eigenartigen Knall in nicht allzu weiter Ferne vernahm. Es klang, als hätte jemand eine Wagentür mit voller Wucht zugeschlagen. Blitzartig fuhr sie herum, die gezogene Pistole ins Leere gerichtet. Niemand zu sehen. Aber ihr Gefühl sagte ihr, sie war nicht allein. So geräuschlos wie irgend möglich schlich Christina zu den Transportfahrzeugen, die auf einem gesonderten Platz standen. Nur wenige Schritte entfernt entdeckte sie zwei Männer.

Aus der gegenüberliegenden Richtung kamen drei weitere. Eine Tasche wurde gegen eine andere getauscht, offenbar besiegelten sie gerade einen Drogendeal.

Das Licht des Mondes beleuchtete die Visage der vordersten Gestalt: Alex Lambert. Ein Kleinverbrecher, der in der Szene zu zweifelhaftem Ruhm gekommen war. Seine Akte war fast so dick wie das Hamburger Telefonbuch. Zu einem Urteil gegen Lambert war es bisher dennoch nicht gekommen, denn der Kerl war mit allen Wassern gewaschen und beschäftigte die besten Anwälte. Vielleicht fand seine Glückssträhne heute Nacht ein jähes Ende.

Gerade als sich die Beamtin zu erkennen geben wollte, hörte sie plötzlich, wie jemand eine Waffe dicht hinter ihr durchlud.

«Wen haben wir denn hier?», schnurrte eine tiefe männliche Stimme, der ein gehässiges Lachen folgte. «Knarre fallen lassen, Hände hoch.»

Christina hatte keine andere Wahl, sie musste gehorchen. Klappernd glitt ihre Waffe zu Boden. Langsam erhob sie sich, die Hände über dem Kopf.

Der Fremde schnappte sich ihre Handschellen. «Leg die Arme auf den Rücken, na mach schon, Bulle.»

Christina fügte sich, auch wenn alles in ihr gegen diese Behandlung rebellierte. Doch im Zweifelsfall war seine Kugel schneller als sie.

Er fesselte sie mit ihren eigenen Handschellen und stieß sie dann aus dem sicheren Versteck hervor. Aufgescheucht zückten die Dealer ihre Waffen und richteten sie auf Christina, die von ihrem Peiniger in die Knie gezwungen wurde.

«So spät allein noch unterwegs, Mädchen? Weißt du denn nicht, dass das gefährlich werden kann?», fragte Alex Lambert amüsiert. Vielleicht erkannte er sie wieder, vielleicht auch nicht. Er war ihr jedenfalls ein Begriff.

«Was machen wir mit der Schlampe? Die hat doch alles gesehen. Knallen wir sie ab», schlug einer der Kerle vor und spielte am Abzug seiner Waffe. Instinktiv duckte sich Christina, machte sich klein, um kein allzu leichtes Ziel abzugeben. Doch aus dieser Nähe würde er sie so oder so treffen.

«Nicht so schnell», mischte sich jemand ein. Christina hob den Kopf und traute ihren Augen kaum, als hinter Alex Lambert die zierliche Lucy Sondheim auftauchte. Sie schmiegte sich an den Gangster, kraulte sein Kinn, küsste ihn sogar mitten auf den Mund. Ein reißender Schmerz durchfuhr Christinas Brust. Dieser Anblick war quälender als ein Schuss ins Herz. Was hätte sie für diesen Kuss getan, und wieso war die Kleine ausgerechnet mit diesem Scheusal zusammen? Sie hatte etwas Besseres verdient. Mit ihm würde sie nur noch tiefer in den Sumpf geraten, in dem sie ohnehin schon steckte.

«Ich kenne die Polizistin», sagte Lucy. «Sie ist korrupt, hat mich einfach ziehen lassen. Ihr braucht sie nicht abzuknallen, das lässt sich auch anders regeln.»

«Zu riskant», beharrte der Schießwütige.

«Riskant ist es, eine Leiche wegzuschaffen, denk doch mal nach, Hohlbirne.» Es amüsierte Christina, wie Lucy mit diesem Pack umsprang. Und auch ihr Plan imponierte ihr.

«Ich werde keinem ein Wort sagen», versprach Christina mit einem verschwörerischen Blick zu Lucy.

«Dem Wort eines Bullen kann man nicht trauen. Schon gar nicht, wenn der Bulle eine Bullenschlampe ist.»

«Aber mir kann man trauen», sagte Lucy.

«Du bist auch nichts Besseres.»

«Jetzt ist es aber gut, Wolly», sprach Lambert ein Machtwort, während Lucy ihm etwas ins Ohr flüsterte. Der nickte schließlich und gab einem seiner Männer ein Zeichen. Im nächsten Moment wurden Christinas Handschellen gelöst.

«Solche wie dich können wir immer brauchen. Bullen, die auf

unserer Seite stehen», meinte Lambert an Christina gewandt. «Ich vertraue dem Urteil meiner Kleinen. Solltest du uns aber hintergehen, bist du dran. Dann wird dich auch Lucy nicht retten können. Hast du verstanden?»

«Verstanden.» Christina sah zu Lucy, hoffte, sie würde mit ihr kommen, aber Lucy wich ihrem Blick aus und verschwand mit der ganzen Bande. Die Hoffnung auf ein weiteres Wiedersehen schwand. Zumindest war sie mit dem Leben davongekommen. Und das hatte sie Lucy zu verdanken.

Eine Woche später klingelte es kurz vor Mitternacht an Christinas Tür. Sie hatte sich krankgemeldet, um in Ruhe nachzudenken. Es gab da so einiges, über das sie sich klarwerden musste. Sie war nicht mehr die Polizistin, die sie sein wollte. Kollegen, die sich schmieren ließen, hatte sie immer verachtet. Jetzt war sie selbst eine von ihnen. Am schlimmsten war jedoch, dass sie nicht von Lucy loskam. Nachts hatte sie heiße Träume, in denen die hübsche Diebin die Hauptrolle spielte. Und tagsüber verlor sie sich in Tagträumen.

Es klingelte ein zweites Mal, und Christina schleppte sich in ihrem Hausmantel zur Tür, um den Störenfried davonzujagen, wer immer er auch war. Doch als Christina die Tür öffnete, stockte ihr der Atem.

«Hallo, Süße», raunte Lucy und trat ohne Aufforderung ein, mit einem Hüftschwung, der Christina zweimal hinsehen ließ. Die Tür fiel hinter ihr zu, und sie wandte sich selbstbewusst zu Christina um, die in ihrem alten Hausmantel eine wenig schillernde Gestalt abgab.

«Bist du krank?», fragte Lucy, in ihrer Stimme schwang Sorge mit.

«Krankgeschrieben», sagte Christina, was ja nicht zwangsläufig dasselbe bedeutete. «Aber mir geht's gut.»

«Machen wir es kurz», eröffnete Lucy und kam näher, legte eine Hand auf Christinas Schulter. «Ich steh eigentlich nicht auf Frauen, aber das mit dir im Alsterhaus fand ich ziemlich geil.» Sie steuerte Christina rücklings durch ihre Wohnung und enterte das Schlafzimmer.

Christina hörte das Blut in ihren Ohren rauschen. Alles ging so schnell, sie konnte keinen klaren Gedanken fassen. Lucys Worte weckten eine stille Hoffnung in ihr.

«So geil, dass ich …» Lucy gab Christina einen Stoß, sodass diese sanft in ihren Kissen landete. In einer grazilen Bewegung streifte Lucy ihren Rock ab und offenbarte ihre nackte Scham, auf ein Unterhöschen hatte sie augenscheinlich verzichtet. Geschickt legte sie sich auf Christina und schob ihren Unterleib so weit vor, dass ihre Schenkel rechts und links neben Christinas Kopf aufkamen, sie durch den Druck fesselten. Christina wusste kaum, wie ihr geschah. Lucys süßer Duft drang in ihre Nase, betörte sie.

«… dich retten musste. Und sogar Alex für dich verlassen würde.»

Christina hob den Kopf an, um mit ihren Lippen und der Zunge Lucys feuchtglänzende Scham zu erreichen. Doch noch ehe ihr das gelang, krallte sich eine Hand in Christinas Haare und drückte ihren Kopf ins Kissen zurück.

«Nicht so schnell. Vorher möchte ich noch eines wissen.»

«Was immer du willst.» Christina war so erregt, sie hätte Lucy alles versprochen, nur um von ihrem Honigtopf naschen zu dürfen.

Ein zufriedenes Lächeln spielte um Lucys Lippen. «Lass uns von hier abhauen und alles hinter uns lassen. Alex, seine Leute, die ganze Scheiße. Nur du und ich.»

Christina wollte fragen, wie Lucy sich das vorstellte. Sie hatte einen Job, auch wenn sie den in letzter Zeit nicht allzu ernst nahm. Als sie jedoch den süßen Duft von Lucys Scham einatmete und in die leuchtenden Augen ihrer Gespielin blickte, erkannte sie, dass nichts von alldem wirklich wichtig war. Nichts, bis auf Lucy. Sie würde ihr überallhin folgen. Und ein neues Leben mit einer neuen Beziehung klang nach einem Wagnis, das Christina nicht verpassen wollte.

«Ich bin dabei», sagte Christina.

«Ich hatte gehofft, dass du das sagst.»

«Aber lass es uns richtig machen. Einen kompletten Neuanfang. Ich will dich aus diesem Sumpf rausholen.»

Lucy lachte leise. «Da spricht der Bulle in dir. Ich fürchte nur, du hast es mit einem hoffnungslosen Fall zu tun.»

«Unsinn. Ich helfe dir.»

«Der unerschütterliche Glaube ans Gute, wie?»

«Mehr als das. Eine Vorfahrin von mir galt als Kriminelle, sie soll sogar einen landesweit gesuchten Gauner geheiratet haben. Später bauten sie sich gemeinsam einen eigenen Hof auf, von dessen Erträgen sie gut lebten.»

«Also ziehen wir nach Südamerika und bewirtschaften dort unsere eigene Plantage.» Lucy lachte.

«Warum nicht? Einen Versuch ist es wert.» Die Vorstellung weckte Christinas Abenteuerlust.

«Es ist süß, dass du an mich glaubst. Ich werde mir alle Mühe geben, dich nicht zu enttäuschen, aber weißt du was?»

«Was?»

«Du redest schon wieder entschieden zu viel.» Damit legte sie die Hände um Christinas Kopf und zog ihn an ihre feuchtglänzende Scham.

Endlich, dachte Christina Visall glücklich, als ihre Lippen tief in der wunderbar weiblich duftenden Spalte versanken.

Cougar in Pink

*W*er etwas Ausgefallenes suchte, war in Hamburg-Mitte goldrichtig, denn St. Georg galt als beliebter Treffpunkt der lokalen Künstlerszene. Hier fand man eine Vielfalt an Stilrichtungen und Impressionen, die es sonst nirgends gab.

Britt Gernfeld liebte es, durch die Straßen des bunten Stadtteils zu schlendern, um die Schnell- und Porträtzeichner zu beobachten. Stets hielt sie die Augen nach einem neuen Talent auf. Nach einem Maler wie Pietro, den sie vor zwei Jahren hier in St. Georg entdeckt hatte. Seine Kunst hatte sich von der aller anderen abgehoben. Er kreierte Bilder, die den Betrachter rätseln ließen. Interesse weckten. Leider ließ der große Durchbruch noch auf sich warten. Vielleicht lag es daran, dass viele Menschen die Sprache der abstrakten Kunst nicht verstanden, wenngleich sie von ihr fasziniert waren.

Als Agentin betrachtete Britt Pietros Bilder mit professionellem Auge und erkannte, was sie darstellten. Es waren verruchte Szenen, Körper, abstrahiert zu Dreiecken und Kreisen, die sich unmissverständlich vereinten. Nicht umsonst trugen seine Werke oft mehrdeutige Namen wie *Die Verschmelzung* oder *Der zweite Akt.*

Britt hatte Pietro unter Vertrag genommen, weil sie an sein Talent glaubte und instinktiv wusste: Eines Tages würde er Karriere machen.

Nur mit Mühe riss Britt ihren Blick nun von einem der Schnellzeichner los. Der Mann brachte gerade ein kleines Mädchen zu Papier. Gerne hätte Britt ihn noch länger beobachtet, aber in einer Viertelstunde musste sie in Pietros Atelier sein. Sie plante eine kleine Ausstellung und wollte noch ein paar Termine mit ihrem Schützling abstimmen.

Britt eilte in den Hauseingang der Nummer 43 und über den Hof ins Hinterhaus. Im Erdgeschoss stand eine Tür offen – Pietro schloss niemals ab. Aus den dahinterliegenden Räumen erklangen hypnotische Melodien. Pietro behauptete oft, dass er Musik brauche, um seine Phantasie zu wecken und eins zu werden mit seinen Visionen. Britt hatte ihm daraufhin eine kleine Stereoanlage gekauft, weil seine alte den Geist aufgegeben hatte. Zum Dank hatte Pietro ihr erlaubt, ihm bei der Arbeit zuzusehen, was er sonst gar nicht schätzte. Die Art, wie er den Pinsel führte, ihn in Farbe tunkte und die weiße Leinwand zärtlich berührte, erzeugte bei Britt eine Gänsehaut. Es hatte etwas Erotisches an sich.

Unwillig schüttelte Britt den Kopf. In letzter Zeit dachte sie viel zu oft an den jungen Maler, das war gewiss nicht gut für ihre geschäftliche Beziehung. Aber man gab sein Privatleben nun einmal nicht an der Garderobe ab, sobald man die Geschäftswelt betrat. Seit sie sich von ihrem Mann getrennt hatte, fühlte Britt sich einsam. Sie sehnte sich nach Nähe und Zärtlichkeit, danach, sich wieder ganz als Frau zu fühlen statt wie eine Maschine, die irgendwie funktionierte.

«Pietro?», rief sie und schob die Tür auf. Unter ihren pinkfarbenen High Heels knarrten die Dielen. «Pietro, bist du da?»

Er antwortete nicht, also ging sie zum Zimmer am Ende des Ganges und lugte hinein. Pietro stand mit seiner Staffelei vor dem Fenster, einen Pinsel in der Hand. Ihm schräg gegenüber saß eine junge Frau auf einem großen Samtkissen.

Sie war nackt, hielt ihre Brüste mit beiden Händen und warf den Kopf unnatürlich in den Nacken, sodass ihre Haare in voller Länge über den Rücken flossen. Es sah effektvoll, aber nicht besonders bequem aus.

«Wunderbar. Das wird ein Meisterwerk», prophezeite Pietro, wobei seine männliche Stimme vibrierte. War er erregt? Es hätte Britt bei dem Anblick des Mädchens kaum verwundert. Noch hatten weder die Kleine noch Pietro sie bemerkt, weswegen sie sich ganz ungezwungen verhielten.

Britt fühlte sich nicht wohl in ihrer Haut, ihr Magen zog sich zusammen. Hatte sie etwas Falsches gegessen? Nein, es lag an Pietros weiblichem Besuch. War sie etwa eifersüchtig auf die Blondine? Der Gedanke erschreckte Britt, und doch war er naheliegend. Pietro gefiel ihr, auch wenn die Sache natürlich völlig aussichtslos war. Ihr Schützling war gerade mal zweiundzwanzig Jahre alt und sie eine Frau von einundvierzig. Zwischen ihnen bestand eine professionelle Beziehung. Nicht mehr und nicht weniger. Trotzdem setzte die Szene hier Britt mehr zu, als ihr lieb war.

Sie räusperte sich, um die eigenartige Stimmung zu durchbrechen. Erschrocken sprang das Mädchen auf, hielt sich rasch ein Handtuch vor ihre Blöße, während Pietro den Pinsel zur Seite legte und mit ausgebreiteten Armen auf seine Agentin zukam. «Britt, wie schön!»

Er drückte sie an sich, und für einen kurzen Moment stieg ihr sein betörender Duft in die Nase. Ein Hauch von Moschus umwehte ihn stets, heute aber erschien ihr das Aroma besonders intensiv.

«Das ist übrigens Sina, mein neues Modell.» Das Mädchen nickte Britt zu. «Und die Lady in Pink ist meine Agentin.» Britt hob kurz die Hand in Sinas Richtung.

«Tut mir leid, Pietro, ich wollte euch nicht stören. Ich komme später wieder.» Alles in ihr drängte sie zur Flucht. Auch wenn sie äußerlich ruhig schien, in ihrem Inneren herrschte Gefühlschaos. Ein hübsches Modell allein mit Pietro – das brachte sie völlig aus dem Konzept.

«Es ist schon okay, wir sind sowieso gerade fertig. Außerdem waren wir doch verabredet.»

Aus dem Augenwinkel sah Britt, wie sich die junge Frau anzog. Die Kleine hatte einen süßen Po, das war nicht zu leugnen. Und Pietros Künstleraugen hatten die beiden reizenden Apfelbäckchen bestimmt nicht übersehen. Britt holte tief Luft, um sich zu beruhigen.

«Willst du dir das Bild mal anschauen?», riss Pietros Stimme sie aus ihren Gedanken. Er nahm Britts Hand und zog seine Agentin hinter sich her. Allein die Berührung brachte Britt fast um den Verstand. Doch sie konnte sich gut verstellen, niemand merkte, wie aufgewühlt sie in diesem Moment war.

Interessiert betrachtete sie das Kunstwerk. Nur mit viel Phantasie konnte man eine nackte Frau zwischen all den Dreiecken und obskuren Formen erkennen. Wie immer war Britt begeistert von Pietros Talent. Er hatte eine eigene, unverkennbare Handschrift.

«Ich will es auch mal sehen», mischte sich Sina ein und stellte sich neben Britt. Die junge Frau war gut einen Kopf kleiner, zwanzig Jahre jünger als sie und unerhört schlank. Welcher Mann wäre da nicht hingerissen?

«Aha», gab das Modell von sich. Es schien, als könnte sie nicht allzu viel mit dem Werk anfangen. Vielleicht war das junge Ding sogar enttäuscht.

«Es zeigt deinen Charakter», erklärte Pietro. «Deswegen mag ich es nicht, wenn das Modell das Werk vor der Vollendung sieht. Das führt zu Missverständnissen.»

Britt schmunzelte.

«Du bist der Künstler», sagte das Mädchen versöhnlich, schnappte sich seinen Rucksack und winkte ihm zu. «Ciao, ich bin dann mal weg.»

Erst als die Tür hinter ihr zuknallte, atmete Britt auf. Das war doch lächerlich! Seit wann betrachtete sie denn zwanzigjährige Mädchen als Konkurrenz? Und wieso beherrschte Pietro plötzlich ihr gesamtes Denken und Fühlen? Ja, er war ein begabter junger Mann. Aber das erklärte noch nicht dieses merkwürdige Kribbeln in ihrem Bauch. Sie musste sich jetzt ganz schnell zusammenreißen, bevor die Situation hier völlig außer Kontrolle geriet. Dennoch konnte sie nichts gegen Pietros unglaubliche Anziehungskraft tun.

«Sina ist Biologiestudentin. Wie soll sie da etwas von Kunst verstehen?», sagte Pietro und lachte, doch Britt kannte ihn besser. Sie wusste, dass ihn die Reaktion des Mädchens gekränkt hatte. Da kam ihr eine Idee.

«Ich möchte, dass du mich malst.»

Pietro zog eine Braue hoch und musterte sie, als hätte sie zu viel getrunken.

«Ich meine das ernst, ich will, dass du mich malst. Als Akt.»

«Ich dachte, du wärst meine Agentin, nicht mein Modell.» Wieder musste Pietro lachen.

«Ich kann doch beides sein. Ich möchte das Bild verschenken. Wenn du den Auftrag nicht willst, suche ich mir einen anderen Künstler.»

Pietro winkte ab. «Nein, nein. Ich mache das gern für dich. Der Auftrag kam nur unerwartet. Bist du deswegen zu mir gekommen?»

«Nein, ich wollte ein paar Termine mit dir absprechen. Aber das können wir auch später machen. Meinetwegen beginnen wir gleich mit dem Bild.»

«Ruhig Blut, du bist ja von der ganz schnellen Sorte.»

«Das solltest du wissen, wir arbeiten schließlich nicht erst seit gestern zusammen. Oder passt es dir gerade nicht?»

Pietro überlegte einen Moment, schüttelte dann jedoch den

Kopf. «Es geht. Gib mir nur ein paar Minuten, ich brauche einen Kaffee. Zieh dich derweil schon mal aus.»

Britt nickte. Es war merkwürdig, diese Aufforderung aus Pietros Mund zu hören. Aber auch ein klein wenig erregend. Sie schlüpfte aus ihrem pinkfarbenen Kostüm, behielt aber ihre dunkle Spitzenunterwäsche an. Um sich von dem Flattern in ihrem Magen abzulenken, ließ Britt den Blick durch das Atelier schweifen. Der Raum wurde von den großen Fenstern beherrscht, die auf den Hansaplatz hinausgingen. Von hier aus konnte sie den imposanten Hansabrunnen sehen, umringt von blühenden Lindenbäumen. Dahinter lag ein Viertel mit zahlreichen Ateliers.

In Pietros Arbeitsraum gab es nur wenige Einrichtungsgegenstände. Vor ihr auf dem Boden lag lediglich ein großes Kissen. Nicht unbedingt bequem, dachte Britt. Vor allem nicht, wenn sie bedachte, wie lange sie dort reglos würde sitzen müssen.

Wenige Augenblicke später kehrte Pietro mit zwei dampfenden Tassen zurück. Eine davon reichte er Britt, hielt dabei aber den Blick von ihr abgewandt. Fand er sie unattraktiv? Für ihr Alter hatte sich Britt eigentlich ganz gut gehalten, aber natürlich war sie keine Konkurrenz für Sina und in den Augen der jungen Leute gewiss uralt.

«Der BH muss runter», erklärte Pietro sachlich.

Britt zögerte. Ihre Brüste waren einmal sehr schön gewesen. Nach der Geburt ihrer Tochter Andrea war von dem prachtvollen Dekolleté jedoch nicht mehr allzu viel übrig geblieben. Bisher hatte Britt das nicht gestört, aber nun genierte sie sich ein wenig und fürchtete eine unschöne Reaktion von Pietro. Besonders, nachdem er kurz zuvor die perfekten Brüste einer Zwanzigjährigen gemalt hatte.

Pietro stellte seine Tasse auf der Fensterbank ab, nahm das alte Bild aus der Staffelei, um eine neue Leinwand aufzustellen. Dann blickte er wieder zu ihr.

«BH runter», wiederholte er amüsiert und schüttelte den Kopf, ehe er Farben und Pinsel griff.

Britt atmete tief durch und öffnete langsam den Verschluss. Die Brüste glitten aus den Körbchen, blieben hängen. Es hätte schlimmer sein können, das wusste Britt, aber die Brüste hatten ihre Festigkeit verloren. Es war ein Fehler gewesen, Pietro diesen Vorschlag zu machen. Sie war wie immer viel zu impulsiv gewesen. Nun war es zu spät.

«Sehr natürlich», sagte er plötzlich und lächelte. Meinte er das wirklich? Sollte das sogar ein Kompliment sein? Britt versuchte ebenfalls, zu lächeln. Pietro strahlte Ruhe und Konzentration aus, wodurch auch sie sich wieder fing. Mit einem Mal fühlte sie sich wohler in ihrer Haut.

«Ich werde das Bild in Blau halten, wenn es für dich in Ordnung ist?»

«Ich vertraue dir. Du weißt schon, was das Richtige ist.»

«Am besten suchst du dir eine Position, die gemütlich ist. Du wirst dich lange nicht bewegen können.»

«Hab ich mir schon gedacht. Ich sitze einigermaßen bequem.»

«Gut, dann fange ich an. Und denk daran, du darfst dich nicht bewegen. Stell dir vor, du wärst gefesselt.»

Gefesselt? Mit einem Mal schoss heiße Erregung durch ihren Körper. *Gefesselt.* Allein dieses Wort löste eine Vielzahl süßer Gefühle in ihr aus. Nach außen hin blieb Britt die alte. Ruhig. Entspannt. Nichts auf der Welt konnte ihr etwas anhaben. Aber innerlich kämpfte sie gegen die immer stärker werdende Erregung an. Das Prickeln erfasste ihren Unterleib, und sie spürte, wie sie feucht wurde. Ausgerechnet jetzt, da sie nur ein Spitzenhöschen trug. Pietros Augen entging nichts. Und er war darauf trainiert, jedes noch so kleine Detail wahrzunehmen.

Britt fühlte sich völlig entblößt. Immer stärker wurde sie

sich dieser Tatsache bewusst: Sie konnte nichts vor Pietro verbergen.

Auch nicht ihre Erregung. Wenn er sie nicht sah, würde er sie riechen.

Britt spielte mit dem Gedanken, die Sache abzubrechen. Aber das hätte nur neue Fragen aufgeworfen. Fragen, denen sie sich nicht stellen wollte. Zumindest jetzt nicht.

Genieß es doch einfach, flüsterte ihr ihre innere Stimme zu. Genieße es, dass dich ein hübscher Kerl malt. Genieße die schönen Gefühle, die er dir bereitet.

Recht hatte diese Stimme! Britt war wie ausgehungert. Ihr Exmann hatte nicht viel von körperlicher Nähe gehalten. Es war Jahre her, seit sie zuletzt Sex gehabt hatte. Dieser Moment, wenngleich er hauptsächlich in ihrer Phantasie stattfand, war eine Erlösung, ein Geschenk. Endlich taute Britt auf. Schämte sich nicht länger ihrer selbst. Und sie fing an, den Zauber dieses Moments zu genießen.

«Wir werden uns jetzt noch öfter sehen müssen, als wir es ohnehin schon tun, das ist dir doch klar, oder?», fragte Pietro und zwinkerte ihr zu.

In den folgenden Wochen suchte Britt Pietros Atelier jeden Abend auf. Mit der Zeit verlor sie die Hemmung, sich vor dem jungen Maler zu entblößen. Sie tat es schließlich für das Bild, und daran war nichts verkehrt oder anstößig.

Kein einziges Mal erlaubte er ihr jedoch, das Werk vor der Fertigstellung anzusehen. In dieser Hinsicht war Pietro eigen. Vielleicht spielte aber auch Sinas unbedarfte Reaktion eine Rolle.

Britt beobachtete Pietro während ihrer Sitzungen sehr genau. Sie hoffte, in seinem Blick zu erkennen, was er dachte, fühlte. Ob ihm vielleicht gefiel, was er vor sich sah. Manchmal bemerkte sie tatsächlich ein seltsames Funkeln in seinen dunklen Augen. Es war fern und nicht besonders stark, vielleicht bildete sie es sich auch nur ein, doch ein wenig erinnerte sie sein Blick an den eines Mannes, der eine Frau begehrte. Der sie berühren, verwöhnen und lieben wollte.

Die Vorstellung, Pietro könne diesem Impuls nachgeben, löste ein leises Ziehen in ihrem Bauch aus. Wie schön es wäre, wenn er einfach den Pinsel zur Seite und sich selbst zu ihr legen würde. Unwillkürlich überzog Britts Körper eine Gänsehaut.

«Ist dir kalt?», fragte Pietro besorgt und suchte nach einer Decke, die er ihr über die angewinkelten Beine legte.

«Es geht schon, danke.» Sie wollte die Decke wieder abstreifen, aber Pietro schüttelte den Kopf.

«Ich bin gerade dabei, die Form deiner Brüste festzuhalten. Es macht nichts, wenn deine Beine verdeckt bleiben.»

Er malte gerade ihre Brüste? Britt erinnerte sich daran, wie diese einst ausgesehen hatten, und Wehmut stieg in ihr auf. Pietro fand sie natürlich, hatte er gesagt. Aber fand er sie auch schön? Wirklich schön?

Plötzlich beugte er sich zu ihr herunter, sah ihr tief in die Augen.

«Du hast doch keine Selbstzweifel, oder?», fragte er, doch offenbar erwartete er keine Antwort. Das ferne Leuchten in seinem Blick wurde stärker, entschlossener, verwandelte sich in ein begieriges Brennen, und eine Hand legte sich auf ihre rechte Brust, streichelte sie behutsam, als handelte es sich um einen kostbaren Schatz. «Dazu gibt es nämlich keinen Anlass.»

Britt konnte nicht glauben, was hier geschah. Seine Geste überwältigte sie. Machte sie sprachlos. Pietro lächelte sie zuversichtlich an, und Britt beruhigte sich, fand ihr Selbstvertrauen wieder. Er würde ihren Busen nicht streicheln, wenn er ihn hässlich fand. Sie beobachtete, wie Pietros Finger hauchzart über ihre Haut wanderten, diese kaum berührten und sie doch stimulierten.

«Du bist schön», flüsterte er, und seine tiefe Stimme vibrierte vor Lust. Britt hielt den Atem an. Sie hatte so gehofft, er würde so etwas sagen. Und als sich sein Mund ihren Lippen näherte, verlor sie endgültig die Kontrolle. Sie zitterte, ihr Herz raste wie verrückt. Plötzlich fühlte sie sich wieder wie ein Teenager. Unerfahren neben ihm, obwohl es doch eigentlich umgekehrt sein sollte.

Sein Kuss war wie eine Erlösung. Zärtlich umspielten seine Lippen die ihren, während seine Zunge fordernd gegen ihren Mund stieß. Mit einem unterdrückten Stöhnen gab Britt dem Drängen nach und gewährte dem jungen Mann Einlass. O ja, er war viel zu jung für sie. Aber das störte weder ihn noch sie.

Sie schmeckte seinen Atem auf ihrer Zunge, genoss es, von ihm gehalten und erobert zu werden, während seine Hand tiefer wanderte, unter der Wolldecke verschwand, sich besitzergreifend zwischen ihre Beine legte und an ihrem Slip zerrte.

«Du weißt, was ich von dir will», hauchte er in ihren Mund.

Britt brachte kein Wort heraus, stattdessen nickte sie nur.

Vorsichtig senkte Pietro seinen Körper auf ihren, wodurch er Britt zwang, sich rücklings hinzulegen. Wie von selbst öffneten sich ihre Beine, er glitt dazwischen und rieb sich an ihrer Scham, die schon längst feucht geworden war. Ob er das spürte? Es vielleicht sogar roch, durch den Stoff ihres Höschens hindurch?

Britt wollte sich den Slip herunterziehen, aber plötzlich packte Pietro ihre Handgelenke und hielt sie über ihrem Kopf fest. Sie war gefesselt! Britt fühlte sich ausgeliefert, was sie in vollen Zügen genoss. Welche Kraft in diesem schlanken Männerkörper steckte. Mit nur einer Hand hielt Pietro sie fest. Doch auch seine andere Hand blieb nicht untätig. Britt spürte, wie Pietro nach ihrem Höschen griff und den dünnen Stoff mit einem einzigen Ruck zerriss.

«Ah», stieß er hervor. Offenbar gefiel ihm, was er unter dem Stoff vorfand.

Pietro rieb mit seinem Penis an ihrer Spalte, erst langsam, dann schneller, bis seine Eichel den Weg in ihre Enge fand.

«Das habe ich mir so lange gewünscht», keuchte er und bewegte sich in ihr, vor und zurück, immer schneller, immer tiefer. «Ich will es dir richtig besorgen», stieß er hervor. Schweiß perlte von seiner Stirn.

Erst jetzt merkte Britt, dass auch Pietro inzwischen völlig nackt war. Irgendwann musste er sich die Kleidung vom Leib gerissen haben, und nun konnte sie ihn in voller Pracht bewundern. Seine Haut war von einem sanften Schimmer überzogen, sodass sie fast seidig wirkte. Und so fühlte sie sich auch an.

Gierig erkundete Britt Pietros Körper. Ihre Finger strichen über seine muskulöse Brust, um dann tiefer hinabzuwandern und die Hügel und Täler seines Sixpacks zu erfühlen.

Erst als Pietros Stöße immer schneller aufeinanderfolgten, ließ sie von der sinnlichen Forschungsreise ab und gab sich ganz ihren Gefühlen hin. Jeder Muskel ihres Körpers war zum Zerreißen angespannt, und unwillkürlich schrie Britt auf. In der nächsten Sekunde jagte ein alles verzehrender Orgasmus durch ihren Schoß. Er war so intensiv, dass Britt die süßen Schwingungen auch dann noch spürte, als sie in selige Entspannung versank. Für einen Augenblick blieb sie einfach nur so liegen, genoss die Erlösung, Pietros Nähe und die Tatsache, dass er mit ihr zusammen gekommen war. Gleichzeitig.

«Britt? Ist alles in Ordnung?», riss seine Stimme sie kurz darauf aus ihrem ekstatischen Zustand. Irritiert blickte sie sich um. Wo war er? Sein Körper fehlte ihr, zurück blieb nur eine unangenehme Leere.

Pietro stand hinter seiner Staffelei. Voll und ganz bekleidet, den Pinsel zwischen zwei Fingern. Es schien, als wäre nichts geschehen … Langsam dämmerte Britt, das dies tatsächlich der Fall war. Sie hatte lediglich einen Tagtraum gehabt! Einen, der sich viel zu real angefühlt hatte. Sie seufzte leise. Vielleicht war es besser so. Pietro hätte schließlich ihr Sohn sein können.

«Britt?», hakte der junge Künstler erneut nach. Die Sorge in seiner Stimme war kaum zu überhören. Aber Mitleid wollte und brauchte Britt nicht.

«Alles in Ordnung», bestätigte sie und schnappte sich ihre Anziehsachen.

«Was ist los? Wir sind doch noch gar nicht fertig», fragte Pietro irritiert.

«Ich schon», sagte Britt, die unsanft auf den Boden der Tatsachen zurückkehrte. «Wir sollten das Bild nicht vollenden. Es tut mir nicht gut», entschied sie.

«Was? Aber warum denn das? Das Bild wird wundervoll. Bitte, lass es mich beenden.»

Doch Britt blieb hart. Sie musste etwas in ihrem Leben ändern. Das hier war alles andere als gesund. «Ich muss gehen», sagte sie geistesabwesend und streifte ihren pinkfarbenen Rock über, der perfekt zu ihrem Businessdress passte.

Die leuchtende Farbe war über die Jahre hinweg zu ihrem Markenzeichen geworden. «Lady in Pink» nannte man sie in der Agentur. Passender wäre wohl «Cougar in Pink», dachte sie bitter, denn wie ein Cougar verhielt sie sich: wie eine ältere Frau, die hinter einem jüngeren Mann her war. Eine Raubkatze auf der Jagd.

Früher hatte Britt nichts für solche Frauen übriggehabt, nun war sie selbst eine von ihnen geworden, verachtete sich dafür. Genau genommen war nichts Verwerfliches dabei. Es gab unzählige ältere Männer, die junge Frauen begehrten. Weshalb war sie so streng mit sich selbst?

Egal. Grübeln brachte sie nicht weiter. Mit raschen Schritten ging Britt auf die Tür des Ateliers zu.

«Wieso gehst du?», fragte Pietro verzweifelt. Britt hielt inne, drehte sich ein letztes Mal zu ihm um.

«Habe ich etwas Falsches gesagt oder getan?» Er war ganz außer sich.

«Nein, gar nicht. Es hat nichts mit dir zu tun, sondern mit mir. Wir sehen uns morgen, ja?»

«Dann kommst du also morgen doch wieder zum Modellsitzen?»

Britt schüttelte den Kopf. «Ich möchte dir etwas anderes zeigen. Unabhängig von dem Bild.»

Am nächsten Tag hatte sich Britt so weit erholt, dass sie sich vorstellen konnte, Pietro weiterhin als Agentin zu vertreten. Das Bild wollte sie allerdings nicht mehr zu Ende bringen. Es brachte zu viele Schwierigkeiten mit sich, machte das Gefühlschaos, das in ihr herrschte, nur noch größer.

Agentin und Künstler trafen sich in der Nähe des Hamburger Hauptbahnhofs. Es war viel los an diesem Tag. Menschenmassen drängten in das Bahnhofsgebäude hinein, andere eilten in entgegengesetzter Richtung hinaus. Draußen blendeten Britt die Sonnenstrahlen, und sie hielt schützend eine Hand über die Augen. In der Ferne hörte sie das Hupen der Autos, die am Alsterufer entlangfuhren.

Gemeinsam gingen Britt und Pietro in Richtung Kunsthalle, die an den ehemaligen Wallanlagen errichtet worden war. Zielsicher führte Britt Pietro zwischen den Besuchern hindurch, die sich vor dem alten Backsteingebäude und dem imposanten Kuppelbau versammelt hatten. Ihr Ziel waren heute weder die alten Meister noch die Kupferstiche, sondern die Galerie der Gegenwart. Dort fand derzeit eine Sonderausstellung statt, die sie Pietro unbedingt zeigen wollte, denn die Werke des Künstlers hatten einen ähnlichen Stil wie seine.

In der riesigen Haupthalle des quaderförmigen Neubaus hing eine Vielzahl abstrakter Bilder. Laien mochten in den grellen Farben und obskuren Formen kaum mehr als Zufallsprodukte erkennen – für das Kennerauge stellten sie eindeutig sexuelle Szenen dar. Das machte in Britts Augen die Kunst so spannend. Es gab viele Möglichkeiten, ein Bild zu interpretieren. Gemeinsam schritten die beiden über den glänzenden Parkettboden, und Pietro betrachtete konzentriert die Werke seines Kollegen, die es bis in die renommierte Hamburger Kunsthalle geschafft hatten.

«Ich träume davon, meine Bilder auch irgendwann hier zu sehen», sagte er leise.

«Dein großer Tag wird kommen», versprach Britt. Nicht nur, weil sie sich zu Pietro hingezogen fühlte, sie glaubte fest an sein Talent.

Pietro lächelte sie dankbar an. «Es tut gut, Zuspruch zu bekommen. Zuspruch ist die Nahrung des Künstlers.»

Britt mochte diese «Weisheiten», die der junge Mann von sich gab. Sie klangen oft, als hätte er bereits eine große Menge an Lebenserfahrung gesammelt, dabei war er doch kaum älter als ihre Tochter Andrea, die gerade ihr Studium begonnen hatte.

«Das ist interessant.» Pietro deutete zu einem eher kleinformatigen Bild, das im hinteren Bereich der Halle hing.

Britt hätte es gar nicht bemerkt, wenn Pietro sie nicht darauf aufmerksam gemacht hätte. Sie folgte seinem Blick und versuchte, das Wirrwarr aus strahlenden Mustern zu entschlüsseln.

«Erkennst du es?», fragte Pietro neugierig.

Britt kapitulierte. Sie entdeckte kein eindeutiges Motiv. So musste sich der Laie fühlen, wenn er vor abstrakter Kunst stand.

«Ich habe es gleich von weitem erkannt, denn genau so hätte ich den Akt auch gemalt.»

«Es ist ein Aktbild?», fragte Britt erstaunt und gab sich redlich Mühe, etwas aus dem Chaos herauszufiltern.

«Eher ein pornographisches Gemälde. Es ist ein Akt zwischen Mann und Frau.»

Pietro amüsierte sich köstlich und erklärte ihr die Details, zeigte ihr, wo der Mann anfing und die Frau aufhörte. Natürlich war das nur seine Interpretation, doch sie gefiel Britt. Offenbar war das Werk in seinen Augen eine Würdigung der berühmten Neunundsechziger-Stellung.

«Schade, dass ich dich nicht mehr malen darf», rührte Pietro an das unangenehme Thema, zu dem Britt lieber geschwiegen hätte. «Verrätst du mir deine Beweggründe?»

Britt starrte das Gemälde intensiv an, um ihrem Schützling nicht in die Augen sehen zu müssen. «Ich ...»

Ihr wurde heiß. Seine Frage machte sie nervös. Sollte sie ihm die Wahrheit sagen? Das konnte sie nicht. Also blickte Britt stur weiter auf das Bild, doch es war zu spät. Ihre Phantasie lief bereits auf Hochtouren und verwandelte die abstrakten Linien in Pietro und sie selbst. Rasch wischte Britt sich mit einem Taschentuch über die feuchte Stirn.

«Ist dir nicht gut?», fragte Pietro. Plötzlich trat er dicht vor sie, blickte sie an, als könnte er tief in ihr Innerstes sehen. Was fatal wäre, denn dann wüsste er auch, wie scharf sie in diesem Moment auf seinen muskulösen Körper war. Hastig trat sie einen halben Schritt zurück, doch da spürte sie seine Hand auf ihrer Wange. «Keine Angst, ich will es genauso», flüsterte er.

War das wieder nur ein Tagtraum? Britt schüttelte den Kopf, in der Hoffnung, wieder einen klaren Gedanken fassen zu können. Aber Pietro ergriff ihre Hand und ließ ihr keine andere Wahl: Sie musste ihm folgen.

«Wo willst du denn hin?», fragte sie irritiert.

«Zu den Toiletten.»

Ihr stockte der Atem, denn sie ahnte, was er dort mit ihr vorhatte. Zum Glück war die Ausstellung um diese frühe Stunde noch nicht allzu gut besucht, sodass ihr sonderbares Verhalten niemandem auffiel. Britt stieg die Hitze ins Gesicht. Alles in ihr sehnte sich danach, diese Dummheit zu begehen. Gleichzeitig schrillten in ihrem Kopf die Warnglocken. Pietro war schließlich ihr Klient.

Schließlich entdeckten sie eine offen stehende Tür im unteren Bereich des Hauses. Es war jedoch nicht die Toilette, sondern eine Besenkammer, die irgendjemand nicht abgeschlossen hatte.

«Wir wollen es beide, wir sind erwachsen», sagte Pietro. Ehe Britt zu einer Entscheidung gelangen konnte, zog er sie in die enge Kammer und schloss die Tür hinter ihnen. Nun war auch die letzte Fluchtmöglichkeit versperrt. Es war stockfinster, und Britt spürte Pietros Hände, die an ihre Brüste drängten.

«Die haben mir von Anfang an gefallen», flüsterte er, und seine sinnliche Stimme ging ihr durch Mark und Bein, bis in ihr tiefstes Inneres.

Plötzlich ließ Pietro sich mit ihr zu Boden sinken, und sie spürte ihn neben sich, wie er ihren Körper berührte, erforschte. Es war aufregend, erinnerte Britt an ihre Jugend, in der die gleichaltrigen Männer erst noch Erfahrung sammeln mussten, dafür aber ein ungeheuerliches Stehvermögen besaßen.

«Wenn nun jemand reinkommt? Die Tür ist nicht abgeschlossen», erinnerte sie ihn.

«Es wird uns niemand stören», prophezeite er und verschloss ihren Mund mit seinen Lippen, ehe sie erneut protestieren konnte.

Der Kuss war es schließlich, der Britts Widerstand brach. Sie ließ sich einfach fallen, genoss diesen amourösen Überfall. Und als Pietros Küsse über ihren Hals und tiefer hinabwanderten, knöpfte sie ihre Bluse auf und zog den pinkfarbenen Rock hoch.

Pietro legte sich auf sie. Verkehrt herum, sodass sein Gesicht zwischen ihren Beinen lag und sie die Beule in seiner Hose an ihrem Mund spürte. Ungeduldig öffnete Britt seine Jeans, entließ Pietros Schwanz aus der viel zu engen Gefangenschaft und hauchte einen Kuss auf die heiße, pulsierende Eichel.

Pietro hatte derweil ihren Slip heruntergezogen, und sie spürte seinen brennenden Atem auf ihrer Vulva. Gleichzeitig strich er mit dem Finger die Form ihrer Labien nach, als wollte er sie malen. Es machte Britt verrückt – sie war sich nicht sicher, ob sie träumte oder wachte. Genau genommen spielte das aber keine Rolle mehr. Sie war scharf auf diesen Kerl, und das gab sie ihm auch zu verstehen, indem sie ihre Scham leicht an seinem Mund rieb, damit er sie leckte.

Gleich darauf verschwand Pietros Zunge in der Spalte zwischen ihren Schamlippen, wo er Britts Perle fand, sie von ihrem Mantel befreite und sie mit einem raschen Flattern seiner Zungenspitze stimulierte.

Nur mit äußerster Anstrengung konnte Britt ein lautes Aufstöhnen unterdrücken. Sie hatte sich geirrt! Offenbar mangelte es nicht allen jungen Männern an Erfahrung. Pietro jedenfalls war so geschickt, dass sie schon nach wenigen Sekunden glaubte, vor Lust zu vergehen. Doch der junge Maler wusste sehr genau, wie er den Orgasmus hinauszögern und ihre Lust sogar noch weiter steigern konnte.

Immer wenn Britt sich direkt vor ihrem Höhepunkt befand, ließ er kurz von ihr ab. So flachte er ihre Lust ab, hielt sie jedoch auf einem Level, das ihr süße Qualen bereitete. Sobald Britt sich von dieser erotischen Pein erholt hatte, setzte Pietro erneut seine sinnliche Folter fort, indem er wieder ihre Klitoris leckte, die mit jedem Mal empfindlicher und sensibler wurde. Das Spiel trieb er so lange, bis Britt an ihre Grenzen geriet und kurz davor stand, um Erlösung zu betteln.

Instinktiv schien ihr Schützling genau das zu merken, denn nun saugte er mit den Lippen nur noch fester an ihrer Klit, bis Britts ganzer Unterleib bebte. Kleine Blitze jagten durch ihr Lustzentrum, und sie konnte nicht länger an sich halten. Ihr Unterleib zuckte, zitterte, doch ihr sinnlicher Folterknecht hatte offenbar Spaß daran, die Lust kurz vor dem Erklimmen des Gipfels immer wieder zu dämpfen. Erneut ließ er von ihr ab, während Britt weiter seinen Penis liebkoste. Ausgiebig. Zärtlich. Mit Druck und Hingabe. Dann gab sie ihn ebenfalls frei. Pietros Schwanz glitt über ihre Lippen, bewegte sich wie eine Schlange von ihr weg, als besäße er ein Eigenleben.

«Nein.» Britt stöhnte auf, weil sie vor Lust fast umkam. Sie hörte sein heiseres Lachen.

«Ich will dich weiter malen», sagte er, dabei spielte er mit der Kuppe seines Zeigefingers an ihrer Perle, tippte sie neckisch an und entfachte neue Lustblitze in ihr. «Wenn du mir erlaubst, meine Arbeit fortzusetzen, erlaube ich dir zu kommen.»

«Du ...» Britt wollte ihm einige unschöne Ausdrücke an den Kopf werfen, aber es fiel ihr kein einziger ein. Ihr Verstand war gelähmt, ihr Körper lechzte nach Erlösung. Ging es ihm denn nicht genauso? Leider schien sich Pietro viel besser unter Kontrolle zu haben. Ihr Denken wurde von ihrem Verlangen beherrscht. Das Ziel vor Augen, gab sie endlich nach, ließ sich fallen. «Abgemacht», stieß sie mit letzter Kraft hervor.

Sofort umschlossen seine Lippen wieder ihre Klitoris, saugten zärtlich, aber fest, was ein heftiges Kribbeln in ihrer Mitte auslöste. Sein Lecken wurde schneller, dann wieder langsamer, sanft und wieder stärker, als wollte er ihr keine Ruhepause gönnen, sie immerzu unter Hochspannung halten. Britt verkrampfte sich, sie spürte ihren Höhepunkt nahen, die Erlösung, nach der sie sich sehnte ...

Und Pietro machte sein Versprechen wahr, leckte sie immer weiter, bis der intensivste Orgasmus ihres Lebens sie aufschreien ließ.

Es war ein Fehler gewesen, das war Britt klar. Nun saß sie nackt in ihrem Wohnzimmer vor Pietro, der seine Staffelei und die Farben mitgebracht hatte. Sein Atelier hatte er für diesen Abend an einen anderen Künstler vermietet. Vielleicht hätte sie entspannter sein sollen. Pietro fand sie scharf. Aber er sah in ihr nur ein Abenteuer, während ihre Gefühle für ihn viel tiefer gingen. Sie hatte nicht mit ihm darüber gesprochen, doch sie kannte seinen Lebensstil, und sie wusste von seinen zahlreichen Freundinnen, die er teilweise sogar gleichzeitig hatte.

Pietro war kein Mann für eine Beziehung, das war ihr klar. Aber Gefühle waren nun einmal nicht logisch. Britts einzige Chance, diesem Gefühlschaos zu entgehen, wäre gewesen, die Arbeit an dem Bild abzubrechen, doch Pietro hatte seinen Willen durchgesetzt. Und jetzt spürte sie erneut jenes sinnliche Prickeln zwischen ihren Schenkeln, während sie nackt vor ihm saß. Pietro löste Empfindungen in Britt aus, die sie bis dato nicht gekannt hatte. Einerseits erschreckte es sie. Andererseits törnten sie seine feurigen Blicke an, während er jeden Zentimeter ihres Körpers genauestens musterte, um ihn dann auf die Leinwand zu bringen. Er nannte es «Emotionen transportieren», «in Abstraktes umwandeln». Wie immer das auch gehen mochte. Davon verstand Britt nichts; sie erkannte lediglich gute Kunst, wenn sie sie sah.

Gerade hatte sie sich mühsam mit der Situation arrangiert, da ging die Tür auf, und ihre Tochter Andrea kam ins Wohnzimmer. Den Schrecken in ihrem Gesicht würde Britt wohl niemals vergessen. Starre Augen, geweitete Pupillen, ein aufgerissener Mund.

«Was ... geht denn hier ab?», stammelte Andrea, die ihre Mutter seit Jahren nicht mehr nackt gesehen hatte. Schon gar nicht in Anwesenheit eines fremden Mannes.

Hastig richtete Britt sich auf und hüllte sich in die warme Wolldecke, auf der sie bis eben gesessen hatte. «Ich kann dir alles erklären», sagte sie, aber Andrea hatte offenbar schon ihr Urteil gefällt.

«Interessiert mich gar nicht», gab sie angewidert zurück und knallte die Tür hinter sich zu.

«Tut mir leid», entschuldigte Britt sich bei Pietro. Wie hätte sie auch ahnen sollen, dass ihre Tochter so früh heimkehren würde? «Es ist wohl besser, wenn du gehst. Ich rede mit Andrea.»

«In Ordnung.» Pietro blieb gelassen, aber ihn ging das Ganze auch nichts an.

Britt folgte Andrea in ihr Zimmer. Ohne anzuklopfen, stürzte Britt mitsamt ihrer Wolldecke hinein. «Entschuldige, aber ich wusste nicht, dass du heute Abend so früh nach Hause kommst. Ich dachte, du wolltest mit deinen Freunden ausgehen.»

«Wollte ich auch, aber hab's mir anders überlegt. Konnte ich denn wissen, was hier abgeht?»

«He, hab dich doch nicht so. Was ist denn schon dabei, wenn ich mich nackt malen lasse?»

«Klar, völlig normal. Und wie du diesen Kerl anglotzt, ist ebenfalls völlig normal.» Andrea schüttelte sich.

«Und wenn schon. Du bist doch erwachsen, du weißt doch, was zwischen Mann und Frau entstehen kann», hielt Britt dagegen.

«Aber du könntest seine Mutter sein!», empörte sich Andrea. «Schlimmer noch, du bist *meine* Mutter. Und ich will keine Mutter, die notgeil jungen Kerlen hinterherjagt.»

Nun war es aber genug! Britt war nicht notgeil! Sie hatte sich in Pietro verliebt. Zugegeben, das war unvernünftig. Aber wer sagte, dass sie in ihrem Alter keine Fehler mehr machen oder Sehnsüchte haben durfte?

«Ich dachte, ich hätte dich zu einem toleranten Menschen erzogen», sagte sie enttäuscht, doch Andrea wollte nichts davon hören.

«Raus hier», schrie sie lediglich, und Britt sah ein, dass sie im Moment nicht zu ihr vordringen konnte. Wahrscheinlich brauchte sie ein wenig Zeit, um mit der Tatsache klarzukommen, dass eben auch ihre Mutter ein Intimleben hatte.

Als sie ins Wohnzimmer zurückkehrte, stellte Britt erstaunt fest, dass Pietro noch da war. «Kommst du mit zu mir?», fragte er sanft.

«Ich dachte, du hast dein Atelier an einen anderen Künstler vermietet?»

Pietro warf einen Blick auf seine Armbanduhr und winkte ab. «Der ist jetzt schon weg.»

Britt schüttelte den Kopf. «Ich bin nicht in der Stimmung, die Arbeit an dem Bild fortzusetzen.»

«Wer sagt denn etwas davon? Wir machen uns einen schönen Abend.»

Britt war nicht sicher, ob sie das Angebot richtig verstand. Da sie aber Ablenkung brauchte und sich selbst erst einmal wieder beruhigen musste, nickte sie. «Warum nicht. Der Abend ist noch jung.»

Eine Stunde später fand sich Britt in Pietros Wohnung wieder. Es war das erste Mal, dass er sie in seine privaten Räume ließ. Der Wohnbereich war geschmackvoll eingerichtet und trug den Stempel eines Künstlers; etwas anderes hatte Britt von ihrem Schützling auch nicht erwartet.

Sie aßen gemeinsam zu Abend. Auch in der Küche war Pietro ein Künstler, und Britt genoss das Essen sehr. Dann stießen sie mit einem guten Wein an.

«Du bist ja noch immer ganz verspannt», meinte Pietro schließlich. Er stellte sich hinter den Sessel, in dem sie saß, legte die Hände auf ihre Schultern, massierte zärtlich ihren Nacken. «So viel Stress mit deiner Tochter?»

Britt wollte jetzt lieber nicht darüber nachdenken. Andrea war erwachsen. Sie musste akzeptieren, dass ihre Mutter ihr eigenes Leben führte.

«Deine Tochter sollte stolz sein, eine so tolle Mutter zu haben», sagte Pietro plötzlich.

«Du findest mich toll?» Britt lachte. Pietro war in der Tat ein Casanova, er wusste genau, welche Knöpfe er drücken musste, um bei einem Mädchen an sein Ziel zu kommen. Und tatsächlich funktionierten dieselben Knöpfe auch bei Frauen jenseits der Vierzig.

«Aber ja. Ich fand dich schon immer toll. Du hast einen schönen Körper, und was noch wichtiger ist, viel Persönlichkeit.»

Britts Herz schlug schneller. Seine Worte waren wie Balsam für ihre Seele.

«Es würde mir gefallen, jeden Abend mit dir zu verbringen. Und morgens neben dir aufzuwachen», flüsterte Pietro in ihr Ohr und küsste ihre Wange.

Augenblicklich fing Britts Herz an zu rasen. Sie legte den Kopf in den Nacken, um ihm in die Augen zu sehen. Pietro beugte sich über sie, küsste sie leidenschaftlich, und in Britt erwachte das Verlangen, seinen Körper noch einmal ganz nah an ihrem zu spüren.

«Ich habe ein großes Schlafzimmer. Es wird dir gefallen», versprach Pietro, half ihr auf, nahm ihre Hand und führte sie in sein Reich, in das sie ihm nur zu gern folgte.

Im Schlafzimmer angekommen, erwachte sein südländisches Temperament. Leidenschaftlich umarmte er Britt, warf sich mit ihr auf sein federweiches Bett und überhäufte sie mit Küssen. Seine Hände schienen überall zu sein. Öffneten ihre Bluse. Zogen ihre Hose herunter. Im Handumdrehen war Britt nackt, und er war es auch.

Sie spürte seine heiße Haut an ihrer und den harten Schwengel, der zwischen ihre Beine drängte. Mit einem Stoß war er in ihr. Britt war erfüllt von Gier und Leidenschaft. Sie schob sich ihm entgegen, damit er noch tiefer in sie eindrang.

Das Bett knarrte unter seinen wilden Bewegungen, seine Hände krallten sich besitzergreifend in ihre Schultern. Immer wieder schenkte er ihr heiße Küsse. Auf ihren Mund. Ihren Hals. Ihre Nippel.

Pietro hatte Feuer im Blut, und dieses Feuer ging auf Britt über. Nie hatte sie sich freier und ungezwungener gefühlt. «Es würde mir gefallen, jeden Abend mit dir zu verbringen. Und morgens neben dir aufzuwachen», hallten seine Worte in ihren Ohren nach. War das nur ein Spruch, oder meinte er es ernst?

155

Seine Worte hatten genau ausgedrückt, was sie fühlte. Sie wollte mit ihm zusammen sein. Jeden Tag.

In seinen Händen, unter seinen leidenschaftlichen Stößen fühlte sich Britt wieder begehrenswert, fraulich, sexy.

Seine Lust führte sie zum Höhepunkt. Ihre Körper bebten im Einklang, als wären sie eins. Pietro keuchte auf und ließ sich neben sie fallen. Zu Britts Überraschung nahm er ihre Hand in seine, während sie das Nachglühen genoss, das ihren Körper erfüllte.

Als ihre Blicke sich trafen, stockte ihr plötzlich der Atem. Denn das, was sie da in Pietros Augen sah, war Liebe. Ganz eindeutig Liebe.

Nein, dachte Britt, während ein ungeahntes Glücksgefühl sich langsam in ihr ausdehnte. Es war kein Fehler gewesen, auf ihr Gefühl zu hören. Ihrer Sehnsucht zu folgen. Das erkannte sie nun. Andrea würde sich an die neue Beziehung ihrer Mutter gewöhnen müssen. Sie war alt genug.

Am nächsten Morgen wachte Britt neben Pietro auf, der seinen Arm um sie gelegt hatte. Britt lächelte, strich ihm zärtlich eine dunkle Haarsträhne aus dem Gesicht. Da surrte ihr Handy leise auf dem Nachtschränkchen. Sie griff nach dem Mobiltelefon und las die SMS, die ihr ein Lächeln auf das Gesicht zauberte.

Sorry. Du hast recht. Hab dich lieb, Andrea.

Das Doppelleben der Vivien L.

*V*ivien L. glaubte, im Alltagstrott zu ersticken. Jeder Tag war wie der andere. Die Neununddreißigjährige lebte seit zwanzig Jahren in der Großen Elbstraße. Jeden Sonntag um fünf Uhr besuchte sie den Fischmarkt, jeden Sommer ging sie auf das Hummelfest, und jeden Winter besuchte sie den Winterdom, wie die Hamburger ihren Rummel zu der jeweiligen Jahreszeit nannten. Sie fühlte sich, als wäre sie in einer Endlosschleife gefangen, und bereute es einmal mehr, ihren Job für Mann und Kinder aufgegeben zu haben.

Im Augenblick waren alle außer Haus. Die Kinder in der Schule, bald machten sie Abitur. Und Roland war bei der Arbeit, für die er ohnehin nur noch lebte. Schon vor Jahren hatte er das Interesse an ihr verloren. Ihr Leben bestand nur noch aus der Hausarbeit und den Fernsehserien, die sie am Nachmittag sah. Von Liebe und Leidenschaft konnte Vivien nur träumen.

Warum mache ich es nicht wie Britt?, überlegte sie. Ihre ältere Schwester hatte sich einen jungen Mann geangelt, und was für einen! Zuerst hatte Vivien es befremdlich gefunden, dass Pietro ungefähr im Alter von Britts Tochter Andrea war. Mittlerweile hatten aber alle die Beziehung akzeptiert. Warum sollten immer nur Männer jüngere Gespielinnen haben?

Vivien fehlte jedoch der Mut, einen Mann anzusprechen. Über die Jahre hinweg hatte sie ein wenig zugenommen, und modisch war sie auch nicht unbedingt auf dem neuesten Stand. Aus der einst kecken Vivi, die den Jungen in der Oberschule den Kopf verdreht hatte, war eine Langweilerin geworden.

Doch Vivien war wild entschlossen, das zu ändern. Wenn sie

schon nicht die Zeit zurückdrehen konnte, wollte sie zumindest aus ihrem Trott ausbrechen. Der Einfall kam ihr, als sie in Ronnys Zimmer aufräumte, weil der Herr Sohnemann dazu offenbar nicht in der Lage war – schon seit zwei Wochen versprach er, endlich mal wieder zu saugen. Natürlich hatte er es bis jetzt nicht getan, weshalb Vivien sich genötigt sah, die Sache selbst in die Hand zu nehmen.

Dabei richtete sich ihre Aufmerksamkeit jedoch weniger auf den Saustall, den ihr Ältester hinterlassen hatte, sondern auf den Computer, der noch immer angeschaltet war. Ronny hatte wohl vergessen, ihn auszumachen.

Vivien war alles andere als eine Fachfrau, wenn es um die Welt des Internets ging, aber sie wusste wohl, wie man ein Browserfenster öffnete, um zu surfen.

Nun, da kein Mensch außer ihr zu Hause war, kamen ihr ganz neue Ideen, was sie alles im World Wide Web anstellen konnte. In einer ihrer Lieblings-Fernsehsendungen hatte sie gesehen, wie eine ältere Dame den Mann ihres Lebens im Internet gefunden hatte. Warum sollte ihr das nicht auch gelingen?

Vivien zögerte nicht, setzte sich an Ronnys Schreibtisch und startete den Browser, um mit Hilfe der Suchmaschine ein paar interessante Seiten ausfindig zu machen. Kontaktanzeigen, Partnerbörsen. Es gab reichlich Auswahl. Viel mehr, als Vivien erwartet hätte. Die meisten Seiten wirkten unseriös, ein paar wenige dagegen nicht. Auf einem dieser Portale meldete sie sich kurzerhand an. Auch wenn sie nicht ganz sicher war, was das Wort «kinky» bedeutete. Doch die Aufmachung der Seite weckte ihr Vertrauen.

Zu dem Prozedere gehörte es, dass man einen Persönlichkeitstest machte, damit die Betreiber der Seite ein Profil erstellen konnten, was bei der Partnersuche angeblich sehr hilfreich sei. Die Fragen erschienen Vivien etwas merkwürdig, aber sie beantwortete alle wahrheitsgemäß. Erst als sie ihren neuen Account online sah, kamen ihr leise Zweifel. War es wirklich schon so weit gekommen, dass sie sich das bisschen Zuneigung, das sie brauchte, übers Internet suchen musste?

Wahrscheinlich hätte Vivien die ganze Sache schnell wieder rückgängig gemacht, wäre nicht plötzlich das Briefsymbol am oberen Bildschirmrand aufgeploppt. Jemand hatte ihr geschrieben, wollte sie kennenlernen. Und das nach so kurzer Zeit! Es überraschte Vivien, machte sie aber auch neugierig. Sicherlich handelte es sich um einen Fehler.

Rasch sah sie in ihrem Postfach nach und entdeckte tatsächlich die Nachricht eines Mannes, der sich *Master Gallagher* nannte.

Hallo, Vivien L.

Vivien überlegte, ob es klug gewesen war, ihren echten Namen anzugeben. Erst als sie den Spitznamen von Master Gallagher bemerkte, kam ihr überhaupt die Idee, ein Pseudonym zu verwenden. Wenigstens hatte sie ihren Nachnamen nicht komplett eingegeben. Dafür war sie, was ihren Wohnort anbelangte, mehr als ehrlich gewesen.

Herzlich willkommen beim Kinkypoint. Unsere Profile scheinen sich hervorragend zu ergänzen. Und dann sind wir beide auch noch aus Hamburg. Wenn das kein Zufall ist! Willst du mir verraten, auf was du stehst?

Vivien war entsetzt über diese Frage – doch zugleich merkwürdig erregt. Wie konnte dieser Kerl, den sie nicht mal näher kannte, solch eine intime Frage stellen? Unerhört war das. Aber auch aufregend. Während sie fieberhaft nach seinem Profil suchte und sich eine Antwort überlegte – dabei schwankte sie noch immer, ob sie ihn beschimpfen oder seine Frage ehrlich beantworten sollte –, erreichte sie eine zweite Nachricht. Auch diese stammte von Master Gallagher.

Ich hoffe, ich habe dich nicht erschreckt. Aber hier auf Kinkypoint kommen die meisten schnell zur Sache.

Unter einer Partnersuchseite hatte sie sich etwas anderes vorgestellt. Vivien fühlte sich hilflos, klickte einige Seiten zurück und fand schließlich das *Wir über Uns* von Kinkypoint. Zu ihrem Schrecken stellte sie fest, dass sie hier überhaupt nicht richtig war. Es ging zwar durchaus um Partnersuche, im Mittelpunkt standen jedoch Sexabenteuer. Und damit nicht genug: Die Suchenden hatten ganz bestimmte Vorlieben. Die Themen drehten sich um Lust an Leid und sinnlichen Schmerz, um Unterwerfung und Dominanz.

Abermals ploppte das Briefsymbol auf.

Schade, hätte interessant werden können.

Master Gallagher verabschiedete sich. Das gefiel Vivien gar nicht. Sie wollte zumindest einmal sehen, inwiefern sich ihre Profile ergänzten, aber sie fand diese verdammten Dinger nicht.

Entschuldigen Sie, Master Gallagher. Ich suche gerade Ihr Profil. Bitte sagen Sie mir, wo ich es finden kann.

Zwei Minuten später hatte sie ihre Antwort. Erleichtert darüber, dass Master Gallagher nicht gegangen war, öffnete sie seine Nachricht.

Hübsch, dass du deinen Meister siezt.

Viviens Wangen röteten sich. Sie hatte ihn gesiezt, weil sie jeden Erwachsenen, den sie nicht kannte, siezen würde. Master Gallagher hielt dies aber offenbar bereits für ein erotisches Spiel. Das Prickeln zwischen ihren Schenkeln wurde stärker.

Mein Profil findest du, wenn du einfach auf meinen Namen klickst. Zum Beispiel in dieser Nachricht.

Einfach den Namen anklicken? Na schön. Sie tat es und fand eine Auflistung von Eigenschaften, die Kinkypoint Master Gallagher zugeordnet hatte. *Dominant. Abenteuerlustig. Freiheitsliebend.* Das klang in der Tat nicht uninteressant. Und was stand in ihrem Profil? Vivien klickte auf ihren eigenen Namen. *Loyal. Auf-opferungsvoll. Unterwürfig.* Vivien blieb die Spucke weg. Unterwürfig? Wie kam Kinkypoint dazu, so etwas zu behaupten? Sie stand mitten im Leben, war dabei, sich umzuorientieren. Was sollte daran unterwürfig sein? Oder meinten sie das tatsächlich sexuell? Auch in intimeren Bereichen ihres Lebens hatte sich Vivien niemals unterwürfig gegeben.

Erneut kam eine Nachricht an; Master Gallagher hatte offenbar reges Interesse an ihr. Das schmeichelte Vivien, doch sie sollte ihm besser schnell klarmachen, dass ihr Profil völlig falsch war und er dadurch einen missverständlichen Eindruck von ihr bekommen hatte.

Ich finde dich sehr interessant, Vivien L. Ich glaube, du bist genau das, was ich suche.

Wie wollte er denn das schon wieder wissen? Sie las weiter.

Aber ich spüre, dass du noch unsicher bist. Dein Profil ist neu. Du hast vermutlich noch nicht viel Erfahrung. Deswegen will ich einen Test mit dir machen. Heute Nacht wirst du dich selbst streicheln und dabei an mich denken, dir vorstellen, ich wäre derjenige, der dich verwöhnt.

Viviens Gesicht glühte, wahrscheinlich sah es schon aus wie eine Tomate. Was dieser Kerl verlangte, war unerhört!

Mach diesen Test nicht für mich, Vivien, sondern für dich selbst. Und wenn du Lust und Zufriedenheit dabei empfindest, dann berichte mir morgen davon. Ich kenne noch viele Möglichkeiten, eine Frau glücklich zu machen. Wenn du allerdings merkst, dass die Chemie zwischen uns nicht stimmt, schreib mir nicht mehr, und ich lasse dich in Ruhe. Du hast nichts zu verlieren, Vivien L.

Es wäre schlau gewesen, ihm gleich klipp und klar zu sagen, dass sie von derlei Spielen gar nichts hielt. Stattdessen schaltete Vivien einfach nur den Computer aus, in der festen Absicht, sich niemals wieder bei diesem Kerl zu melden und erst recht nicht seine Anweisungen zu befolgen. Was sollte daran auch erotisch sein, sich selbst auf Befehl zu befriedigen?

Ein typischer Abend lag hinter Vivien, wie so oft in letzter Zeit war sie müde und erschöpft. Die Kinder befanden sich in ihren Zimmern, Roland war früh zu Bett gegangen. Sie kümmerte sich noch um das Geschirr, ehe sie sich ebenfalls nachtfertig machte. Als sich Vivien zwanzig Minuten später in das leere Ehebett legte, denn Roland schlief schon lange im Gästezimmer, traf sie die volle Wucht der Einsamkeit. Manchmal hatte sie solche Phasen, und heute Nacht war es besonders intensiv. Jeder aus ihrer Familie führte sein eigenes Leben. Sie war die Einzige, die alles für die Familie tat, sie zusammenhielt und deshalb selbst zu kurz kam. Es war nicht so, dass es ihr nicht gefiel, für ihre Kinder und Roland da zu sein. Sie wünschte nur, dass Roland auch seinerseits etwas für ihre Beziehung täte.

Aber Roland verspürte keine Sehnsucht nach ihr. Das wusste sie, weil er es ihr klar gesagt hatte. An dem Abend vor vier Jahren, als er auch zum ersten Mal das Gästezimmer bezogen hatte.

Nun lag Vivien im Bett, starrte zur Decke und musste an die Nachrichten von Master Gallagher denken. Dieser fremde Mann hatte ihr in nur wenigen Sätzen das Gefühl vermittelt, dass ihr Sexleben noch nicht vorbei war.

Viviens Hände glitten unter ihr Nachthemd, fanden ihr Ziel. Sie erschrak, als sie merkte, dass ihre Scham feucht war. Die Erinnerung an den kurzen Chat im Kinkypoint hatte sie sehr erregt – es brachte nichts, diese Tatsache vor sich selbst zu verleugnen. Sie brauchte endlich wieder etwas Erotik in ihrem Leben.

Vivien fing an, sich zu streicheln, und es fühlte sich gut an.

Ganz wie Master Gallagher prophezeit hatte. Sie hatte sich schon lange nicht mehr selbst befriedigt, und als sie es früher getan hatte, hatte sie stets Rolands Bild vor Augen gehabt. Es fiel ihr schwer, nun an einen anderen zu denken, zumal sie nicht mal wusste, wie Master Gallagher überhaupt aussah. Doch ihre Phantasie ging nur allzu schnell mit ihr durch, und der unbekannte Master Gallagher verwandelte sich in einen verrucht dreinblickenden Brad Pitt, der zwischen ihren Schenkeln hockte und sanft ihre intimste Stelle mit seinen zärtlichen Händen liebkoste. Die Vorstellung machte Vivien so scharf, dass es ihr innerhalb weniger Augenblicke kam. Und zwar so intensiv, wie sie es schon lange nicht mehr erlebt hatte.

Selbst Minuten später rauschte noch das Blut heiß durch ihre Adern, und ihr gesamter Körper war so sensibel, dass er auf jede kleinste Temperaturveränderung in ihrem Innern reagierte.

Nie im Leben hätte Vivien geglaubt, dass sie noch zu solchen Gefühlen fähig war. Zum ersten Mal kam ihr der Gedanke, dass dieser fremde Mann ihren Körper besser kannte als sie selbst. Wie war das nur möglich? Er musste sehr erfahren sein, schien er doch genau zu wissen, was er tat. Vielleicht war es an der Zeit, anderen Menschen wieder mehr Vertrauen entgegenzubringen. Master Gallagher hatte recht: Sie hatte nichts zu verlieren.

Als am nächsten Tag alle ausgeflogen waren, setzte sich Vivien wieder an den Computer ihres Sohnes, um Master Gallagher eine Nachricht zu schreiben. Sie hatte sich die halbe Nacht um die Ohren geschlagen und mit sich selbst gerungen, ob sie diesen Schritt gehen oder doch lieber in sicheren Gefilden bleiben sollte, auch wenn diese sie zu Tode langweilten. Schließlich hatte sich Vivien einen Ruck gegeben und beschlossen, mutig zu sein, etwas zu riskieren. Dieser Mut ließ sie nun allerdings im Stich, als sie sich auf Kinkypoint einloggte. Was sollte sie schreiben? Welche Worte sollte sie verwenden? Zu ihrer Überraschung war Master Gallagher ihr zuvorgekommen. Eine Nachricht von ihm wartete auf sie.

Wie schön, dass du wieder da bist, Vivien. Willst du mir berichten, wie die letzte Nacht für dich war?

Vivien runzelte die Stirn. Wieso war er davon ausgegangen, dass sie zurückkommen würde? Seine Nachricht stammte von gestern Abend, als sie noch mit sich gerungen hatte. Wusste er etwa mehr über sie als sie selbst? Nach so kurzer Zeit?

Vivien schaltete ihren Verstand aus, der ihr sowieso gerade nur im Weg stand, und beantwortete die Frage wahrheitsgemäß. Sie rechnete nicht damit, dass Master Gallagher allzu bald darauf reagierte. Doch auch dieses Mal täuschte sie sich, denn die nächste Nachricht erreichte sie binnen weniger Minuten. Hatte Master Gallagher keinen Job, oder schrieb er ihr vom Büro aus?

Es freut mich, dass es für dich ein schönes Erlebnis war. Bist du bereit, den nächsten Schritt zu tun?

Ihr wurde heiß. Was mochte dieser nächste Schritt sein? Was würde dieser fremde Master von ihr erwarten? Vivien konnte nicht anders, sie musste es herausfinden.

Was ist der nächste Schritt?

Ich werde dich zu meiner Sklavin machen.

So stand es da. Ganz selbstverständlich. Niemand hatte jemals zuvor Vivien zu seiner Sklavin machen wollen. Es erschien ihr verrückt. Aber auch reizvoll. Sie war hin- und hergerissen, wusste nicht, was sie tun sollte. Es war nicht einmal als Frage formuliert, sondern eine Ankündigung. Als hätte sie da nicht auch noch ein Wörtchen mitzureden.

Vivien tippte tausend Antworten, löschte sie aber alle wieder, da trudelte schon die nächste E-Mail von Master Gallagher ein.

Ich will, dass du heute den ganzen Tag lang an mich denkst. Und damit dich nichts davon ablenkt, wirst du eine Schnur aus Liebeskugeln für mich tragen. Wann immer sie sich in dir bewegen und vibrieren, wirst du dich erinnern, dass ich dein Meister bin. Du wirst jedoch nicht Hand anlegen und dir Erlösung verschaffen. Dies tust du erst dann, wenn ich es dir sage.

Vivien blieb der Mund offen stehen. Sie hatte überhaupt keine Liebeskugeln! Anstatt sich jedoch über den Befehl und die Unverfrorenheit von Master Gallagher zu echauffieren, überlegte sie krampfhaft, was sie stattdessen benutzen sollte.

Wie ein aufgeschrecktes Huhn lief Vivien durch die Küche, auf der Suche nach irgendetwas, das auch nur annährend an Liebeskugeln erinnerte und denselben Effekt auslösen könnte, doch es fand sich nichts, was ihr angenehm schien und ihren hygienischen Maßstäben entsprach. Es gab nur einen Ausweg. Sie musste sich Liebeskugeln im Erotikshop kaufen. Rasch eilte sie zu Ronnys Computer zurück, um Master Gallagher eben dies mitzuteilen, damit er sich nicht wunderte, weshalb ihre Antworten auf sich warten ließen. Danach machte sie sich ohne Umwege auf den Weg zur Reeperbahn, wo es die interessantesten Erotikläden wie die Boutique Bizarre gab.

Für Vivien war es, als würde sie mit dem Übertreten der Ladenschwelle in eine fremde Welt eintauchen. In den Regalen standen lebensecht nachgebildete Dildos. Außerdem entdeckte sie obskure Ledermasken, Latexanzüge und eine riesige Sammlung an Erotikfilmen.

«Kann ich Ihnen helfen?», fragte eine Dame im engen Korsett und musterte Vivien abschätzig von oben bis unten, weil auch sie merkte, dass dies keine typische Kundin war.

«Liebeskugeln», sagte Vivien mutig. «Ich suche Liebeskugeln.»

«Na klar, da haben wir was für Sie. Kommen Sie mal mit.»

Vivien staunte, als die Verkäuferin ihr ein Regal mit einer Auswahl unterschiedlichster Lustkugeln präsentierte. Sie hätte nicht gedacht, dass solch eine Vielfalt existierte. Große, kleine, runde, ovale, gummiartige und härtere Varianten. Vivien suchte sich ein Paar aus, das ihr optisch gefiel und eine angenehme Größe aufwies, bezahlte an der Kasse und eilte zurück nach Hause.

Als sie wenig später im Badezimmer stand – die Liebeskugeln waren bereits ausgepackt und abgewaschen –, zögerte sie. Konnte sie das wirklich tun? Nie zuvor hatte sie Spielzeuge verwendet. Eine neue Erfahrung. Und neue Erfahrungen waren doch meistens gut. Also führte sie die erste Kugel ein. Sie war kalt, hart, aber fühlte sich von der Beschaffenheit her angenehm an. Vivien schob die zweite gleich hinterher. Nur nicht zu viel nachdenken.

Endlich kehrte sie in Ronnys Zimmer zurück. Dabei bewegten sich die Kugeln mit jedem Schritt, prallten gegeneinander, rieben sich von innen an ihrer Scheide. Es machte sie ganz nervös.

Ich habe getan, was Sie von mir verlangten, schrieb sie ihrem Meister.

Sehr gut. Berichte mir morgen, wie dein Tag verlief. Und vergiss nicht, Sklavin, du darfst die Kugeln weder entfernen noch dich selbst befriedigen.

Wann immer sie das Wort «Sklavin» in seiner Nachricht las, spürte Vivien eine Hitzewelle in sich aufsteigen. Die Liebeskugeln verstärkten diesen Effekt, brachten sie spielend an den Rand des Orgasmus, doch es fehlte etwas, um ihn gänzlich auszulösen. Hätte sie sich nur selbst berühren und streicheln dürfen, die süße Qual hätte ein schnelles Ende gefunden. Aber genau das war ihr ja verboten.

Wieder behielt Master Gallagher recht. Vivien konnte den

ganzen Tag an nichts anderes denken als an ihn. Beim Besuch im Supermarkt schlugen die Kugeln gegeneinander, bewegten sich unaufhörlich in ihr, und sie verging fast vor Lust. Nach außen hin durfte sie sich allerdings nichts anmerken lassen.

Das war nicht unbedingt einfach. Ihr Gesicht war gerötet, Schweißperlen rannen über ihre Schläfen. Es war so auffällig, dass sogar eine Verkäuferin sie darauf ansprach, weil sie sich sorgte, Vivien könne jeden Augenblick umkippen. Dabei ging es ihr nicht schlecht, im Gegenteil. Vivien genoss den kurzen Ausflug und auch die kleinen Schwierigkeiten, die er mit sich brachte.

Dass sie heute anders war, bemerkte auch die Familie beim Abendbrot. Vivien konnte nicht still sitzen, sprang immer wieder auf, lief in die Küche und zurück, um etwas zu holen, was sie zuvor vergessen hatte.

Wenn niemand hinsah, kniff sie die Beine zusammen und spürte dabei die Feuchtigkeit, die sich in ihrem Höschen sammelte. Die Lustkugeln hielten sie in einem Dauerzustand der Erregung gefangen. Eben dies war Master Gallagher schon im Vorfeld klar gewesen, schlimmer noch: Er hatte diesen Zustand absichtlich herbeigeführt. Dieser fremde Mann schien sie in- und auswendig zu kennen, wusste, was sie wirklich erregte. Besser als sie selbst, denn Vivien wäre nie darauf gekommen, dass sie sich in der Rolle der Sklavin wohlfühlen würde.

Sie war heilfroh, als der Tag endlich vorbei war und sie zu Bett gehen konnte. Wie angeordnet, behielt sie ihre Finger bei sich, was ihr schwerfiel. Unentwegt dachte sie an Master Gallagher und daran, welchen Befehl er ihr wohl als Nächstes erteilen würde und ob er ihr endlich gestattete, sich selbst zu befriedigen. Lange würde sie diesen Zustand nicht mehr aushalten. Alles in ihr sehnte sich nach dem befreienden Orgasmus. Aber sie würde ihren Meister nicht enttäuschen, ihn nicht hintergehen, indem sie einen Finger in sich steckte. Er konnte es zwar nicht kontrollieren, aber das Machtspiel zwischen ihnen war viel reizvoller, wenn Vivien sich an die Regeln hielt.

Vivien dürstete danach, Master Gallagher von der letzten Nacht und den Qualen des Vortags zu berichten. Unablässig waren ihre Gedanken um diesen fremden Mann gekreist. Nun hoffte sie auf seine Anerkennung. Und tatsächlich antwortete er sofort.

Ausgezeichnet, meine treue Sklavin. Du hast dir eine Belohnung verdient. Jetzt wünsche ich, dass du dich selbst berührst. Aber behalte die Liebeskugeln so lange noch in dir.

Vivien eilte in ihr Schlafzimmer, warf sich auf ihr Bett und streichelte ihre Scham, rieb an ihr, bis sie vor Lust aufstöhnte. Der Orgasmus war besser als jeder, den sie zuvor erlebt hatte. Durch die Bewegung der Kugeln hatte sie das Gefühl, penetriert zu werden, während sie sich gleichzeitig mit den Fingern die schönsten Gefühle verschaffte. Zutiefst befriedigt blieb Vivien eine ganze Weile liegen, ehe ein neuer Gedanke sie aufschreckte. Wohin jetzt mit den Kugeln? Es wäre fatal, wenn Roland sie entdeckte. Zum Glück waren ja alle außer Haus, so hatte sie genügend Zeit, ein passendes Versteck zu suchen. Letztendlich verschwanden die Kugeln in einer kleinen Kiste unter ihrem Bett. Nicht unbedingt der originellste Ort, doch hier würde mit Sicherheit niemand rumkramen. Vivien war zufrieden und konnte sich wieder ganz auf ihre Gelüste konzentrieren.

Master Gallagher hatte an diesem Tag noch ein paar weitere Befehle für seine Sklavin. Vivien sollte sich nackt vor das Fenster setzen und ihren Finger, vielleicht sogar zwei, in sich einführen. Das war ein ungeheurer Nervenkitzel, denn schließlich konnte jederzeit jemand zu ihr hinaufschauen. Dann wäre ihr Ruf in der

Nachbarschaft ruiniert. Doch allmählich war Vivien ihr Ruf und die damit verbundene Scheinheiligkeit egal.

Sie wollte wild und frei sein, ohne diese ewigen Zwänge. Master Gallagher schien genau das zu verstehen. Vivien fühlte sich zusehends mehr zu ihrem geheimnisvollen E-Mail-Partner hingezogen, und sie fragte sich immer öfter, wie er wohl aussah.

Nachdem sie mit ihm den ganzen Tag über Cybersex gehabt hatte, kam Master Gallagher wohl zu demselben Entschluss. Seine nächste Mail machte Vivien unbeschreiblich nervös.

Ich möchte dich treffen. Du bist genau das, was ich gesucht habe. Ich will dich nicht länger nur virtuell befriedigen, ich möchte dich real sehen, wie du vor mir kniest und tust, was ich dir sage.

So verrückt es auch klang, diese Worte machten Vivien scharf. Sie wollte vor ihm knien, sie wollte tun, was er von ihr verlangte. Allein die Vorstellung ließ sie erneut geil werden. Aber die E-Mail ging noch weiter.

Zieh dir etwas Rotes an, verzichte auf Unterwäsche und komme zum Hafengeburtstag. Ich werde dort sein und dich erwarten.

Und woran erkenne ich Sie?, hakte sie nach.

Es genügt, wenn ich dich erkenne. Doch um sicherzugehen, dass ich die Richtige vor mir habe, wirst du zusätzlich Brustklemmen tragen. Dadurch kannst du dich schon einmal darauf einstimmen, was dir noch bevorsteht, meine schöne Rose.

Ein Kloß bildete sich in Viviens Hals. Brustklemmen? Das klang schmerzhaft. Spätestens jetzt sollte sie einen Rückzieher machen. Sie kannte den Kerl doch gar nicht. Vielleicht war er gefährlich? Aber der Gedanke beunruhigte sie nur kurz. Viel mehr störte sie, dass der Meister nichts von sich preisgab, während sie wie auf dem Präsentierteller lag.

Geben Sie mir doch zumindest einen Hinweis. Welche Haarfarbe haben Sie? Wie groß sind Sie?

Master Gallagher antwortete nicht mehr. Das war frustrierend. Was sollte sie nun tun? Sollte sie tatsächlich zu dem Treffen gehen? Auch wenn ihre erotischen Cyberspiele aufregend waren, konnte hinter dem Pseudonym «Master Gallagher» jeder stecken. Ein alter Schulkamerad. Ein Nachbar. Wie unangenehm das wäre! Vielleicht sogar ein Verrückter? Andererseits: Wie groß war die Wahrscheinlichkeit?

Viviens Neugierde war stärker als ihre Furcht. Auf dem Hafengeburtstag konnte er ihr nichts antun, sie wäre ja unter Leuten. Was konnte also passieren? Und Roland? Was würde er darüber denken, wenn sie einen anderen Mann traf? Sie wusste nicht, ob sie ihm das antun konnte, denn tief in ihrem Innern liebte sie ihren Ehemann noch immer.

Gegen achtzehn Uhr kamen Roland und die Kinder nach Hause, und Vivien tischte ihnen wie jeden Abend eine warme Mahlzeit auf. Obwohl ihre Gedanken immerzu um Master Gallagher und den Hafengeburtstag kreisten, fiel ihr auf, dass sich ihr Ehemann anders verhielt als sonst. Er wirkte fröhlich, gut gelaunt, summte vor sich hin, wo er doch sonst stets müde und wortkarg von der Arbeit zurückkehrte. Viviens Alarmglocken schrillten auf.

Vor gut sieben Jahren hatte sie schon einmal etwas Ähnliches erlebt. Damals hatte in Rolands Büro eine neue Sekretärin angefangen, ein junges, hübsches Ding, wie Vivien später erfuhr. Plötzlich war Roland wie ausgewechselt gewesen, bis Vivien schließlich Verdacht schöpfte. Eines Tages hatte sie daher all ihren Mut zusammengenommen und war zu ihm ins Büro gefahren, um sich Klarheit zu verschaffen. Zum Glück war noch nichts passiert, was ihre Ehe ernstlich in Gefahr gebracht hätte. Dennoch hatte es Vivien stark zugesetzt, dass ihr Mann eine andere Frau begehrte. Dass sie ihm nicht genügte, dass sie nicht die Einzige für ihn war.

Und nun verhielt sich Roland wieder genau wie damals. Nur mit dem Unterschied, dass ihre Ehe längst in Scherben lag. Es gab nichts mehr zu retten. Zumindest schien Roland das zu denken. Vivien liebte ihn noch immer, aber sie hatte nicht mehr dieselbe Energie wie früher, war nicht mehr in der Lage, unablässig zu kämpfen.

«Wer ist sie?», fragte sie, nachdem alle gegessen und die Kinder sich in ihre Zimmer zurückgezogen hatten.

«Bitte was?», fragte Roland, der gerade einen Teller abtrocknete.

«Tu nicht so unschuldig, ich kenne diesen Glanz in deinen Augen. Das ferne Leuchten. Es gibt eine andere Frau.»

Roland lachte. «Wie kommst du denn darauf?»

«Hältst du mich für so dumm? Ich habe schließlich Augen im Kopf.»

«Das ist mir jetzt wirklich zu albern», wiegelte Roland ab. Er legte das Geschirrhandtuch über die Stuhllehne und verschwand, ließ sie mal wieder allein zurück.

Vivien hätte heulen können, aber das tat sie nicht. In ihr war kein Gefühl mehr. Zumindest keines für Roland. Weshalb sollte sie sich dann noch länger an die Spielregeln halten? Warum sollte sie nicht auch tun, was er tat? Sich das, was sie brauchte, woanders suchen.

Morgen, auf dem Hafengeburtstag.

Das Wetter zeigte sich am Überseetag zur Erinnerung an die Verleihung der Hafenrechte von seiner besten Seite. Es schien, als wäre ganz Hamburg zum Hafen gekommen, um bei der Einlaufparade die prächtigen Kreuzfahrtschiffe, Dampfer, Barkassen und prachtvollsten Segelschiffe durch die Elbe einfahren zu sehen. Unter lautem Applaus wurde die Queen Mary II willkommen geheißen. Ein Konzert der Schiffshörner erklang. Überall befanden sich Bühnen, auf denen Live-Musik gespielt wurde. An zahlreichen Ständen wurden diverse Köstlichkeiten angeboten. Labskaus, Fischbrötchen und Lakritze. Das Treiben reichte von der Speicherstadt mit ihren alten Kontor- und Lagergebäuden bis in den Stadtteil St. Pauli.

Vivien stand in ihrem roten Blazer mittendrin in dem Getümmel, doch ihre Gedanken kreisten unentwegt um Master Gallagher. Jeder dieser Männer, die ihr entgegenkamen, konnte theoretisch ihr Meister sein.

Wie er es befohlen hatte, hatte Vivien auf Unterwäsche verzichtet und trug eine Klammer an ihrer rechten Brustwarze, die sie in höchster Eile auf der Reeperbahn erstanden hatte. Beim Anlegen hatte der Schmerz sie fast in die Knie gezwungen, doch nur im ersten Augenblick. Kurz darauf hatte er sich in einen süßen Lustschmerz verwandelt, den Vivien intensiv genoss. Der Druck und das heiße Gefühl in ihrer Knospe ließen sie innerlich erbeben.

Ein Matrose rempelte sie an, entschuldigte sich nicht einmal, obwohl Vivien fast das Gleichgewicht verlor. Sie blickte ihm nach. War er Master Gallagher? Aber der junge Mann würdigte sie nicht einmal eines zweiten Blicks. Sie ging weiter, vorbei an all den fröhlich Feiernden. Ihr Gesicht glühte vor Aufregung, wahrscheinlich hatte es inzwischen die tiefrote Farbe ihres Blazers angenommen. Als Vivien in eine ruhigere Seitenstraße einbog, hatte sie mit einem Mal das Gefühl, jemand beobachtete und verfolgte sie. Sie ging schneller, wollte in Richtung Westen laufen. Aber das Gefühl ließ sich nicht abschütteln. Immer wieder blickte sie hinter sich, aber niemand schien ihr direkt zu folgen. Oder dieser Jemand verbarg sich in der Menge der Schaulustigen. Von der Elbe her klangen abermals die Schiffshörner, trieben sie an.

Wie unglaublich dumm sie gewesen war! Vivien bereute es bitter. Vielleicht war Master Gallagher doch ein Verrückter, der nun Jagd auf sie machte?

Obwohl sie schon Seitenstechen hatte, legte Vivien noch einen Zahn zu, als plötzlich ihr Handy klingelte. Die SMS konnte unmöglich von Master Gallagher stammen, er hatte ihre Nummer gar nicht. Er wusste ja nicht einmal ihren Namen oder ihre Adresse, lediglich ihre E-Mail-Adresse war ihm bekannt.

Sie rief die SMS auf und erstarrte.

Komm zu den historischen Lagerhäusern am Kehrwiederfleet, Sklavin. Ich erwarte dich dort. MG.

Eine Gänsehaut breitete sich auf ihrem ganzen Körper aus. Vielleicht sollte sie besser nach Hause gehen. Gallagher wusste mehr über sie, als er zugab. Er spielte ein falsches Spiel!

Aber langsam wurde Vivien wütend. Sie wollte endlich wissen, wer hinter diesem Pseudonym steckte. Zielstrebig entfernte sie sich von der Feier und ging über die Niederbaumbrücke zum Kehrwiederfleet, wo sich die alten Backsteinlagerhäuser befanden. Sie wollte vorsichtig sein, nur einen Blick auf den Mann werfen und dann schnell verschwinden. Das musste doch zu schaffen sein.

Plötzlich packte sie jemand von hinten und legte ihr die Hand auf den Mund, sodass Vivien nicht einmal schreien konnte. Der Fremde zog sie in eines der Lagerhäuser hinein. Es war dunkel, aber Vivien hatte keine Angst. Sie riss sich von dem Kerl los und wollte ihm ihre Faust ins Gesicht schlagen. Doch sie hielt inne, denn dieses Gesicht kannte sie nur zu gut.

«Roland?», entfuhr es ihr.

Er griff nach ihrer Brust, ertastete unter dem Blazer die Klammer. Abrupt ließ er von ihr ab.

«Ich kann es nicht glauben, du bist tatsächlich Vivien L.? Bei diesem Namen hätte ich wohl schon früher drauf kommen müssen.» Er lachte.

Vivien kam sich vor, als wäre sie im falschen Film gelandet. «Du bist ... Master Gallagher?» Er musste sie in ihrem Kostüm erkannt haben, deshalb hatte er ihr auch die SMS geschickt. Dieses Rätsel war also gelöst. Aber ein anderes plagte sie jetzt umso mehr. Hatte ihr Mann vom Büro aus eine Affäre gesucht? Es musste wohl so sein. Wer wusste schon, wie viele Frauen er noch über Kinkypoint angeschrieben hatte?

Im ersten Moment wollte Vivien ihm am liebsten eine Ohrfeige geben, aber gerade noch rechtzeitig fiel ihr ein, dass sie ja genau dasselbe getan hatte. Und noch mehr wurde ihr klar. Der Grund für Rolands gute Laune in letzter Zeit war sie selbst: Vivien L.

«Du hast offensichtlich eine Seite an dir, die ich bisher gar nicht kannte», meinte sie amüsiert.

Roland blieb in der Rolle des Meisters und schaute sie aus gierig funkelnden Augen an. «Das Kompliment gebe ich zurück», sagte er.

Seine dominante Ausstrahlung brachte sie ganz durcheinander. Er war nicht mehr Roland, er war Master Gallagher. Wie aus dem Nichts zauberte er ein Seil hinter seinem Rücken hervor und hielt es ihr vor die Augen. Schweiß perlte über Viviens Stirn und ihren Rücken hinunter. Instinktiv wich sie einen Schritt zurück.

«Zieh dich aus, Sklavin», befahl er, und seine Stimme klang herrlich befehlend und sogar ein wenig gefährlich. Sie löste etwas in Vivien aus, das es ihr unmöglich machte, Roland ... Gallagher nicht zu gehorchen. Die Identitäten verschwammen. Gallagher sah aus wie Roland, aber der verhielt sich nicht wie sonst.

Gehorsam zog sie sich vor seinen Augen aus, einfach so, stolperte fast über ihre eigene Hose und stand schließlich nackt vor ihm, die Klammer nach wie vor an ihrer Brustwarze. Das silbrige Metall stand fast senkrecht von ihrem Nippel ab, vibrierte bei jedem Atemzug.

Ob er sie attraktiv fand? Vivien hatte über die Jahre hinweg ein wenig zugelegt, genauso wie Roland. Doch sie fand ihn immer noch sexy.

Gallagher griff nach der Klammer, öffnete sie und befreite Viviens malträtierten Nippel. Das zusammengedrückte Gewebe richtete sich wieder auf. Ein leises Stöhnen drang aus ihrer Kehle, als der Druck nachließ und kühle Luft über die schmerzende Knospe strich. Gallagher betrachtete sein Werk eingehend. Dann beugte er sich vor, nahm den Nippel in den Mund, saugte so hart daran, dass Vivien lustvoll aufschrie. Der Schmerz brachte sie auf Touren, weckte ihre Lebensgeister.

Im selben Moment packte Master Gallagher sie und wirbelte Vivien herum, bis sie gegen eine der alten Kisten stieß, die hier herumstanden. Gnadenlos wurde ihr Oberkörper auf das raue Holz gedrückt, aber Vivien leistete ohnehin keinen Widerstand. Sie war viel zu überwältigt und durcheinander.

Nun nahm der Meister das Seil und zog es um ihre Handgelenke, fesselte sie. Der Strick saß eng, selbst wenn sie es gewollt hätte, sie konnte sich nicht befreien. Mit einem zufriedenen Lächeln trat Gallagher vor sie und betrachtete sie.

Sein Grinsen trieb Vivien die Hitze ins Gesicht. Doch es gefiel ihr, von ihm derart gemustert zu werden. Als wäre sie seine Beute.

Eine Mischung aus Scham und Lust befiel sie ob ihrer unterwürfigen Haltung. Dann trat der Meister hinter sie und versetzte ihr mit der flachen Hand einen harten Klaps auf den Hintern. Vivien stöhnte auf. Niemals war Roland in ihrer Ehe so herrisch und bestimmend gewesen. Es erschreckte und faszinierte sie.

Er schob ihre Beine auseinander, spielte an ihrer Enge.

«Du hättest mir sagen sollen, wer du bist», sagte er streng. «Es war ziemlich ungehörig, mich hinters Licht zu führen.» Abermals gab er ihr einen Klaps auf die Pobacken. Vivien keuchte. Der Schmerz war heftig, aber auch lustvoll und intensiv.

«Ich wusste doch auch nicht, wer du bist.»

Er streichelte die Stelle an ihrem Hintern. Durch den Schlag war die Haut dort besonders empfindlich.

Gallagher ging auf diesen Vorwurf nicht ein. Stattdessen spielte er erneut mit einem Finger an ihrer Scheide, steckte ihn einfach in sie, bewegte ihn vor und zurück, bis ein leises Keuchen aus Viviens Kehle drang. Es machte sie gänzlich verrückt, und sie wünschte, er würde sie endlich nehmen.

Stattdessen ließ er von ihr ab. «Ein ziemlich durchtriebener Plan, meine Liebe», sagte er. Viviens Unterleib vibrierte vor unerfüllter Lust.

«Wovon sprichst du?»

«Du hast dafür gesorgt, dass ich mich neu in dich verliebe.»

Vivien hielt den Atem an. War das wahr? Hatte Roland seine Gefühle für sie neu entdeckt? Ihr Herz schlug schneller. Sie sehnte sich nach einem Kuss, wandte den Kopf zu ihm, als er plötzlich in sie stieß. Kraftvoll, fordernd.

Seine Härte weitete ihre Vagina. Er füllte sie ganz aus, streichelte mit einer Hand ihre Schamlippen und verteilte den Saft auf ihrem Damm.

Nach einer solchen Leidenschaft hatte sich Vivien lange verzehrt. Doch das größte Glück war, den Augenblick mit Roland teilen zu können, nachdem ihre Ehe schon kurz vor dem Aus gestanden hatte. Sie hatte nie aufgehört, ihren Mann zu lieben. Jetzt, so schien es, hatte auch er wieder Gefühle für sie.

Roland legte eine Hand um ihren Nacken, überhäufte ihren Rücken und die gefesselten Hände mit Küssen. Jeder seiner harten Stöße verursachte ein heftiges Prickeln in ihrem Unterleib. Die Tatsache, dass er sie völlig in seiner Gewalt hatte, erregte Vivien ungemein. Sie ging in ihrer Rolle auf, genoss sie in vollen Zügen. Es war, als stünde ihr Körper unter Strom. Sein Penis vibrierte immer stärker in ihr, bis Roland kurz innehielt, um dann mit einem lauten Schrei ein letztes Mal ganz tief in sie zu stoßen.

Als auch Viviens Orgasmus verebbt war, zog Roland sie in seine Arme und strich ihr eine schweißnasse Strähne aus dem Gesicht. Ihre Lippen bebten, gierten nach seinem Kuss. Ihr Mann und Meister lachte leise, in seinen Augen flammte unbändiges Feuer. Ein Blick, nach dem sich Vivien jahrelang gesehnt hatte. Jetzt galt er ihr. Nur ihr.

«Ich liebe dich, Vivien L.», flüsterte er und verschloss ihre hungrigen Lippen mit einem innigen Kuss.

Lustdämon

*E*r wird mich nie sehen.

Es war ein erstaunlicher Zufall, dass Ilkas Schwarm aus Schulzeiten ausgerechnet an der Hamburger Uni studierte, im selben Semester wie sie. War es ein Zeichen der Vorhersehung, dass er sich auch noch für dasselbe Studienfach eingeschrieben hatte? Sozialökonomie.

Wohl eher nicht. Ilka glaubte weder an Schicksal noch an Übersinnliches.

Sie hatte Emanuel seit zweieinhalb Jahren nicht mehr gesehen und geglaubt, ihre Gefühle für ihn wären längst erloschen. Nun, da sie nur wenige Plätze von ihm entfernt im Hörsaal saß und ihn während der todlangweiligen Erstsemestereinführung musterte, merkte Ilka, dass sich nichts geändert hatte. Sie fand Emanuel noch immer scharf.

Zu Ilkas Leidwesen hatte Emanuel sie nicht wiedererkannt, obwohl er sie zweifelsohne mindestens ein Mal direkt angeblickt hatte. Das zeigte nur, dass sie ihm wohl nie wirklich aufgefallen war.

Der Grund dafür lag auf der Hand: Ilka war so schüchtern, dass sie sogar Probleme damit hatte, einen Wildfremden auf der Straße nach der Uhrzeit zu fragen. Es kostete sie immense Überwindung, über ihren Schatten zu springen. Noch dramatischer sah es in ihrem Privatleben aus. Eine Beziehung hatte sie nicht, von Sex keine Spur. Und wenn sie sich berührte, spürte sie kaum etwas zwischen ihren Beinen. Wie sich ein Orgasmus anfühlte, konnte sie nur erraten.

Während sie ihren Gedanken nachhing, wurde Ilka zusehends

klarer, weshalb ein junger Mann wie Emanuel sie niemals bemerken würde. Sie war die Mensch gewordene graue Maus. Unauffällig gekleidet, langweilige Frisur. Und mit einundzwanzig Jahren so unerfahren wie ein Mädchen, das gerade erst in die Pubertät kam.

Schließlich war die Erstsemestereinführung vorbei, und die Studenten stürmten zu den Ausgängen. Auch Emanuel erhob sich von seiner Sitzbank. Für einen kurzen Augenblick trafen sich ihre Blicke, doch keine Regung zeigte sich auf seinem Gesicht. Das war ziemlich deprimierend.

Ilka packte ihre Sachen zusammen und verließ die Räumlichkeit, um mit dem Bus zum nahe gelegenen Stadtteil Rotherbaum zu fahren, wo sich ihre Studentenbude befand. Die Wohnung lag in der Nähe der Außenalster, war klein, ohne Küche und Bad. Beides befand sich in dem Gemeinschaftsbereich, den sie sich mit den anderen Studenten teilte. Ilka störte es nicht. Sie brauchte keinen großen Komfort, um sich wohlzufühlen.

Den Rest des Tages konzentrierte sie sich darauf, ihren Stundenplan für das kommende Semester zusammenzustellen. Es gab viele spannende Vorlesungen und Seminare. Doch ihr eigenes Interesse spielte bei der Auswahl nur eine untergeordnete Rolle. Wichtiger war ihr die Frage, welchen dieser Kurse wohl Emanuel auswählte. Sie hoffte, möglichst viele Seminare mit ihm gemeinsam zu besuchen. Doch zur Not war es möglich, den Stundenplan auch nach Vorlesungsbeginn noch einmal abzuändern, schließlich wusste man oft im Vorfeld nicht, ob einem der Dozent oder das Thema lag. Wegen der überfüllten Seminare musste sie aber auch auf ihr Glück vertrauen.

Als Ilka aus dem Fenster sah, bemerkte sie, dass die Sonne bereits untergegangen war. Sie erschrak. Hatte sie sich wirklich so lange mit ihrem Stundenplan beschäftigt? Sie schloss das Browserfenster mit dem Vorlesungsverzeichnis und ging in die

Gemeinschaftsküche, um sich einen Tee zu machen, da hörte sie plötzlich Schritte hinter sich. Wahrscheinlich war ihr ein Mitbewohner gefolgt, der auch Lust auf einen Tee bekommen hatte. Doch als sie sich umsah, war niemand zu sehen.

Ilka dachte sich nichts weiter dabei und goss heißes Wasser in ihre Tasse, um sich anschließend auf ihr Zimmer zurückzuziehen. Als sie ihre Tür hinter sich schloss, stand plötzlich ein fremder, hochgewachsener Mann in ihrem Zimmer. Ilka erstarrte, beinahe fiel ihr die Tasse aus der Hand.

Der Fremde trug einen schwarzen Mantel, kniehohe Stiefel, und seine Haare und Haut waren schneeweiß. Er sah wie ein Engel aus. Wunderschön. Aristokratisch. Ein wenig gespenstisch.

«Wer sind ... Sie ... was machen Sie ... in meinem Zimmer?», stammelte sie aufgelöst.

Zur Antwort erhielt sie lediglich ein breites Grinsen, das sich auf den sinnlich geschwungenen Lippen des Fremden abzeichnete. Die ganze Sache war ihr nicht geheuer, und Ilka bewegte sich unauffällig in Richtung Tür.

«Ich bin hier, um dir zu helfen, Ilka», sagte er mit der sanftesten Stimme, die sie je gehört hatte. Diese Stimme war einlullend. Hypnotisch. Beruhigend.

Ilka musste sich zwingen, den Klängen zu misstrauen. Man hörte ja schließlich die schrecklichsten Geschichten. Und die Tatsache, dass der Fremde einfach in ihr Reich gedrungen war, ihr förmlich aufgelauert hatte, ließ ihn nicht unbedingt vertrauenswürdiger erscheinen.

«Noch einmal. Wer sind Sie? Was wollen Sie von mir?»

«Noch einmal. Ich bin hier, um dir zu helfen, Ilka.»

Sie schüttelte den Kopf. Was für eine absurde Ausrede. «Helfen? Wobei wollen Sie mir denn helfen?»

«Dabei, einen Orgasmus zu bekommen. Du hattest doch noch nie einen, oder?»

Was zum Henker ... Im ersten Moment stockte ihr der Atem. Der Fremde hatte recht. Aber das konnte nur Zufall sein. Wahrscheinlicher war, dass er ein perverser Lüstling war, der irgendein Spiel mit ihr vorhatte. Mit der Hand tastete sie nach dem Taschenmesser ihres Opas, das auf dem Regal neben der Tür lag. Sie bekam es zu fassen, klappte es auf und richtete die winzige Klinge auf ihn.

«Ich warne Sie, kommen Sie mir nicht zu nah.»

Der schöne Engel lachte. «So habe ich mir das nicht vorgestellt.»

«Das glaube ich Ihnen aufs Wort», gab sie spöttisch zurück.

Langsam kam er näher, öffnete die Hand. «Ich werde dir nicht wehtun, Ilka. Gib mir das Messer.»

«Ich denke ja nicht daran, noch einen Schritt und ...»

«Und was?» Amüsement spiegelte sich auf seinem bleichen Antlitz. «Du kannst mir nicht wehtun, Ilka.»

«Solange Blut in deinen Adern fließt, halte ich das für ein Gerücht.»

Er schnipste einmal, und plötzlich lag ihr Messer in seiner Hand. Ilka blieb der Mund offen stehen. Wie um alles in der Welt hatte er das gemacht? Er stand doch noch ein paar Meter von ihr entfernt, sein Arm konnte nicht so weit reichen. Noch dazu hatte er sich keinen Zentimeter bewegt.

Doch egal wie, der Fremde war nun im Besitz des Messers. Was würde er tun? Er hielt seine linke Hand hoch, sodass Ilka die Lebenslinie sehen konnte. Dann setzte er die Messerspitze genau an dieser Stelle an. Nein! Er konnte doch nicht, er würde doch nicht ... Die Schneide bohrte sich tief in seine Haut, aber der Mann zuckte nicht mit der Wimper. Seelenruhig führte er die Klinge über seine Handfläche und hinterließ eine dunkle Spur. Doch es war kein Blut, das aus der Wunde floss. Es sah mehr aus wie Pech.

«Jetzt überzeugt?», fragte er und warf ihr das Messer zu.

Ilka zitterte am ganzen Körper, dennoch fing sie es geschickt auf. Wie konnte das sein? Hatte sie selbst ihre Hand gesteuert, oder war da eine andere Macht am Werk gewesen? Irgendetwas schien von ihr Besitz ergriffen und einen Moment lang all ihre Bewegungen kontrolliert zu haben.

«Wenn du dich damit sicherer fühlst, behalte es», bot der Fremde großzügig an und setzte sich ungefragt auf einen Stuhl, die Lehne nach vorne gerichtet, sodass er seine Arme bequem darauf platzieren konnte.

«Ich ... verstehe nicht ...» Was wollte dieser Kerl nur von ihr?

«Wie gesagt: Ich bin hier, um dir zu helfen, Ilka.» Mit einer einladenden Handbewegung bot er ihr einen ihrer eigenen Stühle an. Ilka aber zog es vor, stehen zu bleiben. In der Nähe der Tür. Zur Not konnte sie schreien, irgendjemand würde sie schon hören.

«Was soll das heißen? Werden Sie doch mal konkret!»

«Ich dachte, wir wären bereits beim Du.» Er lächelte, dieses Mal sah es fast zärtlich aus.

Ilka ließ das Messer sinken. Es erfüllte seinen Zweck ohnehin nicht. «Wie heißt du, was bist du?»

«Mein Name ist nicht wichtig. Wichtig ist nur, dass ich die ersehnten Gefühle in dir erwecken kann.»

Jetzt war Ilka diejenige, die auflachte. «Und wenn ich nicht will? Zwingst du mich dann?» Ohne Zweifel hatte er die Macht dazu. Zu ihrer Überraschung schüttelte der Fremde den Kopf.

«Es ist ein Angebot. Nicht mehr und nicht weniger.»

«Du willst mir einen Orgasmus schenken?»

Er nickte.

«Woher weißt du überhaupt von meinem Problem?»

«Ich weiß noch viel mehr. Zum Beispiel, dass dein Herz Emanuel gehört. So, wie du dich jetzt gibst, wirst du das seine allerdings niemals erobern. In früheren Zeiten waren Mädchen wie du vielleicht begehrt, aber heute nennt man sie prüde.»

So langsam wurde Ilka wütend. Sie war nicht prüde! Nur unerfahren.

«Du hast es sicher längst erraten. Ich bin kein Mensch.»

«Offensichtlich nicht.»

«Manche nennen mich ‹Inkubus› oder ‹Buhlteufel›. Ich selbst würde mich als ‹Lustdämon› bezeichnen. Das ist direkter. Ich kann dir beibringen, wie man einen Mann verführt, und dir zeigen, wie sich Leidenschaft anfühlt. Ich habe die Erfahrung vieler Jahrhunderte. Bis jetzt habe ich noch in jeder Frau Lust geweckt.»

Ilka zweifelte an ihrem Verstand. Wahrscheinlich war sie vor ihrem Computer eingeschlafen. Das hier konnte nicht die Realität sein. Es gab keine Dämonen.

«Welchen Beweis brauchst du noch, Ilka? Hast du nicht mit eigenen Augen gesehen, dass ich nicht von dieser Welt bin? In meinen Adern fließt kein Blut.» Ihre Unsicherheit schien ihn zu amüsieren. Er erhob sich, reichte ihr die Hand. Es war die linke, aber eine Narbe oder Schorf waren nicht zu sehen. Die Wunde, die er sich selbst zugefügt hatte, war binnen weniger Sekunden verheilt. «Verletzungen verheilen bei mir schneller als bei Menschen.»

Fassungslos musterte sie seine Hand. Und während sie diese vorsichtig berührte, spürte sie es auf sich einströmen: Zuneigung. Verlangen. Sehnsucht, die so groß war, dass Ilka seine Hand vor Schreck wieder losließ. Für einen kurzen Moment hatte sie in sein Innerstes sehen können. Und was sie dort gesehen hatte, wirkte anziehend, aber auch gefährlich. Vor allem aber reizvoll.

«Folge mir. Ich schenke dir ein neues Leben», hauchte er. «Ein Leben mit Emanuel. Ein Leben voller Lust. In dem all deine Träume wahr werden.»

Ilka war völlig durcheinander. Die Worte des Dämons klangen verführerisch. Sie wollte nicht länger die prüde graue Maus sein, sie wollte Sex haben, erleben, wie sich ein Orgasmus anfühlte. Und sie wollte Emanuel.

«Was ist die Gegenleistung?», fragte sie geistesgegenwärtig.

«Es gibt keine. Ich bin ein Sexdämon und liebe Sex. Wenn ich ihn auf diese Weise bekommen kann, soll es mir recht sein.»

Sie blickte in sein perfektes Gesicht. Nie hatte Ilka einen schöneren Mann gesehen. Doch seine Schönheit war trügerisch, das ahnte sie. Dennoch hatte er etwas in ihr berührt, und aus einem Impuls heraus nahm sie wieder seine Hand. Weil sie endlich etwas ändern wollte und weil er sie mit seinem Blick verführte.

Im nächsten Moment fand sich Ilka im Schlafzimmer wieder. Sie lag in ihren Kissen, fühlte den zarten Samt durch den Stoff ihrer Kleidung hindurch im Rücken. Hier zu sein fühlte sich richtig an. Der Fremde stand neben ihrem Bett, unbekleidet. Sie konnte jeden perfekt geformten Muskel seines Körpers sehen. Die Haut schimmerte wie Seide, war aber viel zu hell, um menschlich zu sein.

Ihr Blick glitt tiefer, blieb zwischen seinen Beinen haften. Ein riesiger Phallus hatte sich aufgerichtet. Er wirkte hart, wie aus Stein gemeißelt. Vollendet in jeder Hinsicht.

Sacht rieb der Dämon mit einer Hand an seinem Schwanz, ergriff dann die ihre und legte sie um sein Glied. Dabei stöhnte er wohlig auf.

«Ihr Menschen seid so herrlich kühl», flüsterte er erregt. In der Tat war sein Schwanz heiß wie Feuer. Ilka fürchtete, sie würde sich die Finger verbrennen, aber das Schmerzgefühl blieb aus.

Sie erhielt lediglich eine Ahnung davon, was diese enorme Hitze anrichten konnte.

«Lektion Nummer eins. Um einen Mann zu verführen, braucht es nur ein wenig Geschick.»

Ilka merkte, wie sie erneut die Kontrolle über ihre eigene Hand verlor und diese durch eine fremde Macht gesteuert wurde – genau wie vorhin, als sie das Messer gefangen hatte.

«Dies ist der richtige Rhythmus», erklärte der Lustdämon, und sein Schwanz wurde noch heißer und größer, entwickelte ein unbändiges Eigenleben, das ihn pulsieren ließ. «Jetzt versuch du es», forderte er sie auf, und das Gefühl des Kontrollverlusts verschwand.

Erst zaghaft, dann umso entschlossener umschlang sie mit den Fingern das steinharte Glied und rieb an ihm. Die Vorhaut bewegte sich, und der Dämon stöhnte wohlig. Offensichtlich gefiel ihm, was sie tat. Seine Reaktion ließ Ilka mutiger und ihren Griff fester werden. Es dauerte nicht lang, da pumpte sein Penis wie wild, und seine Lust schoss empor, begleitet von einem leisen Seufzen aus dem Mund des Fremden. Doch obwohl Ilka ganz sicher war, dass etwas aus seiner Schwanzspitze gespritzt war, konnte sie nirgends irgendeine Art von Flüssigkeit entdecken. Das war wohl der Vorteil, wenn man ein Dämon war.

«Sehr gut», lobte er sie. «Jetzt mach dich frei.»

«Ich? Warum denn?» Ilka war nicht sicher, ob sie das wollte. Schon griffen unsichtbare Hände nach ihrem Gürtel, zogen ihr die Hose und den Slip hinunter. Es ging viel zu schnell, um zu reagieren. Instinktiv hielt sie beide Hände vor ihre Scham, die zu ihrem Erstaunen feucht geworden war.

«Ich rieche deine Lust. Vor einem Menschenmann kannst du deine Erregung vielleicht verbergen. Aber nicht vor einem Inkubus.»

Ilka fühlte sich ertappt. Die Situation war in der Tat ebenso erschreckend wie erregend. Dennoch konnte sie nicht aus ihrer Haut. Sie war immer schüchtern gewesen, und es kostete sie größte Überwindung, den Befehlen des Dämons zu folgen. Mit einem Fingerschnipsen deutete er auf ihre Schenkel, die sie daraufhin nur noch fester zusammenpresste.

«Ich will dir helfen, vergiss das nicht», erinnerte er sie. Ilka biss sich auf die Unterlippe, nahm all ihren Mut zusammen und schob ihre Knie auseinander.

«Gut. Und jetzt halte sie in der Position.» Der Dämon kniete sich vor sie. Vorsichtig streichelte er mit seinem Finger über ihre Schamlippen. Es war ein ungewohntes Gefühl, das Ilka nervös machte, sie zugleich reizte.

«Ruhig Blut», sagte er leise.

Ilka starrte an die Zimmerdecke. Nicht weil sie am liebsten geflohen wäre, sondern weil dieses Streicheln sie tief berührte, etwas in ihr auslöste, das ihr unbekannt gewesen war. Ein Kribbeln breitete sich in ihrer unteren Körperregion aus. Sie kämpfte vergeblich dagegen an, gab sich dann diesen Empfindungen hin und glaubte doch, jeden Moment die Sinne zu verlieren.

Noch nie hatte sie solch intensive, aufregende Gefühle verspürt. Es war wie verhext.

Wieder und wieder strich seine Hand über diese sensible Stelle, in einem Rhythmus, der Ilka schwach werden ließ. Ihre Klit begann zu glühen und Hitzewellen durch den ganzen Körper auszusenden. Ilkas Finger krallten sich in das Laken ihres Bettes. Alles drehte sich um sie, sie musste sich einfach irgendwo festhalten. Was war hier nur los? Sie erkannte sich selbst nicht wieder.

Unverfroren legte der merkwürdige Besucher beide Hände auf ihre Brüste, doch das Streicheln an ihrer Scham riss nicht ab. Sie spürte seine Hand ganz eindeutig immer noch dort.

Irritiert sah sie ihn an, aber er lächelte nur wissend. Dämonische Kräfte …

Ilka tastete zwischen ihren Beinen nach, doch dort war nichts, und auch das Gefühl war nun weg. Sie wusste nicht, ob sie enttäuscht oder erleichtert sein sollte. Eine merkwürdige Leere, ein Verlangen breitete sich in ihr aus, das nach Erfüllung drängte. Sie brauchte jetzt dringend … etwas. Nur was?

Die Antwort kam postwendend. Der Dämon ergriff ihr Handgelenk und führte Ilkas Finger zu ihrer Klitoris. Sie spürte die feuchte Nässe, war erschrocken und erregt, doch er führte ihren Finger noch tiefer. Das war zu viel! Verzweifelt versuchte sie, ihre Hand zu befreien, doch er hielt sie eisern umklammert, führte sie mitten hinein in das Zentrum ihrer Sehnsucht. Für einen Augenblick schien die Welt stillzustehen. Ilka versuchte, zu erfassen, was überhaupt geschah. Sie spürte ihren eigenen Finger tief in sich. Das allein war bereits ungeheuerlich, aber dann bewegte er ihren Finger auch noch vor und zurück, in einem Rhythmus, der sie langsam verrückt machte. Härter und tiefer drang er in sie. Schneller, immer schneller. Dann kam der Moment, in dem Ilka förmlich explodierte. Sie schrie auf, keuchte, bebte. Etwas, das schon immer in ihr gewesen war, wollte mit aller Macht heraus. Und der Dämon entließ es, sprengte die Ketten, öffnete das Tor.

Ihr ganzer Körper bebte. Ilka wand sich von einer Seite des Bettes zur anderen, bis sie endlich erfasste, was zuvor nur diffus gewesen war. Alles strebte einem Punkt entgegen. Sie streckte sich nach diesem aus, erreichte ihn und verglühte wie ein Meteor, der in die Atmosphäre eintritt.

Sekunden später schlug Ilka wieder die Augen auf. Sie war zurück im Hier und Jetzt, sah in das zufriedene Gesicht des Dämons, der ihren Finger ableckte.

«Du schmeckst süß», gestand er.

Ilka lachte erleichtert. Sie fühlte sich befreit. Zum ersten Mal verstand sie, weshalb Sex für viele Menschen eine so große Rolle spielte.

Es war ein überwältigendes Gefühl. Und Ilka wollte mehr davon. Viel mehr. Doch der Lustdämon war plötzlich verschwunden, als hätte er sich in Luft aufgelöst. Wie konnte er ihr das antun? Ausgerechnet jetzt.

Zwei Tage später lag die wohl langweiligste Vorlesung aller Zeiten hinter Ilka. Ein Orientierungskurs für Betriebswirtschaftslehre. Der Dozent hatte viel zu leise gesprochen und so langsam, dass es jeder Schlaftablette Konkurrenz machte. Ilka überlegte ernsthaft, ob sie ihre Kursauswahl noch einmal überdenken sollte. Ein ganzes Semester mit diesem Professor hielt sie gewiss nicht durch. Vielleicht fand sich jemand, der mit ihr Kurse tauschen wollte?

Wie erleichtert sie war, endlich den Hörsaal verlassen zu können! Sie eilte durch einen der zahlreichen Gänge der Fakultät für Wirtschafts- und Sozialwissenschaften am Von-Melle-Park, als plötzlich jemand von hinten gegen sie stieß.

«Verzeihung», flüsterte ihr eine vertraute Stimme ins Ohr. Erschrocken fuhr Ilka herum. Der Dämon, er war es tatsächlich! Aber wie kam er hierher? War er ihr etwa gefolgt? Die weißen Haare hingen ihm verwegen ins Gesicht, und das gierige Leuchten seiner Augen kündete von ungestillter Lust.

«Was machst du denn hier?», fuhr sie ihn an. Wollte er etwa von allen gesehen werden? Wie würden ihre Kommilitonen wohl auf einen Dämon reagieren, der sich wie ein Mensch unter ihnen bewegte? Im selben Augenblick wurde Ilka klar, dass ihre Sorge unbegründet war. Natürlich hielten ihn alle für einen normalen Studenten. Er war vielleicht ein wenig blass, in ihren Augen übermenschlich schön, aber dennoch unauffällig genug, um nicht gleich alle Blicke auf sich zu ziehen. Schließlich wuchsen ihm ja keine Lederschwingen aus dem Rücken oder Hörner an der Stirn.

«Die nächste Lektion steht an», verkündete er freudestrahlend.

«Was, jetzt? Hier?» Das konnte er nicht ernst meinen. Dämonen hatten offenbar einen eigenwilligen Humor.

«Wann sonst? Jetzt ist der perfekte Zeitpunkt.» Damit griff er nach ihrer Hand und zog sie hinter sich her.

«Eigentlich wollte ich gerade zur Mensa. Ich habe Hunger», beschwerte sich Ilka. Ihr Magen hatte schon während der Vorlesung ununterbrochen geknurrt.

«Du ahnst nicht, wie viel Hunger ich habe, meine Schöne.» Er zerrte sie in das Archiv, in dem sich alte Filmrollen und aus der Bibliothek ausgelagerte Bücher befanden. Ilka entdeckte auch ein Regal mit antiken Vasen; offenbar waren auch die Kunstschätze aus Platzmangel vorübergehend hier untergebracht worden.

Konnte sich der Herr Inkubus keinen erotischeren Ort für sein Vorhaben aussuchen?

«Es kommt immer drauf an, was man daraus macht», erklärte er, als hätte er ihre Gedanken gelesen, was Ilka ziemlich unheimlich war. Die Vorstellung, wie ein offenes Buch für ihn zu sein, behagte ihr nicht sonderlich.

«Was haben wir denn hier?», rief er erfreut aus und zog etwas Längliches aus einer der Kisten, die er einfach so geöffnet hatte. Es sah aus wie ein Schmuckstück.

«Leg das wieder hin, wir dürfen nicht einfach Sachen von hier nehmen. Das sind wertvolle Schätze.»

«Willst du nun Emanuel verführen oder nicht?»

Natürlich wollte sie das, aber nicht um jeden Preis. Es gab bestimmt Ärger, wenn sie diese Dinge für ihre Zwecke missbrauchten.

«Lektion Nummer zwei. Sei kreativ. Männer mögen es, wenn Frauen sich etwas einfallen lassen.»

«Wieso soll ich andauernd dem Mann eine Freude machen?»

«Sollst du ja gar nicht. Aber wenn du Emanuel auf dich aufmerksam machen möchtest, musst du den ersten Schritt tun und ihn überzeugen, dass er mit dir einen guten Fang macht.»

Ilka seufzte. Das klang einleuchtend. «Also schön, was muss ich tun?»

«Fang.» Er warf ihr den länglichen Gegenstand zu, den sie geschickt auffing. Jetzt erkannte Ilka auch, was es war. Erschrocken ließ sie es fallen.

«Das ist ja ein Penis!»

«Korrektur! Ein Goldpenis. Von einer alten Statue. Hübsches improvisiertes Spielzeug, findest du nicht?» Der Dämon lachte. Offenbar amüsierte ihn ihre Unsicherheit.

«Und was soll ich damit machen?»

«Was schon?» Er zwinkerte ihr zu.

«Das ist doch nicht dein Ernst.» Sie fühlte sich überfordert.

«Hör mal, wenn du dich immer nur sträubst, können wir es auch gleich sein lassen. Offenbar ist es dir mit Emanuel nicht sonderlich ernst.»

«Doch … natürlich.»

«Dann beweise es.»

Es war ja nicht so, dass sie die Idee völlig ablehnte, im Gegenteil, sie hatte durchaus etwas für sich. Sicherlich war es sogar ein interessantes Gefühl, etwas derart Hartes in sich zu spüren. Wenn es sich nur annähernd so anfühlte wie vor einigen Tagen ihr Finger, würde sie es mögen! Das Problem war nur, sie war schlicht unerfahren, wusste dieses Ding nicht zu handhaben.

Außerdem ging ihr das alles zu schnell. Doch da kam ihr eine Idee, wie sie etwas Zeit gewinnen konnte.

«Ich soll mir etwas einfallen lassen? Na schön. Setz dich», forderte sie den Dämon auf. Zu ihrer Überraschung tat er es, machte es sich an einem alten Schreibtisch bequem, an dem vermutlich seit mehreren Jahren niemand mehr gesessen hatte. Ilka kam näher, versuchte, sexy zu wirken, aber ihre Art missfiel ihrem Lehrmeister.

«Lass die Hüfte mehr schwingen. Du willst verführen. Das Ganze noch mal.»

Ilka gab sich redlich Mühe. Nach dem fünften Versuch stöhnte sie verärgert, aber plötzlich schien ihr Hüftschwung dem Dämon doch zu gefallen.

«Jetzt hast du das Feuer!»

Ilka konnte es sogar spüren, doch es war vor allem Adrenalin, das wild durch ihre Adern rauschte. Sie beugte sich über ihn, streichelte sanft seine Wange. Der Kerl sah wirklich atemberaubend aus. Zu schön für einen Menschen. Mit dem Zeigefinger zeichnete sie seine Lippen nach. Sie fühlten sich weich an, waren voller als die Lippen eines normalen Mannes. Herrlich warm. Er öffnete leicht den Mund, sodass seine blendend weißen Zähne zum Vorschein kamen. Ilka betrachtete sie genau, doch sie schienen nicht ungewöhnlich. Keine spitzen Eckzähne wie bei einem Vampir, auch nicht das Raubtiergebiss eines Werwolfs.

«Was wird das, wenn es fertig ist?», fragte er mit erregter Stimme.

Hinter ihrem Rücken zauberte Ilka den Goldpenis hervor. «Der gefällt dir doch so gut, zeig mir, wie man ihn benutzt.» Sie war gespannt, ob er sich auf dieses Spiel einließ. Ob er Wasser predigte, aber selbst Wein trank.

Der Dämon grinste. «Die Idee hätte von mir sein können.»

Zu Ilkas Erstaunen zögerte er keine Sekunde, zeigte nicht einmal einen Anflug von Abneigung. In seinen Augen blitzte nur Wollust.

Vorsichtig legte Ilka die Spitze des Kunstpenis auf seine Unterlippe. Der Anblick erregte sie. Die Zunge des Dämons schnellte vor, berührte die künstliche Eichel, leckte über sie. Langsam, genüsslich, ertastete er die Form des Schwanzes. Dabei hielt er die ganze Zeit über Blickkontakt zu ihr. Das machte Ilka nervös, doch mittlerweile hatte sie sich im Griff. Augenscheinlich konnte sie ja trotz mangelnder Übung doch mit dem Spielzeug umgehen. Vielleicht lag es aber auch an dem Feuer, das er in ihr weckte.

Der Dämon legte den Kopf leicht in den Nacken und nahm das künstliche Glied tiefer in den Mund. Ilka half ihm, es einzuführen, und bewegte den Penis, indem sie ihn Stück für Stück in ihn schob. Der Anblick des Dämons, der willig, sogar gierig an dem Goldstück leckte, erregte Ilka so sehr, dass sie feucht wurde.

Sie steckte die freie Hand in ihre Jeans und liebkoste ihre Schamhaare und Labien. Die reagierten auf Ilkas Berührung wie elektrisiert. Fort waren alle Bedenken und die Angst, entdeckt zu werden.

Der Dämon beobachtete das eine Weile, und mit jedem Moment wurden seine Pupillen größer, schienen fast zu leuchten. Und dann sah sie Flammen in ihnen. Plötzlich richtete er sich auf, wuchs förmlich vor Ilka empor. Er zog den Penis aus seinem Mund und schob die junge Frau zum Schreibtisch. Ilka verlor das Gleichgewicht und fiel rücklings auf die Tischplatte.

«Was ... was ist denn auf einmal los?», fragte sie atemlos.

«Nicht schlecht, meine Liebe. Mich von dem Goldschweif probieren zu lassen war durchaus eine Überraschung, mit der ich nicht gerechnet hatte. Mein Kompliment. Du hast dazugelernt. Aber das da war ein süßer Fehler.» Er deutete auf ihre

Hand. «Du hättest wissen müssen, dass es mich verrückt macht, wenn du dich selbst berührst. Damit weckst du meinen Appetit auf ungehörige Weise», flüsterte er und küsste ihren Hals. Seine Lippen wanderten in atemberaubender Geschwindigkeit über ihre Haut, suchten die empfindlichste Stelle. Schließlich blieb er an ihrer Kehle haften, saugte sich daran fest und biss sogar leicht zu. Wie in einem Vampirfilm! Es hätte Ilka beunruhigen sollen, dass der Dämon derart fixiert auf ihren Hals war, stattdessen erregte sie das Gefühl des Ausgeliefertseins beinahe unerträglich. Welch ein Hochgefühl, in den Händen eines viel mächtigeren Wesens zu sein. Der Inkubus rieb sich zwischen ihren Beinen und keuchte.

«Lektion Nummer drei. Der Einsatz von Spielzeugen in weiblichen Körperöffnungen.»

Er zog ihr die Jeans hinunter, ohne auch nur eine Hand dafür zu benutzen. Ihr Höschen folgte Kraft seiner Gedanken. Besitzergreifend legte sich eine schwere Hand auf ihre Scham.

«Ich spüre, wie du danach gierst. Also sollst du es auch bekommen.» Ilka erschrak. Erneut schien er genau zu wissen, was sie fühlte, was sie sich wünschte.

Etwas Hartes, Unbiegsames klopfte an ihre Pforte. Ilka verkrampfte sich. Sie war nicht sicher, ob sie es mit dieser ungeheuren Größe aufnehmen konnte, doch alles in ihr wollte genau das. Und schon schob der Dämon den Goldstab in sie. Er erschien ihr riesig, füllte sie ganz und gar aus, weitete sie. Unwillkürlich stöhnte Ilka auf. Das hier war verrucht und erschreckend, aber auch ziemlich geil.

Der Dämon drehte sie herum und streichelte ihre zweite Öffnung, was Ilka nur noch nervöser machte, zugleich stärker erregte. Was für ein Zwiespalt! Er hatte doch nicht etwa vor …? Mit einem sanften Stoß drang sein Glied in ihren Anus. Ilka glaubte zu verglühen. All die Jahre, in denen sie nichts dort unten gefühlt hatte, schienen vergessen. Nun entschädigte sie ihr Lehrmeister auf sinnliche Weise.

Zwei ihrer Öffnungen waren ausgefüllt, und der Inkubus bewegte den Goldpenis weiter in ihr im selben Takt, in dem sein Schwanz in sie stieß.

Ilkas Körper gehörte nicht mehr ihr selbst. Aber das störte sie nicht, es gefiel ihr, sie ging in dem Gefühl auf. Und ihr Körper tat alles, was der Dämon von ihm verlangte. Wenn er es wollte, fing ihr Unterleib an zu zittern. Wollte er, dass sie kam, konnte Ilka nicht länger an sich halten. Ihre Muskeln spannten sich aufs äußerste an, dass es fast schmerzte, ihre Hände suchten nach Halt, fanden aber keinen. Es kam ihr vor, als würde sie plötzlich den Boden unter den Füßen verlieren. Jede Faser ihres Körpers stand vollends unter Spannung, und immer, wenn sie glaubte, nicht noch mehr ertragen zu können, wurde sie eines Besseren belehrt. Welle um Welle brach die Lust über sie hinweg. Ihre Muskeln lockerten sich erst wieder, als das süße Prickeln verklungen war.

Dann, ganz plötzlich, war alles vorbei und der Lustdämon verschwunden. Ilka lag allein auf dem Schreibtisch, den Goldphallus in der eigenen Hand. Irritiert richtete sie sich auf. Er hatte keine Spuren hinterlassen, nichts deutete darauf hin, dass er hier gewesen war. Ilka atmete tief durch. Sie fühlte sich bereit. Emanuel musste sie endlich bemerken.

Die Erstsemesterparty im Foyer der Wirtschaftswissenschaften war im vollen Gange, und Ilka amüsierte sich prächtig. Normalerweise wäre sie zu Hause geblieben, hätte jedes soziale Treffen gemieden, aber die neue Ilka war unternehmungslustig und wollte etwas erleben. Vor allem wollte sie herausfinden, wie Emanuel auf ihre veränderte Persönlichkeit reagierte.

Ilka blickte sich nach ihm um. Endlich entdeckte sie ihn auf der Tanzfläche, die von grellen Lichtern beleuchtet wurde. Tanzen war für die alte Ilka immer eine Horrorvorstellung gewesen. Die neue Ilka schwang nur allzu gern die Hüften und ließ sich vom Bass durch den Raum tragen. Sie tanzte sich in Emanuels Richtung vor.

«Hallo! Nette Party, oder?», sprach sie ihn einfach an. Zum ersten Mal überhaupt schien Emanuel sie bewusst wahrzunehmen.

«Du kommst mir bekannt vor, kennen wir uns?»

«Wir waren in derselben Oberschule.»

«Ernsthaft?»

Ilka nickte, tanzte sich die Seele aus dem Leib. Keine Sekunde lang sollte Emanuel glauben, sie wäre eine Langweilerin.

«Wie heißt du denn?», fragte er.

«Ilka.»

«Ja, da klingelt etwas. Ich bin …»

«Emanuel. Ich weiß.»

«Ich kann gar nicht glauben, dass ein Mädchen wie du mir nicht aufgefallen ist», beteuerte er. Ilka aber wusste, woran es lag, und amüsierte sich köstlich.

Beim nächsten Lied fragte Emanuel, ob Ilka vielleicht etwas trinken wolle? Also zogen sie sich an einen der Stände zurück, an dem Getränke ausgeschenkt wurden.

«Was studierst du denn?», fragte Emanuel.

«Sozialökonomie.»

«Ist nicht wahr. Was für ein Zufall, das studiere ich auch.»

«Ich weiß.» Ilka kicherte. Allmählich sollte sie sich besser an die Lektionen ihres Lustdämons erinnern, bevor Emanuel noch das Interesse an ihr verlor.

«Ist ziemlich heiß hier, oder?»

«Was sagst du?», schrie Emanuel gegen die laute Musik an.

«Wie wäre es, wenn wir rausgehen, ein bisschen frische Luft schnappen?»

«Okay, klingt gut.»

Ilka ging voran, Emanuel folgte ihr. Ihr Plan schien aufzugehen. Ilka wusste genau, was sie nun tun musste, um sein Herz für sich zu gewinnen.

Kaum waren sie draußen auf dem Campus angelangt, schlang Ilka ihre Arme um Emanuels Hals und versuchte, ihn zu küssen. Der Überraschungseffekt verschaffte ihr einen Vorteil. Ihre Lippen flossen in seine. Er schmeckte herrlich.

Wahrscheinlich törnte es ihn an, von einer Frau, die er gerade erst kennengelernt hatte, lustvoll überfallen zu werden. Von einer Frau, die nicht lange fackelte, der ein näheres Kennenlernen gleich war und die schnell zur Sache kam.

«Hoho», machte Emanuel. Er klang wie jemand, der gerade ein wildes Pferd zu beruhigen versuchte. Sacht, aber bestimmt schob er Ilka von sich weg. Seine Reaktion irritierte sie – das war so gar nicht das, was sie sich erhofft hatte.

«Das geht mir ein bisschen schnell», meinte er. Ilka wusste nicht, was sie darauf erwidern sollte. Alles, was ihr einfiel, war ein zweiter, verzweifelter Versuch. Abermals schmiegte sie ihren Körper an seinen, doch Emanuel wich zurück. Allmählich dämmerte ihr, dass er keine Vertraulichkeiten wollte.

«Tut mir leid, ich dachte, du und ich ...», stammelte sie hilflos, weil ihr klar wurde, dass sie alles kaputt gemacht, ihre einzige Chance verspielt hatte.

Emanuel schüttelte den Kopf. «Ich mag Mädchen nicht, die von jetzt auf gleich in die Kiste wollen. Sorry. Das ist nicht mein Ding. Viel Spaß noch.» Er wandte sich ab, ging zur Party zurück und ließ Ilka einfach draußen stehen.

Sie konnte nicht glauben, was eben geschehen war! Unfassbar. Er hatte die neue Ilka zurückgewiesen. Die alte Ilka hätte er vielleicht sogar gemocht, wenn er ihr eine Chance gegeben hätte. Was sie auch tat, es endete immer in einer Katastrophe.

Dunkle Wolken zogen auf, verdeckten den Mond. Erste Tropfen rieselten auf sie nieder. Was sollte sie nun tun? Sie fühlte sich, als hätte sie sich selbst verraten und verkauft. Für nichts und wieder nichts.

Die Lehren ihres Dämons hatten sie in die Irre geführt. Von wegen, er wollte ihr helfen, Emanuel zu verführen. Er hatte sie lächerlich gemacht! Nein, das war nicht ganz richtig. Sie selbst war schuld an dem Desaster, weil sie ihm geglaubt hatte. Ilka zweifelte an ihrem Verstand. Nach jedem Stelldichein war der Dämon verschwunden gewesen, als hätte er sich in Luft aufgelöst. Hatte er überhaupt je existiert? Oder hatte alles nur in ihrem Kopf stattgefunden?

Niedergeschlagen ging Ilka zurück nach Hause. Auf die Party hatte sie keine Lust mehr. Ihr war nach alldem nicht mehr zum Feiern zumute. Das Studentenheim im Rotherbaum wirkte wie ausgestorben. Die meisten Kommilitonen waren wohl auch auf die Erstsemesterfete gegangen.

Sie schloss die Tür ihres Zimmers auf, in der festen Absicht, gleich ins Bett zu gehen. Doch als sie den hochgewachsenen Mann am Fenster erspähte, der einfach nur da stand und in die Nacht hinausblickte, erstarrte sie. Ein dunkler Mantel zierte seinen athletischen Körper, und Haare wie Elfenbein flossen über seine breiten Schultern.

Existierte er doch? War dieser Inkubus real? Oder plagte sie dasselbe Hirngespinst erneut?

«Tut mir leid, dass es nicht geklappt hat, Ilka», sagte er und wandte sich ihr zu. Sein perfektes Gesicht, das aufgrund seiner Makellosigkeit immer auch ein wenig maskenhaft wirkte, sah an diesem Abend zum ersten Mal menschlich aus. Mitfühlend. «Ich hätte es dir gewünscht», gab der Dämon zu, wobei er näher kam.

«Andererseits wäre mir etwas verlorengegangen, wenn du dich Emanuel hingegeben hättest.»

Ilka lachte. «Ja, ich hätte dann zur Abwechslung mit einem anderen Kerl Sex gehabt.» War er etwa eifersüchtig?

«Ich rede nicht vom Sex allein.» Er streckte die Hand aus, streichelte ihre Wange. «Ich spreche von Verlangen.»

Ein heißkalter Schauer jagte ihren Rücken hinunter. Wollte er ihr sagen, dass er mehr in ihr sah? Eine Partnerin, Geliebte? Er war doch ein Dämon! Sollten ihm solche Gefühle nicht fremd sein?

Er führte seine Lippen an ihre und küsste sie. Es war ein zärtlicher Kuss, er fühlte sich wundervoll an. Weich, samtig, hingebungsvoll. Instinktiv wusste sie, dass dieser Kuss etwas Besonderes, Bedeutsames war, weil er von einem Dämon kam.

Ilka hätte sich in diesem einzigartigen Moment verlieren können, aber dann spürte sie, wie zwei Hände sich auf ihre Brüste legten, sich gierig in sie krallten. Mit der Romantik war es offenbar schnell vorbei.

«Ich bin eben ein Dämon», sagte ihr Besucher entschuldigend, aber auch mit einem Augenzwinkern.

Ilka war das egal. In Wahrheit fand sie es sogar besonders aufregend, dass er kein normaler Mann und somit auch kein normaler Liebhaber war. Er legte sie auf den alten Flokati und streichelte über ihre Jeans, zog sie dabei auf magische Weise hinunter. Ilka spürte seine Berührungen auf ihren Oberschenkeln, doch als sie hinsah, hatte er die Hände ganz woanders. Waren es nicht seine Fingerspitzen, die sie spürte? Die nun unter ihr Höschen zu ihrer Scham wanderten, ihre Labien auseinanderzupften, um ihre Perle zu reizen?

«Du hast es aber eilig», stellte sie überrascht fest. Auch wenn er ein Dämon war, liebte er doch sonst das Vorspiel.

«Ich habe ein paar Tage auf dich verzichten müssen, Ilka. Ich bin ausgehungert.» Mit einem Fingerschnipsen löste sich ihr Höschen in nichts auf, und der Lustdämon platzierte sich über ihr, rieb seinen erigierten Schwanz an ihrer Scham. Wohin seine Kleidung so plötzlich verschwunden war, wusste Ilka nicht. Egal. Bei diesem Dämon war alles möglich.

Ein schmatzendes Geräusch erklang zwischen ihren Beinen, während sein Penis in sie drang.

Ihre Finger krallten sich in seinen Rücken. Das Fleisch dort fühlte sich warm, fast schon heiß an, als würde Lava durch die Adern des Dämons fließen. Und ein Geruch von Moschus und Schwefel umwehte ihn. Ob er wirklich aus der Hölle kam?

Gerade wollte sie ihn fragen, da verschlossen seine Lippen leidenschaftlich ihren Mund und erstickten die Frage im Keim.

Sein Glied füllte sie ganz und gar aus, ließ ihr Inneres beben. Ilka fühlte sich glücklich und erfüllt.

Die Hitze seines Körpers ergriff nun auch von ihr Besitz. Es fühlte sich an wie im Fieberwahn, doch es war ein schönes Gefühl. Ihre Blicke glitten ineinander, als er ihr einen überwältigenden Höhepunkt schenkte, den er gleichzeitig mit ihr erreichte. Ilka würde ihn nie vergessen. Gefühle der Lust und Wonne umspülten sie, ließen sie wie in Trance über den Dingen schweben und das unschöne Erlebnis mit Emanuel vergessen. Ihr Kommilitone war ihr mittlerweile nicht mehr wichtig.

Automatisch nahm sie an, ihr Liebesdämon würde nun wieder verschwinden; schließlich hatte er ja bekommen, wonach er gierte. Und sie wäre wieder wie so oft allein.

Aber der Dämon blieb, legte sich neben sie, streichelte ihre Schulter. Seine Fingerspitzen berührten ihre Haut nur ganz zart, und ein Lächeln umspielte seine Lippen.

«Was dagegen, wenn ich über Nacht bleibe?», fragte er leise.

Ilka sah ihn überrascht an. Meinte er das ernst? Hoffte er vielleicht auf ein weiteres Stelldichein, weil er glaubte, in ihrer Verzweiflung wäre sie zu allem bereit? Womöglich war sie das sogar tatsächlich ... Doch die Ruhe in seinem Blick sagte etwas ganz anderes. Allmählich erkannte Ilka, dass dies kein dämonischer Trick war. Es ging ihm tatsächlich um sie.

«Nein, gar nicht. Das wäre sogar sehr schön», flüsterte sie. Und als sie am nächsten Morgen aufwachte, lag der Dämon noch immer neben ihr.

Wachs in seinen Händen

$\mathscr{J}$ennifers erster Job! Sie konnte es kaum glauben, dass Doktor Leonard Ramsauer sich tatsächlich für sie entschieden hatte. Dabei hatte sie doch gerade erst ihre Ausbildung abgeschlossen und sich auf gut Glück in der angesehenen Arztpraxis beworben. Irgendwie musste sie Eindruck auf Dr. Ramsauer gemacht haben, trotz mangelnder Erfahrung.

Ihr neuer Arbeitsplatz war ein Traum. Die Praxis befand sich im noblen Stadtteil Blankenese, direkt neben dem idyllischen Hessepark. Genauso stilvoll war die Einrichtung: Alles in der Praxis erstrahlte im hellsten Weiß. Der Boden war mit Parkett ausgelegt. An den Wänden hingen die Bilder von Pietro, einem aufstrebenden Künstler, über den mittlerweile ganz Hamburg sprach.

Am beeindruckendsten fand Jennifer allerdings ihren neuen Chef. Dr. Ramsauer war ein attraktiver Mann, der ebenso gut ein Filmstar hätte sein können. Groß, athletischer Körperbau, markantes Gesicht. Bei so einem Chef würde sie sich gewiss wohlfühlen.

«Und wie sieht dein Gehalt aus? Bist du zufrieden?», fragte Vani, die noch am selben Abend der Zusage mit ihr anstieß, um Jennifers Erfolg zu feiern.

«Überdurchschnittlich», verkündete Jennifer begeistert. Bei ihrem neuen Job stimmte einfach alles. Nur eine Sache bereitete ihr Kopfschmerzen.

«Gratuliere. Das ist toll!»

«Ja», sagte Jennifer schlicht, doch mit einem Mal schlug ihre Begeisterung in Ernüchterung um. Vani merkte es sofort.

«Was ist denn los? Eben hast du noch wie ein Honigkuchenpferd gestrahlt.»

«Ich mache mir Sorgen.»

«Sorgen? Weshalb denn? Du solltest wirklich mal loslassen und nicht zu viel grübeln.»

«Na ja, der Job ist natürlich toll! So etwas in der Art habe ich mir immer gewünscht. Aber mir fehlt es an Erfahrung. Ich hoffe, die schmeißen mich nicht gleich ins kalte Wasser.»

«Und wenn schon, du kannst doch schwimmen.» Vani zwinkerte ihr zu, doch die Geste heiterte Jennifer nicht auf. «Jeder braucht eine Einarbeitszeit, wenn er einen neuen Job anfängt. Das ist ganz normal. Das weiß auch Dr. Ramsauer.»

Wahrscheinlich hatte Vani recht. Trotzdem fürchtete sich Jennifer davor, ihren neuen Chef zu enttäuschen.

Am nächsten Morgen stand sie extra früh auf, um pünktlich in der Praxis zu erscheinen. Dr. Ramsauer hatte ihr unmissverständlich mitgeteilt, wie viel Wert er auf Pünktlichkeit legte. Nur wenn alle Hand in Hand arbeiteten, konnte die Praxis funktionieren. Jedes Rädchen im Getriebe war wichtig, auf jedes musste er sich hundertprozentig verlassen können.

Jennifer gelang es, eine Viertelstunde vor Beginn der Sprechstunde vor Ort zu sein. Aber zu ihrem Erstaunen waren ihre Kollegin Antje und Dr. Ramsauer längst bei der Arbeit. Wie fleißige Bienen huschten sie durch die Praxis. Leonard Ramsauer musterte sie abschätzig von der Seite. Missfallen breitete sich auf seinem Gesicht aus, obwohl Jennifer doch überpünktlich war.

«Ziemlich viele unserer Patienten sind Prominente», erklärte ihr Antje. «Manchmal können die nur sehr früh kommen, weil sie den restlichen Tag wichtige Termine haben. Also bist du besser schon eine halbe Stunde vor Praxisöffnung hier.»

«Verstehe. Alles klar. Kommt nicht wieder vor.» Diese Regelung hätte man ihr vielleicht ein wenig früher mitteilen können.

In den folgenden Tagen begann die schöne Fassade des neuen Jobs allmählich zu bröckeln. Jennifer gelang es, sich schnell in die EDV-Programme der Praxis einzuarbeiten, aber es fiel ihr schwer, den richtigen Ton bei den Patienten zu treffen. Antje hatte nicht übertrieben, als sie sagte, es kämen vor allem Prominente zu den Sprechstunden. Und die wollten entsprechend behandelt werden. Zu Jennifers Aufgaben gehörte es fortan, neben ihren Tätigkeiten als Sprechstundenhilfe außerdem noch Kellnerin und Dienstmädchen zu spielen. Das hätte sie sogar gern gemacht, wenn die Kundschaft sie nicht immerzu kritisiert und von oben herab behandelt hätte.

«Wie lange dauert das denn, ehe man hier einen Kaffee bekommt!»

«Sie sind wohl noch nicht ganz wach, wissen Sie eigentlich, wen Sie vor sich haben?»

«Zu meiner Zeit wäre so etwas nicht passiert, da hatte die Jugend noch Anstand.»

Diese und ähnliche Dinge bekam Jennifer von morgens bis abends zu hören. Zum Glück gab es auch Ausnahmen. Prominente, Staranwälte und andere Berühmtheiten, die einen freundlichen Umgang pflegten. Dennoch stand Jennifer jeden Tag unter Strom. Sie hatte das Gefühl, nichts richtig zu machen, den Anforderungen, die man von allen Seiten an sie stellte, nicht zu genügen.

Schon nach einer Woche stand für die junge Frau fest, dass dies nicht der richtige Job für sie war. Da mochte Dr. Ramsauer noch so ein Bild von einem Mann sein, sein gutes Äußeres entschädigte sie nicht für die tagtäglichen Demütigungen. Jennifer stammte nicht aus Blankenese, sie war ein Mädchen aus einfachen Verhältnissen. Das merkten die Patienten – woran auch immer – und verhielten sich umso hochmütiger. Vielleicht gehörte Jennifer tatsächlich nicht in diese Gegend mit den wunderschönen Villen inmitten von prächtigen Parkanlagen. Der Job machte ihr immer weniger Spaß. Es wurde Zeit, die Konsequenzen zu ziehen.

«Augen zu und durch», munterte Antje sie auf. Aber die hatte leicht reden.

Heute fielen auch noch Überstunden an, weil eines der EDV-Programme am Morgen gestreikt hatte und noch etliche Daten nachgetragen werden mussten. Antje hatte sich schön aus der Affäre gezogen. Sie hätte wichtige Termine, behauptete sie. Alle hatten hier wichtige Termine, und überhaupt war jeder wichtig – bis auf Jennifer.

«Halt die Ohren steif, bis morgen!», sagte Antje fröhlich und ging, ließ sie mit all der Arbeit allein zurück.

Der Stapel würde Jennifer bis Mitternacht beschäftigen. Sie überlegte ernsthaft, ihre Kündigung einzureichen, als sich Dr. Ramsauer plötzlich auf Antjes Platz neben sie setzte. Er hatte den Kittel längst abgelegt und war leger gekleidet, was ihm vortrefflich stand. Einen Augenblick verlor sich Jennifer in Leonard Ramsauers verführerischen Anblick, aber dann gelangte sie wieder zurück ins Hier und Jetzt. Und das war nicht unbedingt nach ihrem Geschmack.

«Sie fühlen sich bei uns nicht wohl, habe ich recht?» Seine Frage erstaunte sie. Sie hätte nicht gedacht, dass es ihm oder sonst jemandem auffallen würde.

«Ich muss mich erst einarbeiten, so etwas braucht seine Zeit.» Wäre sie doch nur nicht auf ihren Job angewiesen. Aber ihre Eltern konnten sie finanziell nicht unterstützen, zudem hatte sie für ihren Exfreund leichtfertig Schulden gemacht, die nun abbezahlt werden wollten. Kurz: Sie konnte nicht kündigen, bevor sie einen neuen Job gefunden hatte. Und zum Bewerbungen-Schreiben war sie abends meistens viel zu müde. Das war die bittere Realität. «Ich weiß, Ihre Patienten sind nicht sonderlich gut auf mich zu sprechen, doch wie gesagt, ich gebe mir alle Mühe.»

«Warum sind Sie so nervös, Jennifer? Glauben Sie ernstlich, ich würde Ihnen kündigen, nur weil Sie sich von einigen Hochwohlgeborenen nicht herumschubsen lassen wollen?»

Hochwohlgeborene? Die Ansichten ihres Chefs überraschten sie, machten ihn sogar sympathisch.

«Wenn ich ehrlich bin, hatte ich genau das erwartet.»

Dr. Ramsauer lachte herzlich, schüttelte dabei den Kopf. «Ich habe ein ganz anderes Anliegen. Mir ist aufgefallen, dass Sie oft verträumt sind.» Ein sanftes Lächeln umspielte seine Lippen, und im selben Moment fürchtete Jennifer, er könnte längst herausgefunden haben, dass sie seinetwegen so oft abgelenkt war.

«Verträumt? Wie meinen Sie das?»

«Als wären Sie in anderen Welten unterwegs.» Plötzlich lag seine Hand auf ihrem Oberschenkel. Sie hätte ihm klipp und klar sagen müssen, dass das nicht ging. Dass sie das nicht wollte. Aber es wäre gelogen gewesen.

Jennifers Kehle wurde trocken. Sie wusste nicht, was sie tun sollte. Deshalb blieb sie einfach sitzen, wartete ab. Alles in ihr wurde noch stärker zu ihrem attraktiven Chef hingezogen, doch sie brachte nicht den Mut auf, ihm das zu sagen oder sogar zu zeigen.

«Ich bin gar nicht so anders als Sie», erklärte Dr. Ramsauer. «Das reale Leben ist oft anstrengend genug, warum nicht in Phantasien abtauchen?»

Jennifer erstarrte. Seine Lippen näherten sich bedenklich schnell den ihren. Befand sie sich gerade in einem Tagtraum? Oder war das real? Ihr Herz schlug schneller. Anstatt das Gesicht wegzudrehen, kam sie ihrem Chef entgegen, als triebe sie etwas direkt in seine Arme. Doch bevor ihre Münder miteinander verschmolzen, hielt er inne.

«Manche Phantasien werden sogar wahr», flüsterte er und senkte seine Lippen auf ihre.

Fassungslos ließ Jennifer es geschehen. Sein männlich-herber Geschmack weckte Appetit auf mehr. Dann legte er eine Hand auf ihren Hinterkopf, einfach so, als wäre es das Natürlichste der Welt, dass ein Arzt seine Sprechstundenhilfe kurz nach Feierabend verführte. Willig folgte Jennifer jeder Regung seines Körpers. Sie fühlte sich wohl in seinen Armen, genoss die heißen Küsse, die er auf ihrem Hals und ihrem Dekolleté platzierte. Wie von selbst legten sich ihre Hände um sein Gesicht. Jetzt war sie es, die ihn küsste.

Dr. Ramsauer lächelte sie verzückt an. Aber in dem Lächeln lag auch eine Frage. Sie spüren es auch, nicht wahr?, schien es zu sagen.

Jennifer nickte stumm. Schon die ganze Zeit hatte sie sich zu ihrem Chef hingezogen gefühlt. Er war der wahre Grund, weshalb sie nicht kündigen wollte.

Dr. Ramsauer löste sich aus der Umarmung und bettete sie falsch herum auf den Empfangstisch, sodass ihr Kopf über der Tischkante hing. Mit beiden Händen schob er ihr Hemd hoch, bis ihre Brüste freilagen. Besitzergreifend krallten sich seine Hände in ihre Oberschenkel, als wollte er ihr damit zu verstehen geben, dass sie heute Abend ihm gehörte.

Jennifer stockte der Atem. Seine Lippen wanderten um ihren Bauchnabel und weiter hinauf, umtanzten ihre Brustspitzen. Wie weit wollte ihr Chef gehen?

Die Frage trat in den Hintergrund, während Dr. Ramsauer ihre Brüste mit der einen Hand massierte und mit der anderen an seinem Gürtel zerrte. Endlich löste er ihn und öffnete die Hose, präsentierte ihr sein Glied in aller Pracht.

Er würde doch nicht …? Jennifer geriet in Verzückung, als sie seine Hoden an ihren Lippen spürte.

Sein Körper zitterte vor Erregung.

Als sein Penis sich ihrem Busen näherte, stieg Jennifer die Hitze ins Gesicht. Instinktiv presste sie ihre Brüste zusammen, sodass ein enger Spalt zwischen ihnen entstand.

Ramsauers Schwanz glitt hindurch, bewegte sich vor und zurück, während seine freie Hand unter ihrem Rock verschwand und ihre Scham massierte, bis es ihm kam und er sich auf ihrer Bauchdecke ergoss. Kaum einen Wimpernschlag später erlebte auch Jennifer einen Orgasmus, der sie in eine andere Dimension zu katapultieren schien.

Sie genoss das Nachglühen und seine Nähe. Alles kam ihr vor wie in einem Traum. Hoffentlich musste sie nicht zu schnell daraus erwachen! Schließlich löste sich Dr. Ramsauer von ihr und trat einen Schritt zurück. Schweigend brachte er seine Kleidung in Ordnung. Dann wünschte er Jennifer einen schönen Feierabend und ging. Einfach so, ohne ihr auch nur einen Blick zu schenken.

Jennifer fühlte sich zutiefst verunsichert. Was sollte sie davon halten? Fast war es ihr vorgekommen, als würde ihr Chef plötzlich vor ihr fliehen. Langsam beruhigten sich ihre Hormone wieder. Vermutlich hatte sie einen schlimmen Fehler begangen. Einen Fehler, den sie nicht mehr rückgängig machen konnte und der von nun an ihre weitere Zusammenarbeit mit Dr. Ramsauer beeinflussen würde. Hastig zog auch sie ihre Kleidung zurecht und verließ die menschenleere Praxis.

Zu Jennifers Leidwesen verliefen die folgenden Tage, als hätte es das abendliche Intermezzo nie gegeben. Dr. Ramsauer sah sie nicht auf andere Weise an; im Gegenteil, er schaute ihr nicht einmal mehr in die Augen. Tagsüber behandelte er sie lediglich wie eine Angestellte, und es gab auch kein sinnliches Treffen nach Feierabend mehr. Beinahe glaubte sie schon, der leidenschaftliche Überfall hätte nur in ihrer Phantasie stattgefunden. Doch der dicke Knutschfleck an ihrem Hals bewies das Gegenteil. Selbst Antje fiel der Fleck auf, und sie riet ihrer Kollegin zu mehr Make-up.

In Jennifer machte sich Ernüchterung breit. Fest stand, dass Dr. Ramsauer kein irgendwie geartetes Interesse an ihr hatte. Das verärgerte und kränkte sie. Hatte es ihm denn gar nicht gefallen? War er nur auf etwas Einmaliges aus gewesen? Hatte er etwa auch mit Antje geschlafen? Und mit all ihren Vorgängerinnen ebenfalls? Allein die Vorstellung war schrecklich.

Schließlich hielt Jennifer die Situation nicht länger aus. Nachdem sie mal wieder einen furchtbaren Arbeitstag hinter sich hatte und Dr. Ramsauer und sie die Letzten in der Praxis waren, beschloss sie, ihn zur Rede stellen.

Zaghaft klopfte sie an die Tür des Sprechzimmers. Als sie sein «Herein» vernahm, gab sie sich einen Ruck und folgte der Aufforderung. Allein der Klang von Dr. Ramsauers Stimme machte sie nervös – sinnlich nervös. Seine Stimme war nicht nur tief, sie hatte auch ein besonderes Vibrato, das Jennifer noch bei keinem anderen Mann gehört hatte. Sexy, wirklich sexy! Diese Schwingungen gingen ihr durch Mark und Bein, richteten jedes noch so kleine Härchen an ihrem Körper auf.

«Ja?», fragte er, als sie hereinkam, offenbar überrascht, sie zu sehen. Konnte er sich denn gar nicht denken, was sie von ihm wollte?

Jennifer räusperte sich und spielte nervös an dem weißen Hemd, das sie immer in der Praxis trug.

«Hallo ... Dr. Ramsauer ... hätten Sie vielleicht kurz Zeit für mich?»

Er legte den Stift und die Unterlagen, die er gerade durchging, zur Seite und richtete seinen Blick auf sie. Oder zumindest auf einen Punkt knapp neben ihrem rechten Ohr. So ganz sicher war sich Jennifer da nicht.

«Aber natürlich, wie kann ich Ihnen helfen? Möchten Sie Platz nehmen?» Er deutete auf den Stuhl vor ihr, und Jennifer setzte sich nur zu gern hin, denn ihre Knie waren weich wie Butter.

«Ich habe mich gefragt, warum Sie mich ... plötzlich wie Luft behandeln.»

«Das tue ich doch gar nicht.» Er schien ehrlich überrascht.

«Na ja, vielleicht nicht direkt wie Luft. Sie geben mir ja immer Anweisungen, aber nach ... besagtem Abend hatte ich gedacht, dass ... nun ...» Wie sollte sie das formulieren, ohne dass er gleich glaubte, sie suchte etwas Festes und hätte sich womöglich in ihn verliebt? Wenn er das dachte, würde sie auf der Stelle vor Scham im Boden versinken. Mitsamt ihres Stuhls.

Dr. Ramsauer rückte. «Ich verstehe schon, was Sie meinen, Jennifer. Und Sie haben recht. Es war nicht sonderlich nett von mir, so zu tun, als hätte zwischen uns nichts stattgefunden.»

Also hatte sie es sich doch nicht eingebildet! Trotz ihrer Enttäuschung war Jennifer erleichtert. Sie hatte schon befürchtet, dass sie langsam den Verstand verlor.

«Lassen Sie es mich wiedergutmachen», bat Dr. Ramsauer und blickte auf seine Armbanduhr. «Treffen wir uns in einer Stunde in der Harencity?»

Überrascht sah Jennifer ihren Chef an. Jetzt wollte er sie doch wieder sehen? Und wie wollte er irgendetwas wiedergutmachen? Was schwebte ihm vor?

«Wo denn genau?», fragte sie.

«Am Sandtorkai. Da liegen ein paar hübsche Schiffe, die ich Ihnen zeigen möchte.»

Schiffe? Jennifer war sich nicht sicher, ob dieser Mann überhaupt verstand, worum es hier ging. Ihr Körper verzehrte sich nach dem seinen. Sie brauchte Sex.

«Ich werde dort sein», versprach sie und ignorierte das Chaos in ihrem Inneren. Besser wäre es wohl, die Angelegenheit gleich zu klären, damit es keine Missverständnisse zwischen ihnen gab. Aber Dr. Ramsauer schien gerade nicht besonders gesprächsbereit zu sein, zumal er noch einen Berg Arbeit auf seinem Schreibtisch hatte.

«Vertrauen Sie mir. Bis später.»

Jennifer kam ein bisschen zu früh am U-Bahnhof Baumwall an. Also lief sie durch die Speicherstadt, den größten Lagerkomplex der Hansestadt, um sich noch ein wenig die Beine zu vertreten, ehe sie sich langsam auf den Weg durch die architektonisch sehr modern gehaltene HafenCity machte. Hier wirkte jedes Gebäude anders. Einige abstrakt, andere eher konservativ. Als sie den Sandtorhafen erreichte, bestaunte sie die außergewöhnlichen Segelschiffe, die dort vor Anker lagen. Manche waren ganz aus Holz und schienen aus einer anderen Epoche zu stammen, lediglich die strahlend weißen Segel sahen aus wie neu. Jennifer beobachtete die sanften Wellen, die verspielt gegen den Kai rollten und die Schiffe schaukeln ließen. Ein paar Möwen hatten sich auf einen Mast gesetzt, beobachteten sie interessiert.

Nur von ihrem Chef fehlte jede Spur. Auch eine Viertelstunde später ließ er sich nicht blicken. Wie ungewöhnlich. Denn wenn sie eines seit der Zusammenarbeit mit Dr. Ramsauer gelernt hatte, dann, dass er die Pünktlichkeit in Person war. Er hatte sie doch hoffentlich nicht vergessen?

«Ahoi, du Landratte», erklang plötzlich eine vertraute Stimme von dem großen Segelschiff hinter ihr. Jennifer drehte sich um und traute ihren Augen nicht: An Bord der Pompadour stand Dr. Ramsauer – in einem historischen Kostüm, das ihn zu ihrer Überraschung vortrefflich kleidete. Ein wenig erinnerte das Outfit an die Piraten aus *Fluch der Karibik*, nur war das Gewand nicht halb so verdreckt wie die Filmkostüme.

«Komm an Bord», sagte er und hielt ihr die Hand entgegen.

Jennifer lachte. Das war verrückt. Aber trotzdem originell und sympathisch. Sie folgte Ramsauers Einladung, neugierig, was er mit ihr vorhatte. Er zog sie mit Leichtigkeit an Bord und führte sie dann unter Deck. Es war erstaunlich, fühlte sich an, als hätte sie in diesem Moment einen Schritt in die Vergangenheit getan. Das Innenleben des Schiffs schien aus einer anderen Zeit zu stammen. Es war nicht zu erkennen, ob die Ausstattung echt war oder ob es sich um historisch genaue Nachbildungen handelte.

«Wir haben doch neulich über Traumwelten gesprochen», flüsterte Leonard Ramsauer in ihr Ohr. Er stand ganz dicht hinter ihr, seine Stimme kitzelte ihren Nacken.

«Und dies ist meine Traumwelt», fügte er hinzu. Plötzlich hielt er ihr ein Kleid hin, das er wie aus dem Nichts hinter seinem Rücken hervorgezaubert hatte. Es sah wunderschön aus. Das Gewand einer Adligen. Lediglich der Reifrock fehlte, dafür wies es ein Korsett auf. «Möchtest du mir in diese Welt folgen?»

Ja, das wollte sie nur zu gern. Jennifer nickte, nahm das Kleid und verschwand auf der Toilette, um sich umzuziehen, während Leonard draußen auf sie wartete. Als sie zu ihm zurückkehrte, weiteten sich seine Augen, und sie sah Entzückung in ihnen. Jennifer blickte an sich hinunter, fühlte sich wohl in dem Gewand, das ihr genügend Beinfreiheit ließ.

«Eine Sache ist noch zu tun.» Erneut trat Leonard vor sie und fingerte an ihrem Korsett. Er ergriff die Schnüre, zog sie enger, was Jennifers Taille noch mehr einzwängte. Für einen Augenblick wurde ihr schwindelig, aber dann gelangte wieder frische Atemluft in ihre Lungen.

«Früher betonten die edlen Damen ihre Taille ganz besonders», erklärte er sein Vorgehen. Jennifer jedoch wurde den Verdacht nicht los, dass es ihn antörnte, sie in ihrer Bewegungsfreiheit ein wenig einzuschränken. In der Tat verhielt sich das Korsett wie eine Fessel, die sie gnadenlos einpferchte. Seltsamerweise störte das Jennifer nicht, und sie begriff allmählich, welche Rolle ihr in diesem Spiel zugedacht war.

Er war der ruchlose Pirat und sie die adlige Gefangene, die ihm ausgeliefert war. Was für eine überraschend sinnliche Vorstellung.

«Jetzt ist es perfekt», sagte Leonard und packte ihre Arme so fest, dass Jennifer erschrak. Er drückte sie mit seinem Gewicht sanft an die Wand und fesselte ihre Handgelenke mit einem Strick.

«Ihr seid nun meine Gefangene, werte Lady», verkündete er im tiefen Bass, und seine sexy Stimme ließ ihren Unterleib schwingen.

Mit einem sachten Stoß landete sie auf der Liege neben ihr. Das Schiff schwankte, sie spürte die Wellen, die es trugen.

«Für dich werde ich ein schönes Lösegeld bekommen», setzte er das Rollenspiel fort, und Jennifer vergaß, dass es sich überhaupt um ein solches handelte. Alles fühlte sich so echt, so aufregend an. Seine Hand legte sich auf ihre Kehle, dann streichelte dieselbe Hand über ihr üppiges Dekolleté.

«Doch bevor ich dich gegen einen großen Sack voll Gold eintausche, werde ich noch ein wenig Spaß mit dir haben.»

«Was habt Ihr vor?», fragte sie gespielt ängstlich, da nahm er eine Kerze zur Hand und hielt sie direkt über ihren Busen, der aus dem viel zu engen Korsett zu quellen drohte.

«Ich werde Euch Lust bereiten, meine schöne Rose. Lust, die

Ihr niemals vergessen, niemals wieder so erfahren werdet. Lust, die Euch das restliche Leben lang an mich erinnern wird.»

Sie sah, wie ein Wachstropfen über den Rand der Kerze glitt. Langsam, aber bedrohlich. Einen Wimpernschlag später durchfuhr sie ein süßer, brennender Schmerz auf ihrer Brust, der sie keuchen und stöhnen ließ. Doch der Schmerz war aufregend, törnte sie an. Jennifer hoffte sogar, ihr Pirat würde ihr noch einmal diese süße Qual bescheren. Sie biss sich verheißungsvoll auf die Unterlippe, streckte ihm ihren Busen entgegen, um ihn zu ermutigen. Und tatsächlich träufelte er noch mehr Wachs auf ihre Haut. Es war ein nicht enden wollender Regen, der ihr Vergnügen und Schmerz zugleich bereitete.

Jennifer wimmerte lustvoll, wand sich auf der Liege, doch der Pirat traf zielsicher immer wieder dieselbe Stelle, die nun fast so heiß glühte wie vermutlich die Kerze selbst.

«Ein reizender Anblick!»

Jennifer hob den Kopf und betrachtete ihre Brüste, auf denen sich rote Streifen und Flecken gebildet hatten. Das Wachs war schnell hart geworden, aber der süße Schmerz hallte noch nach, hielt sie in Atem.

«Tapferes Mädchen», lobte er sie und schob den langen Rock hoch bis zu ihrem Bauch und Oberkörper. Der Stoff kühlte ihre Brüste, langsam ließ das Brennen nach.

«Was haben wir denn hier?» Seine Hand legte sich auf ihre Scham, liebkoste diese so selbstverständlich, als gehörte sie längst ihm.

«Was sagt man dazu, die kleine Lady ist sogar schon feucht, und das, obwohl sie ein schmutziger Pirat berührt.» Er lachte kehlig, dann richtete er die Kerze über ihre Scham.

«Nein», rief Jennifer erschrocken auf und presste die Beine zusammen, da versetzte er ihr einen Klaps auf den linken Oberschenkel, der ihre Beine gleich wieder auseinanderschnellen ließ.

«Lass sie offen», sagte er streng.

«Aber es wird wehtun.»

«Es wird dir gefallen.» Die Art, wie er das sagte, ließ Jennifer selbst daran glauben. Zumindest für einen Moment.

Leonard musterte sie, ihren bebenden Körper, den er ganz unter Kontrolle hatte. Doch erst als er merkte, dass ihr ängstliches Zögern in ein lustvolles Zittern überging und ihr Körper sich ihm verlangend entgegenbäumte, träufelte er Wachs auf ihren Venushügel. Sie stöhnte laut auf. Schmerz und Lust vereinten sich zu einem unglaublich intensiven Gefühl. Nie hätte Jennifer so etwas vermutet, doch sie genoss es, die Untergebene zu sein.

«Ich spürte von Anfang an, dass wir Seelenverwandte sind», flüsterte er. «Deswegen habe ich dich eingestellt. Deine mangelnde Erfahrung spielte bei der Entscheidung keine Rolle, genauso wenig wie deine Zeugnisse.»

Seine Worte erklärten so einiges. Vom ersten Moment an hatte Jennifer geahnt, dass mehr zwischen ihnen war. Aber nie hätte sie sich träumen lassen, dass ihre Beziehung diese Entwicklung nehmen würde. Jetzt jedoch fühlte es sich genau richtig an. Anders sollte es nicht sein.

Sie stöhnte erneut laut auf, als ein weiterer Tropfen auf ihrer Scham landete.

«Vertrau mir», flüsterte er und legte seine Hand zwischen ihre Beine, um das wilde Zucken zu unterbinden und sie zu beruhigen. Tatsächlich entspannte sich Jennifer, und wohlige Laute drangen aus ihrer Kehle. Wieder hob er die Kerze an und ließ den Wachsregen über sie hineinbrechen. Jennifer stöhnte, schrie und keuchte, aber zu keinem Zeitpunkt bat sie darum, dass er aufhörte. Im Gegenteil. Sie wurde immer feuchter, immer wilder, verlor gänzlich die Kontrolle.

Und als ihr sinnlicher Pirat die Kerze wegstellen wollte, stieß

Jennifer zum zweiten Mal ein «Nein» aus. Er sah sie fragend an, und ihr Blick wanderte zur Kerze.

«Stell sie nicht weg. Bitte.»

Er schien von ihren Worten überrascht – ihr ging es ja kaum anders. Sie erkannte sich selbst nicht wieder, aber sie gefiel sich in ihrer neuen Rolle. Jennifer wollte mehr von der süßen Qual. Das Spiel machte sie an!

«Wie hübsch», sagte er. «Eine Frau, die dominant ihre Unterwerfung einfordert »

Das Wachs landete überall. Auf ihren Schenkeln, dem Venushügel, sogar auf ihren Schamlippen. Dort brannte es heiß, ließ sie nicht zur Ruhe kommen. Jennifer war gefangen in einem Zustand aus Schmerz und Lust, aus dem sie nicht ausbrechen, sondern in den sie immer tiefer eintauchen wollte. Doch nun schien Leonard es nicht länger auszuhalten.

«Jetzt gehörst du mir», verkündete er, wobei er ganz in seiner Rolle blieb. Er blies die Kerze aus und legte sie zur Seite, um seine Gefangene dann mit einem Stoß zu entern.

Sofort geriet ihr Körper in Wallung. Leonards Hitze übertrug sich auf sie, und ihre Lust wuchs, drängte der Erlösung entgegen. Sie schmiegte sich eng an ihn, und auch er schien kaum noch an sich halten zu können. Immer tiefer und schneller drang er in sie. Jennifer fühlte sein heißes Verlangen nach ihr und ging ganz darin auf.

Erregt stöhnte sie auf. Ein weiterer Stoß, und plötzlich schien ihr Inneres zu vibrieren. Sie spürte, wie sich ihre Vagina eng um ihn zog, etwas schwoll in ihr an, wurde stärker und gewaltiger, riss ihn mit. Dieser Rausch war überwältigend! Schneller und schneller glitten ihre Körper ineinander, strebten gemeinsam dem Gipfel entgegen.

Mit einem gewaltigen Schrei verströmte Leonard sich in ihr, und im selben Moment kam auch Jennifer. Es war erfüllend. Als

215

wären sie zu einem Wesen verschmolzen, das zwei Höhepunkte erlebte.

Am nächsten Tag schwebte Jennifer auf Wolke sieben. Der Sex gestern war einfach atemberaubend gewesen. Aber als sie in die Praxis kam, verging ihre gute Laune mit einem Schlag. Aus Leonard war wieder ihr Chef geworden. Pflichtbewusst kümmerte er sich um seine Patienten. Seine Sprechstundenhilfe dagegen beachtete er kaum, und selbst wenn es um Fachliches ging, blickte er sie nie direkt an.

Verzweifelt fragte sich Jennifer, ob sie für diesen Mann, für den sie solch tiefe Gefühle hegte, jemals mehr als ein hübsches Spielzeug gewesen war. Auch heute gaben die Patienten ihr wieder das Gefühl, ein Nichts zu sein. Und wahrscheinlich war sie das auch in Leonards Augen.

«Treffen wir uns bald wieder?», fragte sie, als sich eine Gelegenheit ergab.

«Im Moment stecke ich bis zum Hals in Arbeit», war seine Antwort.

Die Tage vergingen, doch Jennifer konnte den geilen Sex nicht vergessen, und erst recht nicht das, was er in ihr ausgelöst hatte.

Sie liebte Leonard. Wahrscheinlich hatte sie es vom ersten Augenblick an getan. Aber er war eiskalt. Niemals würde er ihre Gefühle erwidern, dafür kamen sie aus zu unterschiedlichen Welten. Es gab nur zwei Möglichkeiten: Entweder sie blieb und ertrug seine Distanziertheit, oder sie ging. Dann würde sie ihn vielleicht vergessen können.

«Ich überlege, ob ich kündige», erzählte sie Antje an einem Montagmorgen. Es wäre unvernünftig, das wusste sie wohl. Für ihr seelisches Gleichgewicht aber war es die einzig richtige Lösung.

«Was? Warum das denn? Gefällt es dir immer noch nicht bei uns?»

Den wahren Grund konnte sie ihrer Kollegin nicht nennen, also wiegelte sie ab. «Es ist nur so ein Gedanke. Bitte sag Dr. Ramsauer nichts davon.»

«Okay, aber lass mich hier nicht im Stich.»

Jennifer lachte. Zumindest ein Mensch hier schien sie zu brauchen. Obwohl das natürlich nur daran lag, dass Antje ohne sie in Arbeit ersticken würde.

An diesem Montag standen wieder einmal Überstunden an. Wie so oft verabschiedete Antje sich frühzeitig, und Jennifer blieb mit Dr. Ramsauer allein. Sie erwartete kein Gespräch, nicht einmal, dass er sie auch nur ansah. Doch zu ihrer Überraschung setzte er sich zu ihr.

«Tut mir leid, ich war mal wieder ein Ekel, oder?»

Kann man wohl sagen, hätte Jennifer am liebsten geantwortet, doch stattdessen schwieg sie.

«Antje hat vorhin durchklingen lassen, dass du uns vielleicht verlässt.» Also hatte ihre Kollegin doch nicht den Mund gehalten. Typisch.

«Das wäre sehr schade. Um nicht zu sagen schrecklich.»

Hatte sie sich gerade verhört? Das klang ja fast so, als würde Leonard sie vermissen, wenn sie ginge. Das Gefühl hatte er ihr in den letzten Tagen nicht gegeben. Sie verstand dieses Wechselspiel zwischen Hingabe und Distanziertheit einfach nicht. Was bezweckte er nur damit? Wollte er ihr absichtlich wehtun? Machte ihn das an?

«Ist das so?», fragte sie scheinbar desinteressiert und ordnete dabei weiter ihre Akten.

Er nickte. «Du willst sicher eine Erklärung hören.»

Allerdings!

«Weißt du, ich bin nicht sonderlich gut in Gefühlsdingen. Genauer gesagt, flüchte ich immer, wenn es brenzlig wird. Ich habe keine Ahnung, woran das liegt. Wenn es mir mit jemandem ernst wird, ziehe ich mich zurück. Ich habe noch nie einer Frau gesagt, dass ich sie liebe. Nicht einmal der Frau, für die ich wirklich echte Liebe empfinde.»

So etwas hatte Jennifer noch nie gehört. Welche Frau das wohl sein sollte?

«Ich schlüpfe gern in Rollen, weil es mir dann leichter fällt, Dinge zu tun, die ich sonst nie wagen würde.» Er lachte. «Klingt schon schräg, oder?»

«Ein wenig», gab sie zu.

«Ich bin nicht so stark, wie ich vorgebe. Ich bin schüchtern, wenn es um Gefühle geht. Sogar sehr.»

Allmählich verstand Jennifer sein sonderbares Verhalten. Sie hatte geglaubt, er hätte kein Interesse an ihr und hielte sich deshalb von ihr fern.

«Es tut mir leid, du hast das alles nicht verdient. Dennoch würde ich mich freuen, wenn du mich noch einmal auf meinem Schiff am Sandtorkai besuchst», sagte er, in seinen Augen Verlangen.

Jennifer atmete tief durch. Sein Geständnis veränderte alles, rührte sie. Sie wollte ihm noch eine Chance geben.

Am nächsten Abend betrat sie erneut die Pompadour, die still am Kai lag und nur leicht schaukelte. Unwillkürlich erwartete Jennifer einen kostümierten Leonard, doch zu ihrem Erstaunen trug er ganz leger ein Shirt und Jeans. Offenbar war er nicht in der Stimmung für ein Rollenspiel.

Plötzlich spielte Musik auf. Vivaldi. Ein Lächeln breitete sich über Leonards Gesicht. «Ein Tanz?», fragte er charmant und reichte ihr die Hand. Jennifer war verwirrt, nahm sie jedoch zögerlich an. Was hatte Leonard vor? Er führte sie perfekt zum Rhythmus, und die Nähe seines Körpers, die Wärme, die er ausstrahlte, erweckte Sehnsucht in ihr. In diesem Moment, so kurz er auch war, wäre sie bereit gewesen, alles für ihn zu tun.

«Ich möchte dir heute Abend zeigen, was du mir bedeutest. Ohne Kostümierung, ohne Versteckspiel.» Sein Arm legte sich um ihre Taille, drückte ihren Körper eng an seinen. Jennifer atmete seinen unwiderstehlich männlichen Duft ein. Er war betörend, berauschend.

Der Tanz endete so schnell, wie er begonnen hatte. Dann bettete Leonard sie auf die Liege, dieses Mal, ohne sie zu fesseln. Er streichelte ihre Wange, drehte ihren Kopf in seine Richtung und küsste sie. Es war ein schöner Kuss. Rein. Ehrlich. Jennifers Wangen röteten sich.

«Was soll das alles?», fragte sie atemlos.

«Kannst du dir das nicht denken? Ich möchte mit dir zusammen sein.»

Ihr Herz schlug gleich einige Takte schneller. Doch inzwischen war sie es gewohnt, nicht alles, was Leonard sagte oder tat, wörtlich zu nehmen. Meinte er nur hier, auf der Pompadour, im realen Leben aber nicht? Sie war nicht sicher, ob ihr das gefiel, ob sie das aushalten würde.

«Ich werde von jetzt an zu dir stehen», erklärte er. «Es war nie so, dass ich mich für etwas Besseres hielt. Es war vielmehr meine Unsicherheit, die mich zurückhielt.»

Jennifer ergriff seine Hand, spürte, dass sie feucht war. Es stimmte wohl, dass manche Männer nicht gern über Gefühle sprachen. Und dieses Exemplar, so attraktiv es auch war, hatte offenbar besondere Schwierigkeiten damit. Doch was er ihr sagen wollte, das hatte Jennifer nun verstanden.

Sie war gerührt und überglücklich. Zum ersten Mal hatte sie das Gefühl, dass Leonard es ernst mit ihr meinte. Sie glitt auf ihn, sodass er unter ihr lag, und strich ihm die Haare aus dem Gesicht. Ohne auch nur ein weiteres Wort zu verlieren, küsste sie ihn, während sein Schwanz durch die Jeans hindurch an ihrem Unterleib rieb.

Eilig befreite ihn Jennifer und entledigte sich ihres Minirocks, unter dem sie in weiser Voraussicht keine Unterwäsche trug.

Mit einem Aufstöhnen drang Leonard in sie, füllte sie ganz aus. Jennifer genoss die Nähe und die Härte seines Körpers, sie konnte gar nicht genug davon bekommen. Begierig riss sie Leonards Hemd auf, bis seine rasierte Brust zum Vorschein kam.

Ihr Blick fiel auf die Kerze, die auf dem kleinen Nachtschrank stand. Sie streckte den Arm aus, befreite sie aus dem Halter und hielt sie über seine Brust.

«Unser Rollenspiel war sehr spannend», flüsterte sie. «Auf den zusätzlichen Kick sollten wir nicht verzichten.»

«Das sehe ich ganz genauso.» Er lächelte breit.

«Fein, dann bin ich jetzt die Piratin.» Jennifer ließ einen einzelnen Tropfen auf seine Haut gleiten. Leonard stöhnte leise auf, und Jennifer beobachtete, wie der rote Fleck breiter wurde und auf seiner Brust abkühlte.

«Gefangen von meiner Piratin. Das verspricht, aufregend zu werden», sagte er und küsste sie.

Schule der Lust

Emmanuelle, eine junge Pariserin, folgt ihrem Mann ins ferne
Bangkok. In der exotischen Welt Thailands macht sie sich frei
von Konventionen und Tabus und in der erotischen Begegnung
mit Männern wie Frauen lernt sie, ihr Begehren bis zur vollkom-
menen Erfüllung auszuleben ...

Ein Klassiker der erotischen Weltliteratur.

Emmanuelle Arsan
Emmanuelle oder
Die Schule der Lust
Erotischer Roman.
rororo 25929

rororo 25929